HORST BOSETZKY

Fahnenflucht

MORD IM FRISIERSALON Berlin im Jahre 1917. Es gibt Massenstreiks gegen den Krieg und Hunger, auf den Märkten werden Stände geplündert und Händler verprügelt. Schwarzhändler erzielen Höchstpreise, Kriegsküchen-Wagen versorgen Notleidende mit einer warmen Mahlzeit.

Ein Reisekorb mit einer Frauenleiche wird auf dem Bahnhof der Stadt Stettin gefunden. Man erkennt anhand der Papiere, dass der Korb am 15. März in Berlin auf dem Stettiner Bahnhof aufgegeben worden ist. Kommissar Fokko v. Falkenrhede von der Kripo Berlin, sein Adlatus Markwitz und ein Oberregierungsrat fahren nach Stettin, um der Obduktion der Leiche beizuwohnen. Die Tote kann als Hertha Theuerkauf identifiziert werden, die Ermittlungsarbeiten beginnen und geben so manches Rätsel auf ... Denn in einem Frisiersalon am Rosenthaler Tor geschehen merkwürdige Dinge.

Horst Bosetzky wurde in Berlin geboren. Der emeritierte Professor für Soziologie veröffentlichte neben wissenschaftlichen Arbeiten zahlreiche, zum Teil verfilmte und preisgekrönte Kriminalromane. Er war zehn Jahre lang Sprecher des SYNDIKATS und Gründungsmitglied von QUO VADIS.

Bisherige Veröffentlichungen im Gmeiner-Verlag:
Der Fall des Dichters (2012)
Nichts ist so fein gesponnen (2011)
Promijagd (2010)
Unterm Kirschbaum (2009)

HORST BOSETZKY

Fahnenflucht

Kriminalroman

GMEINER *Original*

Besuchen Sie uns im Internet:
www.gmeiner-verlag.de

Im Ehnried 5, 88605 Meßkirch
Telefon 0 75 75/20 95-0
info@gmeiner-verlag.de

1. Auflage 2013

Lektorat: Claudia Senghaas, Kirchardt
Herstellung: Julia Franze
Umschlaggestaltung: U.O.R.G. Lutz Eberle, Stuttgart
unter Verwendung eines Fotos von: © Hulton Archive / Getty Images
Druck: GGP Media GmbH, Pößneck
Printed in Germany
ISBN 978-3-8392-1403-9

*Personen und Handlung sind frei erfunden.
Ähnlichkeiten mit lebenden oder toten Personen
sind rein zufällig und nicht beabsichtigt.*

1.

Montag, 2. April 1917

Es war schizophren, aber es war so und nicht anders. An den vielen Fronten Europas sehnten sich Hunderttausende von Soldaten nach einem beschaulichen Leben in Ruhe und Frieden und auf dem Bahnhof in Stettin verfluchten die Eisenbahner Paul Jageteufel und Richard Ackerknecht genau dieses beschauliche Leben in Ruhe und Frieden. Gott, wie langweilig war das alles! Den ganzen lieben langen Tag Gepäckstücke schleppen. Von der Annahme zu den Regalen, von den Regalen zur Ausgabe. »Ein bisschen schneller, Männeken!« – »Ein alter Mann ist doch kein D-Zug!« Das alles für ein mageres Trinkgeld. Und immer weniger Leute reisten, je länger der Krieg dauerte.

Paul Jageteufel hatte eine weggeworfene Zeitung aufgehoben und machte sich daran, dem Kollegen das vorzulesen, was er für interessant hielt. Richard Ackerknecht konnte nicht richtig schreiben und lesen.

»Russischer Angriff im Uz-Tal gescheitert.« Das war die Schlagzeile.

»Ich kenne kein Uz-Tal«, sagte Richard Ackerknecht.

»Ich auch nicht, aber trotzdem wird's das geben.« Paul Jageteufel blätterte weiter, bis er zum Kleingedruckten kam. »Die Verteilung von Gemüsekonserven wird in

Berlin, wie wir erfahren, bestimmt noch im Laufe dieser Woche erfolgen.«

»Na, hoffentlich auch hier bei uns. Vielleicht gibt es zu Ostern auch Dosen, die wie 'n Ei aussehen.«

»Schlachtung eines Elefanten«, fuhr Paul Jageteufel fort. »Auf dem städtischen Schlachthof in Dresden wurde kürzlich ein Elefant geschlachtet. Das Tier, das dem Direktor Sarasani gehörte, war bösartig geworden und musste geschlachtet werden.«

Richard Ackerknecht lachte. »Stell dir mal vor, das würden sie mit den Menschen auch machen ... Dann müsste ich mir ganz schnell 'ne neue Frau suchen.«

Paul Jageteufel wollte das nicht kommentieren. »Das Gehirn des Tieres hat neun Pfund gewogen.«

»So viel wird das bei meiner Frau nicht sein ...«

»Psst! Das lass sie mal nicht hören, sonst ...« Paul Jageteufel tat, als würde er mit dem Nudelholz ausholen. »Das Elefantenfleisch soll wie Bullenfleisch schmecken, und ein Gastwirt hat es schon aufgekauft.«

»Mensch, hin nach Dresden!«

»Lieber nach Landsberg an der Warthe, da werden morgen zwei Raubmörder hingerichtet.«

Richard Ackerknecht schüttelte sich. »Nee, bloß nich, ich kann keine Leichen sehen!«

»Da haste aber Glück, dass de deine eigene nicht sehen kannst.« Paul Jageteufel blätterte weiter. Aus Wien wurde von einem Skandal in der Bierzentrale berichtet. Es gab einen längeren Prozess, in dessen Verlauf auch der Direktor aus dem Nähkästchen plauderte. »Bei einer privaten Zusammenkunft mit dem Kriegsminister wurde über die

Bierversorgung des Heeres gesprochen, und der Minister äußerte den Gedanken, wie wichtig es wäre, eisgekühltes frisches Bier bis in die Schützengräben zu schaffen.«

Richard Ackerknecht riss Mund und Nase auf. »Eisgekühltes Bier im Schützengraben, Mensch – und wir verdursten hier!«

Ihr Gespräch verstummte, denn der Vorsteher der Gepäckabfertigung tauchte auf, der dicke Wilhelm Lüpke, und mit dem war nicht gut Kirschen essen. Er kannte offenbar nur noch eine Freude im Leben: die, seine Leute zusammenzuscheißen, wie sie das nannten.

»Jageteufel, was steht denn da hinten rechts in der Ecke?«

»Nichts ...«

»Da sollte aber etwas stehen, und zwar das Regal für die Fundsachen.«

»Das haben wir vergessen ...« Richard Ackerknecht duckte sich unwillkürlich.

»Passen Sie nur auf, dass ich mich nicht mal vergesse!«, rief Lüpke. »Und dann landen Sie trotz Ihrer einundfünfzig Jahre doch noch an der Front.«

Er eilte weiter, und Jageteufel und Ackerknecht beeilten sich, das Regal für die Fundsachen, das der Tischler gestern gebracht hatte, an seinen vorgesehenen Platz zu tragen. Damit war es dann Zeit geworden, sich dem Abendbrot zuzuwenden. Sie suchten sich eine Ecke, die nicht einzusehen war, und setzten sich.

Paul Jageteufels Eltern bewirtschafteten einen kleinen Hof im Oderbruch, und so kam es, dass er immer genügend zu essen hatte und sogar seinen darbenden Kollegen etwas abgeben konnte. Diesmal fand er, als es auf den Feierabend zuging, noch ein hart gekochtes und schön bunt gefärbtes Ei in den Tiefen seiner alten Aktentasche. Er hielt es Richard Ackerknecht hin.

Der nahm es zwar dankend an, roch dann aber daran und erklärte, dass es schon erheblich müffeln würde. »Das ist wohl noch von letztes Jahr Ostern?«

»Quatsch!«, gab Paul Jageteufel zurück. »Was hier müffelt, das bist du.«

Richard Ackerknecht hob warnend den rechten Arm. »Ein Schlag – und der nächste wäre Leichenschändung!«

Sie diskutierten noch ein Weilchen über die Frage, warum es hier in der Gepäckabfertigung so komisch roch, und kamen dann überein, dass es nur aus den gelagerten Koffern und Körben kommen könne.

»Hat einer wieder 'n halbes Schwein verschickt und 'n anderer vergessen, es abzuholen«, sagte Richard Ackerknecht.

Paul Jageteufel deutete auf die Berge von Gepäckstücken. »Suchen wir mal, wo der Gestank herkommt.« Er begann schon, den ersten Korb herauszuziehen.

»Moment noch!«, rief Richard Ackerknecht. »Erst verputze ich mal dein Ei.« Er schlug es auf, verzehrte es mit Behagen und hielt dem Freund und Kollegen den unteren Teil der Schale hin, der intakt geblieben war. »Willst du die wieder mit nach Hause nehmen – als Andenken?«

»Nee, da machen wir was anderes mit ...«

Er hatte gesehen, dass Wilhelm Lüpke seinen Schreibtisch verlassen hatte. Schnell huschte er hin und legt dem Vorsteher die halbe heil gebliebene Eierschale unter das

Sitzkissen. Als Lüpke zurückkam und sich setzte, krachte es gewaltig, und der Dicke fuhr mit einem Schreckensschrei wieder hoch, dachte er doch, es wären seine Knochen oder der unter seinem Gewicht zusammenbrechende Stuhl gewesen. Das Gelächter seiner beiden Untergebenen zeigte ihm dann die wahre Ursache an. Er rannte los, um sie am Kragen zu packen, stürzte aber bei ihrer Verfolgung über den Reisekorb, den Paul Jageteufel hervorgezogen hatte, und schlug lang hin.

»Wer hat denn dieses Mistding hier hingestellt?«, fragte Wilhelm Lüpke, als er sich wieder aufgerappelt hatte.

»Ich«, bekannte Paul Jageteufel.

»Und warum?«

»Zu Befehl: Weil, er stinkt.«

Wilhelm Lüpke zog die Luft schnüffelnd in die Nase. »Stimmt.« Er bückte sich, um zu lesen, was auf dem Begleitzettel stand. »Am 16. März mit dem Abendzug um 9 Uhr 39 aus Berlin eingetroffen, dort auf dem Stettiner Bahnhof aufgegeben. 67 Kilo.«

Es handelte sich um einen mit zwei kleinen Vorhängeschlössern gesicherten Reisekorb aus Weidengeflecht. Wilhelm Lüpke zögerte. Einerseits war er berechtigt, ja, nach einer Dienstanweisung sogar verpflichtet, alle nach Ablauf von vierzehn Tagen von ihrem rechtmäßigen Besitzer nicht abgeholten Gepäckstücke unter Zeugengegenwart öffnen zu lassen, andererseits brachte ihm das mitunter erheblichen Ärger ein, wenn es sich bei deren Besitzern um hochgestellte Persönlichkeiten handelte, die gern etwas verborgen hätten. Nun, dieser Korb hier schien keinem Baron zu gehören und so konnte er es wagen. Er ließ den Wagenmeister kommen, der genügend Werkzeug zur Hand hatte, die beiden kleinen Schlösser aufzusprengen.

Als der Deckel aufgeklappt wurde, fiel ihr Blick auf eine zerrissene Reformhose aus Baumwolle und eine verschlissene rotkarierte Chaiselonguedecke. Der eigentliche Inhalt war noch nicht zu erkennen, der aufsteigende Geruch ließ jedoch an verwesende Fleischstücke denken.

Paul Jageteufel dachte laut an das Spiel, was seine Kinder immer spielten: »Jule hat 'n Schwein geschlachtet, was willste davon haben?«

Der Wagenmeister tippte sich gegen die Stirn. »Der Korb kommt doch aus Berlin und nicht vom Lande.«

»Ziehen Sie doch mal die Decke weg«, sagte der Vorsteher der Gepäckabfertigung.

Richard Ackerknecht tat es, und die Männer schrien auf, denn im Korb lag die Leiche einer Frau. Man hatte sie mit Brachialgewalt hineingezwängt. Brust und Bauch berührten den Boden, der Kopf war nach hinten gebogen und stieß gegen die zum Rücken hin gekrümmten Beinen.

»Ein schönes Osterei«, sagte Richard Ackerknecht.

»Aber nur für die in Berlin«, fügte Wilhelm Lüpke hinzu und eilte zum Telefon, um das Notwendige zu veranlassen.

2.

Mittwoch, 14. März 1917

Am 17. Juli 1913 war die U-Bahn zwischen Alexanderplatz und dem Nordring in Betrieb genommen worden, und einer der beiden unterirdischen Bahnhöfe dieser Verbindungsstrecke hatte den Namen Schönhauser Tor bekommen. Wer auf dieser Station ausstieg und die Schönhauser Allee entlangging, erreichte nach wenigen Hundert Metern die Lottumstraße, die hier ihren Anfang nahm und sich in einer Länge von kaum mehr als einem halben Kilometer schräg hinauf zur Choriner Straße zog, also Richtung Nordwest. War sie um 1860 mit einigen eingeschossigen Häusern nur locker bebaut gewesen, so gehörte sie fünfzehn Jahre später zu den Gebieten Berlins, die am dichtesten besiedelt waren. Vier- und fünfgeschossige Mietshäuser beherrschten nun die Szenerie, und ihre Hinterhöfe galten als besonders eng. Die Fassaden allerdings protzten mit spätklassizistischen Formen, insbesondere mit kräftig profilierten Gesimsbändern und Fensterrahmungen und -verdachungen. Daneben gab es die Fachwerkhäuser von Handwerkern, die sich hier niedergelassen hatten. Am Grundstück Lottumstraße 10 war die Hangkante zum Barnim mit einer Kunststeinmauer gestaltet worden. Kurzum, im Gegensatz zur Gegend um die Brunnen- und Elsässer Straße, die von der Tristesse der Mietskasernen und dem Mief der armen Leute geprägt war, ging es hier im Viertel östlich des Rosenthaler Platzes vergleichsweise gutbürgerlich zu.

In diesem Kiez nun freute sich Hertha Theuerkauf des Lebens, obwohl die Zeiten lausig waren. Sie war am 4. Mai 1884 in Raschkow auf die Welt gekommen, einem Städtchen in der preußischen Provinz Posen. Mit vier Schwestern und drei Brüdern war sie in einem windschiefen Häuschen aufgewachsen, das nahe am Friedhof stand und deshalb von der Miete her erschwinglich war. Ihr Vater hatte als Kutscher nie genügend Geld nach Hause gebracht, aber da ihre Mutter als Putzfrau immer etwas dazuverdient hatte, waren sie gerade so über die Runden gekommen. Alle hatten tüchtig zupacken müssen, auch Hertha, obwohl sie sich schon früh als kleine Prinzessin gegeben und einen Hang zum Höheren an den Tag gelegt hatte. So hatte sie es gar nicht erwarten können, in die große, weite Welt hinauszuziehen und dort ihr Glück zu machen. Das Tor zu dieser großen, weiten Welt hieß Breslau, und wie damals üblich, verdingte sie sich als Dienstmädchen bei einer Familie der höheren Stände. Schnell hatte sie begriffen, dass sie es, blieb sie ehrbar, höchstens zur Gattin eines Schusters oder Ladenschwengels bringen konnte und ein vergleichsweise luxuriöses Leben nur möglich war, wenn sie mit vermögenden Männern ins Bett ging und sich für das bezahlen ließ, was die Soldaten, mit denen sie sonntags tanzen ging, umsonst bekamen. Das ging eine Weile gut, bis sie dann mit einem Hausherrn in flagranti erwischt und von der erbosten Hausfrau auf die Straße gesetzt wurde und auf eine Art schwarze Liste kam. Was blieb ihr da anderes übrig, als sich in den Zug nach Berlin zu setzen.

Hier ging es ziemlich schnell bergab mit ihr, und sie landete schließlich in einem Etablissement in der Nähe der Friedrichstraße. Der Lude, für den sie anschaffen ging und mit dem sie eine Weile zusammenlebte, hatte ihr schon den Einsatz in einem Frontbordell prophezeit, da hatte der Himmel ein Einsehen mit ihr und schickte ihr den verwitweten und schwerkranken Oberregierungsrat Ferdinand Paulisch ins Haus. Sie pflegte ihn hingebungsvoll und wurde dafür in seinem Testament mit einem Mietshaus in der Lottumstraße bedacht. Dort war sie im Herbst 1916 als seine Cousine eingezogen und spielte die große Dame, insbesondere dann, wenn sie am Monatsanfang von Wohnung zu Wohnung zog, um höchstselbst die Miete zu kassieren. Von den Männern hatte sie die Nase voll und sich geschworen, nie wieder einem zu gestatten, in sie einzudringen. Da sie aber nicht leben konnte, ohne dass sie gestreichelt wurde und jemand zärtlich zu ihr war und es verstand, sie mit seinem Fleisch zu wärmen, suchte sie immer intensiver nach einer anderen Frau. Anna Venzlaff, die einen Frisiersalon in der Brunnenstraße unterhielt, hatte sie sich schon genähert, zögerte aber noch, den letzten Schritt zu wagen, weil ihr eine junge Friseuse, die man vor Kurzem eingestellt hatte, eigentlich besser gefiel. Jedenfalls trieb es sie immer öfter in den Salon Woytasch, und es gab im Umfeld des Rosenthaler Platzes keine Frau, die sich so oft die Haare machen ließ wie sie.

Pollo bellte, ihr weißer Mittelspitz, eigentlich Apollo, aber das A war ihm mit der Zeit abhanden gekommen. Er bekam seine Wurst, und damit er nicht darben musste, schüttete sie ihm ein halbes Glas helles Bier in den Futternapf. Das soff er schlürfend und verdrehte dabei vor lauter Seligkeit die Augen. Danach legte er sich auf den Bauch, ließ sich streicheln und brummte wie ein Kater. Sie war auf den Hund gekommen, wie sie immer sagte, weil sie von den Männern die Schnauze voll hatte und sich die Freundin fürs Leben partout nicht finden ließ.

Sie nahm den Hund an die Leine und trat ins Treppenhaus. Bevor sie sich zu Anna Venzlaff auf den Weg machte, um sich noch kurz vor Geschäftsschluss die Haare machen zu lassen, musste sie noch bei Wilhelm Wissulke klingeln, denn der alte Schubiak schuldete ihr schon seit Januar die Miete. Sie stieg hinauf in den vierten Stock und drückte auf den Klingelknopf. Von drinnen war nichts zu vernehmen. Das konnte zweierlei bedeuten: Einmal, dass die elektrische Klingel, deren frühe Installation in ihrem Mietshaus sie jeden Tag mit Stolz erfüllte, wieder einmal kaputtgegangen war, aber auch, dass Wissulke bei sich im Korridor die Drähte gekappt hatte, um seine Ruhe zu haben. Und drittens war nicht auszuschließen, dass er sich aufgehängt hatte. Gründe dafür gab es genügend. Zuerst war ihm die Frau weggestorben, und dann hatte er mit seinem Gartenlokal oben in Pankow Pleite gemacht. Den Leuten war die Lust vergangen, aus grauer Städte Mauern hinaus aufs Feld zu ziehen. Die Männer standen jetzt im Felde, ihre Frauen hatten sie an ihren Arbeitsplätzen zu vertreten, in den Fabriken und Läden, aber auch als Schaffnerinnen auf den Plattformen der Straßenbahnen.

Hertha Theuerkauf hämmerte nun mit der rechten Faust gegen Wissulkes Wohnungstür. »Aufmachen! Ich will endlich die Miete haben, ich bin nicht die Städtische Fürsorge.«

Endlich meldete sich Wilhelm Wissulke. »Hier is nüscht zu holen! Fassen Sie mal ’nem nackten Mann inne Tasche.«

»Entweder ich habe bis Sonnabend mein Geld – oder Sie fliegen hier raus!«

Nun bequemte sich Wilhelm Wissulke, die Tür zu öffnen. Er hatte offenbar im Bett gelegen und sich nur schnell eine Hose angezogen. Die breiten grauen Hosenträger spannten sich auf seiner nackten Brust. Ein kalter Zigarrenstummel hing in seinem rechten Mundwinkel. Er grinste breit.

»Tut ma leid, gnädige Frau, ick kann im Augenblick nur in Naturalien bezahlen.«

Hertha Theuerkauf verzog das Gesicht. »Schon der Gedanke daran …«

»Entschuldigung, ick hatte ja janz vergessen, det ick ’n Mann bin!«

Hertha Theuerkauf lief rot an. »So, Herr Wissulke, das werden Sie mir büßen! Jetzt setze ich Sie wirklich an die frische Luft. Morgen Mittag ist die Polizei da!«

Damit drehte sie sich um und lief die Treppe hinunter. Sie wusste, dass im Haus das Gerücht ging, sie würde schon einmal auf die Mietzahlung verzichten, wenn eine der Frauen mit ihr dafür ins Bett ging. Alles Quatsch. Wenn sie auf jemand scharf war, dann auf Anna Venzlaff, mehr aber noch auf deren junge Gehilfin, die Louise Schulz.

Isolde Dombrowski kam ihr entgegen, die Portiersfrau des Hauses Lottumstraße 23, ein alter Drachen, aber von großem Nutzen für Hertha Theuerkauf, denn vor ihr hatten alle Mieter eine Heidenangst. »Pass bloß uff«, hieß es von ihr, »die scheißt alle zusammen.« Wer im Treppenhaus lärmte, wer mit schmutzigen Füßen nicht minutenlang auf der ausgelegten Matte umherrutschte, wer sie nicht respektvoll grüßte und ihr Neujahr kein Trinkgeld gab, der konnte sicher sein, dass ihn die Nachbarn schief ansahen, denn sie stellte jeden Missetäter sofort an den Pranger, das hieß, sie vermerkte alles auf kleinen Zetteln und heftete die an das Schwarze Brett unten im Hausflur.

»Was gibt's denn Neues?«, fragte Hertha Theuerkauf.

»Herr Wissulke guckt dem Fräulein Sobottka im Seitenflügel mit sei'm Feldstecha int Fensta. Is aba schon anjeschlagen.«

»Sehr schön.« Hertha Theuerkauf konnte sich aber ein Grinsen nicht verkneifen. »Vielleicht sollten wir ihm fürs Glubschen 'ne Mark die Stunde abnehmen?«

»Frau Theuerkauf, ick bitte Ihnen: Det is 'n anständijet Haus hier.«

»Ja, leider«, murmelte Hertha Theuerkauf, denn sie hätte das Vielfache an Miete eingenommen, wenn sie es in ein Bordell umgewandelt hätte. Oder auch nicht, denn die Männer standen ja alle im Felde oder lagen schon auf dem Friedhof, wo sollte da die Kundschaft herkommen. »Einen schönen Abend noch.« Damit ließ sie ihre Portiersfrau auf halber Stelle stehen.

Isolde Dombrowski verabschiedete sich mit einer Art Knicks und zog ein gelb-rot kariertes Tuch hervor, um das Treppengeländer zu wienern.

Hertha Theuerkauf liebte es, die große Dame zu spielen. Sie trat auf die Straße hinaus und warf noch einen schnellen Blick die Fassade hinauf. Wissulkes Kopf fuhr zurück. Sie ging schneller. Die Blicke der Frauen, die ihr begegneten, waren voller Neid, und die der Männer ließen keine Zweifel daran offen, dass man sie gern im Bett gehabt hätte. Die Erfahrenen unter ihnen witterten noch immer die Mätresse und die Nutte in ihr. Nun gut.

Sie überquerte die Chroriner Straße, lief die Zehdenicker Straße hinauf und gelangte über den Weinbergsweg zum Rosenthaler Platz, auf dem das Berliner Leben trotz des Krieges noch immer pulsierte. Fünf Straßen mündeten hier, und es gab ein lautes Durcheinander von Straßenbahnen, Pferdewagen und Menschen. Es war die Stunde, in der die Fabriken schlossen und die Arbeiter heimkehrten. Die Abendsonne machte alles zur reinsten Großstadtidylle, und Hertha Theuerkauf genoss die Szene. Sie wandte sich zur Brunnenstraße, die hier ihren Anfang nahm und hinauf zum Gesundbrunnen führte. Sie war die Haupt- und Geschäftsstraße der Gegend und in ihrem unteren Teil nannte man sie den Basar des Nordens. Es reihte sich Laden an Laden, und die wenig verwöhnte Menge hatte ihren Spaß, wenn am Abend die Lichter funkelten. Hier gab es auch die großen ›Waren-Abzahlungs-Geschäfte‹, die über ganze Stockwerke reichten und in denen man auf Pump alles haben konnte, vom Hemdknopf angefangen bis hin zur kompletten Wohnungseinrichtung.

Unweit des Rosenthaler Platzes war der Frisiersalon Woytasch zu finden, als dessen Stammkundin Hertha Theuerkauf zu gelten hatte. Links vom Hauseingang gab es den Damen- und rechts davon den Herrensalon, aber der war vor einiger Zeit geschlossen worden, denn zum einen war Ludwig Woytasch, der Ladeninhaber, eingezogen worden, und zum anderen standen die potenziellen Kunden fast alle im Felde.

Hertha Theuerkauf band ihren Hund draußen an den eisernen Ring, der auf Kniehöhe in die Hauswand eingelassen war, denn Hunde waren im Laden nicht gern gesehen. »Stellen Sie sich vor«, hieß es, »ich habe Ihnen gerade das Rasiermesser an die Kehle gesetzt – und da bellt ein Hund so heftig, dass ich zusammenfahre und …!« Nun ließen sich Frauen nicht rasieren, aber wenn eine Friseuse mit der Schere abrutschte und ihr in die Halsschlagader stach, war das auch nicht gerade angenehm. So hatte Anna Venzlaff also ein generelles Hundeverbot für ihr Geschäft erlassen.

Hertha Theuerkauf betrat den Damensalon und schaute sich um. Sie war die letzte Kundin, und Louise Schulz kam ihr mit einem Blick entgegen, der sagen sollte, sie habe gerade Feierabend machen wollen. Doch schnell setzte sie das Lächeln auf, das man von ihr erwartete. In diesem Augenblick sah sie so süß aus, dass Hertha Theuerkauf sie am liebsten in die Arme geschlossen hätte. Sie war vernarrt in den knabenhaften Körper der jungen Friseuse. Dicke und schwabblige Frauen hasste sie, ihre Favoritinnen mussten so gebaut sein wie diese Louise.

»Je später der Abend, umso schöner die Gäste«, sagte Hertha Theuerkauf, für sich selber werbend.

Louise Schulz lachte. »In der Tat: Sie sind die Krönung des Tages. Frau Venzlaff ist gerade mal eben eine kleine

Besorgung machen, wenn Sie mit mir vorliebnehmen wollen.«

»Ich bin doch nur Ihretwegen gekommen«, sagte Hertha Theuerkauf und ließ sich in den Stuhl hinab, den Louise Schulz ihr eilfertig unters Gesäß geschoben hatte.

Hertha Theuerkauf schloss die Augen, um sich nicht im Spiegel sehen zu müssen. »Meine Negerkrause sieht ja wieder schrecklich aus. Waschen Sie meine Haare und machen Sie was, damit ich nachher wieder halbwegs passabel aussehe. Ich will noch ins Konzert. Dora v. Moellendorff, die – wie steht das in der Zeitung …? – charaktervolle Primgeigerin, ist eine alte Bekannte von mir.« Sie wusste, dass Louise Schulz für die schönen Künste schwärmte, und hoffte, sie geneigter zu machen, wenn sie sich als Schöngeist gab. »Noch mehr aber rührt es mich an, wenn ich Else Lehmann sehe.«

»Mich auch«, gestand Louise Schulz. »Sie soll ja die schwere Rolle des Tobias Buntschuh übernommen haben, in Hauptmanns Stück, im Deutschen Theater. Max Pallenberg in der Titelrolle.«

»Gerhart Hauptmann, ja.«

»Nein, Carl Hauptmann. Sein jüngstes Stück hat einen schönen Titel: ›Gaukler, Tod und Juwelier‹.«

»Was meinen Sie, Louise, da sollten wir doch zusammen hingehen …«

Anna Venzlaff kam in den Frisiersalon. Die Köpfe der beiden Frauen fuhren herum. Die Chefin war eine imposante Erscheinung. Ihre Ähnlichkeit mit dem Stummfilmstar Henny Porten war unverkennbar, und ihre Vita hätte durchaus Stoff für einen Film ergeben. Auf die Welt gekommen war sie 1891 in einem Dorf bei Kiel als Kind einer Landarbeiterin und eines Knechtes. Mit fünfzehn war sie nach Hamburg gegangen, um sich dort als Dienstmädchen zu verdingen, war aber bald auf die schiefe Bahn geraten, darin also der Theuerkauf recht ähnlich. Als man sie in ihrem Bordell bei einem Beischlafdiebstahl erwischt hatte, war sie nach Berlin geflüchtet und lebte hier unter falschem Namen, was außer Ludwig Woytasch keiner wusste. Er hatte sie aus der Gosse geholt, und sie war ihm bis zu einem gewissen Grade hörig.

»Schrecklich!« Anna Venzlaff sank in einen freien Frisierstuhl. »Eben treffe ich die Frau Behrens aus der Ackerstraße und die erzählt mir, dass ihre Enkeltochter in Neukölln von der Straßenbahn überfahren worden ist, die kleine Else. In der Hermannstraße, von der Linie 29. Eingeklemmt war sie und ist an Ort und Stelle gestorben.«

»Hören Sie auf!«, rief Louise Schulz. »Ich kann so was nicht hören!«

»Überall wird doch gestorben«, sagte Anna Venzlaff. »Wir müssen uns alle dagegen abhärten.«

Louise Schulz schüttelte sich. »Aber nicht, wenn es ein Kind ist, das das ganze Leben noch vor sich hat.«

Anna Venzlaff zog die Luft ein. »Hier riecht es so brenzlig …, Louise, hast du jemandem die Locken verbrannt?«

Hertha Theuerkauf nahm Louise in Schutz. »Nein, das kommt vom Alex rübergeweht, da brennt der Anschluss zur Markthalle. Das Stroh und die Kisten alle.«

Sie bemerkten gar nicht, dass Ludwig Woytasch in die Tür getreten war und ihnen zuhörte. Er war auf Heimaturlaub in Berlin und hatte sich den lieben langen Tag lang in Berlin herumgetrieben. Es gab immer ein paar Geschäfte abzuwickeln und mit alten Freunden das eine oder andere einzufädeln.

Ludwig Woytasch war 1890 zur Welt gekommen und in der Gegend um den Schlesischen Bahnhof aufgewachsen, in der Koppenstraße, gleich am Andreasplatz. Es war eine Gegend, die Kritiker als einen Sumpf im Berliner Osten bezeichneten, eine Gegend, in der das Lumpenproletariat zu Hause war. Täglich wurden am Schlesischen Bahnhof Hunderte von bettelarmen Mädchen und jungen Frauen angespült, die Arbeit suchten. Dazu kamen alle jene, die in Berlin von ihren Anverwandten auf die Straße gesetzt worden waren oder ihre Gefängnisstrafe abgesessen hatten. Doch wer von ihnen fand schon eine Beschäftigung, kaum eine. Da lagen sie auf der Straße und hatten keine Wohnung und nichts zu essen. Was blieb ihnen in dieser aussichtslosen Lage anderes als Verbrechen und Prostitution. Hunderte von ihnen marschierten jeden Tag zur Sittenkontrolle im Polizeipräsidium am Alexanderplatz. Viele unter ihnen waren ›gefallene‹ Mädchen, die einmal als Verkäuferinnen, Dienstmädchen, Buchhalterinnen oder Fabrikarbeiterinnen gearbeitet hatten, dann eine Zeit lang von einem Mann ausgehalten worden waren und jetzt keine andere Wahl mehr hatten, als vom Verkauf ihres Körpers zu leben. Doch der war meist schon elend und ihre Nerven waren zerrüttet. Sie hatten es doppelt schwer, denn zum einen hatten die registrierten Strichmädchen Angst um ihre Einkünfte und wollten diese ›Nutten‹ in ihren Revieren nicht dulden, und zum anderen lebten sie in ständiger

Angst, in polizeiliche Kontrollen zu geraten und wegen verbotener Unzucht ins Gefängnis zu kommen. Da saßen sie dann auf den Bänken der großen Plätze, in den Kaffeeklappen und Destillen und warteten ebenso offensichtlich wie verstohlen auf mögliche Freier, krank, elend und am Verhungern.

Ludwig Woytasch, der gelernter Friseur war, hatte diese Verhältnisse zu nutzen gewusst und sich als Zuhälter wie als Hehler nützlich gemacht. Er sah gut aus, er war brutal und skrupellos und er wollte nach oben. Nie hatte ihn die Polizei bei seinen krummen Geschäften erwischt, weder in Berlin noch in Hamburg, dazu war er zu pfiffig. Sein leiblicher Vater, ein Maurergeselle, war früh an der Schwindsucht verstorben, und seine Mutter hatte sich einen kleinen Bestattungsunternehmer zum Mann genommen, ›meinen Leichenwäscher‹, wie sie sagte. Dieser Stiefvater nun war andauernd und zwanghaft zum Friseur gelaufen, um gepflegt zu erscheinen und angenehme Düfte zu verströmen. Seine Angst, dass sich alle Leute bei seinem Anblick die Nase zuhalten würden, war pathologisch. Oft hatte er seinen Ziehsohn mitgenommen, und Woytasch war auch immer gerne mitgegangen, denn ein Friseursalon war für ihn ein Ort höchsten Entzückens. Gewichtige Herren saßen dort in Stühlen, die einem Throne glichen, und den Damensalon nebenan nahm er als Harem, so verführerisch erschienen ihm die Frauen, die sich dort verschönern ließen. Sein großer Traum war es, selber einmal einen solchen Frisiersalon zu besitzen. Kurz vor Ausbruch des Krieges war es dann so weit, dass er genügend Geld beisammen hatte, sich einen zu kaufen, den in der Brunnenstraße 4, fast am Rosenthaler Platz. Weil er keinen Meisterbrief des Friseurhandwerks vorweisen konnte, hatten die Behörden Schwierigkeiten gemacht und die Innung hatte ihr Veto eingelegt, doch mit Hilfe von Anna Venzlaff war die Sache schnell geritzt. Sie besaß die nötigen Kontakte, um ihm gefälschte Papiere zu besorgen.

Ludwig Woytasch wechselte ein paar Worte mit den drei Frauen und ließ durchblicken, dass er seine Anna bald für sich allein haben wollte, schließlich ginge es morgen wieder an die Front zurück.

Er rieb sich die Hände. »Es ist kalt hier!«

»Wir haben ja kaum noch Kohlen gekriegt«, sagte Anna Venzlaff. »Die Eisenbahn hat keine Waggons, und die Kanäle sind noch alle zugefroren.«

»Die Kumpels müssen Feierschichten fahren, weil in den Zechen die Lagerplätze voll sind und nichts mehr raufgeht«, fügte Hertha Theuerkauf hinzu. »Das ist vielleicht eine Welt!«

»Die Kämpfe an der Höhe 185 sollen besonders heftig sein«, berichtete Ludwig Woytasch. »Mal sehen, ob sie uns in die Champagne schicken.«

Anna Venzlaff lachte. »Du warst doch schon immer auf Champagner aus.«

»Da wird wohl mehr Blut als Champagner fließen …«

Als Anna Venzlaff und Louise Schulz für einen Augenblick in die Wohnstube gingen, die hinter dem Frisiersalon gelegen war, um nach einer Tüte mit neuen Lockenwicklern zu suchen, drehte sich Hertha Theuerkauf zur Seite, um Ludwig Woytasch im Blick zu haben. Zu groß war ihre Angst, dass er von hinten auf sie zu trat, um sie zu würgen. Er formte auch schon seine Hände, um sie ihr um den Hals zu legen, ließ es dann aber bei dieser Bewegung.

»Wir rechnen noch mal miteinander ab, da kannst du getrost einen drauf lassen«, flüsterte er.

»Du bist ein Lump«, gab sie zurück. »Und mein größter Fehler war, dass ich dich damals nicht hinter Schloss und Riegel gebracht habe. Als Heiratsschwindler.«

Ihr Dialog bezog sich auf seinen Versuch, sich einer reichen Witwe in Kleinmachnow als Berliner Industrieller zu nähern, ihr die Ehe zu versprechen und ihr das Geld abzunehmen. Das hatte Hertha verhindert, weil sie die Dame kannte und irgendwie mochte.

»Wenn du Martha nicht gewarnt hättest, würde ich heute als Millionär in Buenos Aires sitzen und müsste nicht zurück in den Schützengraben«, knurrte Ludwig Woytasch. »In den sicheren Tod.«

Sie hielt den Mund, um ihn nicht weiter zu reizen. Wenn sie von einem Menschen gehasst wurde, dann von Ludwig Woytasch. Ihre Blicke trafen sich im Spiegel.

»Lass die Hände von Anna!«, sagte er. »Sonst …« Er zog mit einem diabolischen Grinsen die flache rechte Hand an seiner Kehle vorbei. »Mein Rasiermesser freut sich schon.« Damit verschwand er wieder.

Hertha Theuerkauf sprang auf und riss sich ihren Umhang vom Oberkörper. Panik hatte sie ergriffen. Nur schnell raus hier.

Anna Venzlaff und Louise Schulz kamen zurück und fragten sie staunend, warum sie denn schon nach Hause wolle, man habe doch noch nicht einmal anfangen, ihr die Haare zu waschen.

Hertha Theuerkauf suchte nach einer Ausrede. »Mir wird die Zeit zu knapp. Ich komme lieber morgen früh wieder. Sagen wir, um acht, bevor aufgemacht wird. Da bin ich dann die Erste und die Einzige.«

3.

Donnerstag, 15. März 1917

Maleike verfluchte seinen viel zu starken Bartwuchs. Morgens und in der Mittagspause musste er sich rasieren, sonst kam er nicht über den Tag. Schnell hatte er sich Rasierschaum geschlagen und mit dem Pinsel aufgetragen. Vom Gesicht waren im Spiegel nur noch die Stirn, die Nase, die Lippen und die Ohren zu sehen.

Er ließ die Seife ein wenig einwirken, damit die Haut weich und geschmeidig wurde, dann griff er zum Rasiermesser des Chefs. Ludwig Woytasch liebte Rasiermesser, und sein schönstes Exemplar war ein sogenannter ›Schulze Stosser‹. Es war in Handarbeit aus bestem Stahl gefertigt und verfügte über einen französischen Kopf und einen französischen Keilschliff, der bestens geeignet war, feine Konturen des Bartes herauszuarbeiten. Der Kopf zeigte eine gewisse Ähnlichkeit mit dem Bajonett der französischen Armee und wurde auch ›Franzosen-Stosser‹ genannt. Die nicht rostfreie Klinge hatte eine Größe von 4/8” und trug die Goldätzung ›Solinger Wertarbeit‹. In den Erl, die Verlängerung der Klinge in Richtung Schale, war das Logo der Firma eingeschlagen, die Klinge wurde von einem Cellit-Heft mit Neusilberintarsien gehalten. Irgendwer hatte die Initialen I. B. in den Griff geschnitzt.

Woytaschs Rasiermesser war ein selten schönes Stück, und Maleike freute sich, dass er es benutzen konnte. Er musste nur darauf achten, dass es den anderen verborgen blieb.

Ehe er das Rasiermesser ansetzte, griff er noch zum aufgehängten Lederriemen, um es abzuziehen. Nicht dass es stumpf gewesen wäre, aber das Abziehen war ein Ritual und musste sein. Das Ledern hatte im flachen Winkel zu erfolgen, wobei der Rücken des Messers aufliegen musste. Zu ziehen war vom Körper weg. Beim Wechsel musste das Messer über den Rücken gedreht werden, dann war es zum Körper hin zu ziehen. Ein Richtungswechsel über die Schneide ließ diese rund werden und den Schnitt verlieren. Maleike ließ sich also Zeit damit. Auch Woytasch benutzte das Messer, und fand er es beschädigt, war der Teufel los.

Maleike hatte seine Gesellenprüfung mit einer Bestnote abgeschlossen, und besonders beim Rasieren hatte er die Meister überzeugen können. Formvollendet hielt er das aufgeklappte Rasiermesser mit dem Daumen und drei Fingern seiner rechten Hand. Die geöffnete Schale wies vom Gesicht weg. Er straffte die Haut und bewegte das Messer in einem Winkel von etwa 30° gegen den Bartstrich. Wurde es zu flach geführt, riss das Messer die Stoppeln nur ab, zu steil angesetzt dagegen, schnitt es in die Haut. Gleichmäßig zog er es durch, an den Ecken und an der Oberlippe hielt er es etwas steiler. Als er fertig war, wusch er kalt nach und fuhr sich mit den Fingern über Kinn und Wangen. »Glatt wie ein Babypopo.« Er atmete tief durch. Es war wieder einmal geschafft, ohne dass ihn jemand gestört hätte.

Nun hatte er für einige Minuten den Beruf zu wechseln:

vom Friseur zum Maskenbildner. Sorgfältig schminkte er sich, dann stülpte er sich die Perücke über. Schnell hatte er sich Kleid und Kittel angezogen und seine Füße in die engen Schuhe gezwängt, dann war auch an diesem Morgen wieder aus dem Louis Maleike die Louise Schulz geworden.

Louis Maleike war am 30. Mai 1894 in Rixdorf, dem späteren Bezirk Berlin-Neukölln, als Sohn des Straßenbahnfahrers Max Maleike und der Näherin Martha Maleike, geborene Scharnetzki, auf die Welt gekommen. Schon als Baby hatten ihn alle angehimmelt, so niedlich war er, und später sagte jeder von ihm, er sei ein drolliger Kerl. Schnell hatte er kleine Kunststücke gelernt, und da bei ihrer Vorführung viel geklatscht worden war, hatte er schon im Alter von zehn Jahren eine gewisse Sucht nach dem Beifall anderer entwickelt. In seiner Schulklasse war er dafür bekannt, dass er andere Menschen nachmachen und parodieren konnte. »Maleike, du bist der geborene Schauspieler!«, hieß es überall. Über seinen Großvater, Bühnenarbeiter im Walhalla-Theater, kam er öfter zu Freikarten, und seine Freizeit verbrachte er vor allem im Theater. Aber nicht nur im Parkett saß er, auch hinter den Kulissen war er zu finden und suchte den Kontakt zu den Größen der Zeit. Bald verkündete er, auch einmal Schauspieler werden zu wollen. Seine Eltern hörten dies mit ziemlichem Entsetzen und zwangen ihn, einen ehrbaren Beruf zu erlernen, und da er als Kind immer gern Friseur gespielt hatte, gaben sie ihn in Neukölln in die Lehre. Die absolvierte er dann auch mit Bravour und schaffte die Gesellenprüfung ohne Mühe. Da er schlank und vergleichsweise kleinwüchsig war und ziemlich mädchenhaft wirkte, hatte er gehofft, nicht in den Krieg zu müssen, doch bei der Musterung war man der Meinung gewesen, er sei voll verwendungsfähig, und hatte noch gespottet, dass kleinere Leute im Schützengraben im Vorteil seien, da man ihnen nicht so schnell in den Kopf schießen und das Gehirn herauspusten könne, sofern vorhanden.

Dieses Bild hatte Louis Maleike an seinem letzten Abend in Berlin nicht einschlafen lassen, und er hatte beschlossen, von der Fahne zu gehen. Krieg hieß für ihn, entweder im Schützengraben zu sterben oder als Krüppel nach Hause zu kommen und keine Chance mehr zu haben, jemals auf der Bühne zu stehen. Sein großer Traum war es immer noch, Schauspieler und Tänzer zu werden, und er sparte jeden Pfennig, um zur Schauspielschule zu gehen, wenn der Krieg erst einmal vorbei war und er wieder er sein durfte.

Mit Hilfe einer Perücke aus seinem Frisiersalon und den Kleidern seiner Schwester hatte er sich in wenigen Minuten in die Louise Schulz verwandelt und war aus der Wohnung geschlichen. Eine junge Frau zu spielen, war ihm nicht schwergefallen, und nach einigem Hin und Her hatte er im Salon Woytasch Arbeit gefunden. Nach Papieren hatte ihn dort keiner gefragt, was ihn nicht groß wunderte, denn er hatte schnell mitbekommen, dass Ludwig Woytasch ein ziemlich zwielichtiger Zeitgenosse war, der nichts mit der Polizei zu tun haben wollte. Das traf sich also gut, und da Woytasch den Herrensalon mangels Kundschaft hatte schließen müssen, konnte er dort wohnen, ohne dass das jemanden scherte. Natürlich suchte man ihn, denn auf Fahnenflucht standen ja viele Jahre Gefängnis, aber seine Tarnung war so perfekt, dass er nie in Gefahr geriet. Keine seiner Kundinnen kam je auf die Idee, dass sie von einem Mann frisiert wurde.

So weit, so gut, aber dennoch führte er ein ziemliches elendes Leben, denn er wagte sich nicht aus seiner Höhle heraus, zu groß war die Angst, von Feldjägern erkannt und aufgegriffen zu werden. Keiner von seinen Angehörigen und Freunden wusste, wo er steckte, und nur durch Zufall hatte er erfahren, dass seine Mutter sterbenskrank im St.- Hedwigs-Krankenhaus lag. Immer wieder nahm er sich vor, sie zu besuchen, doch immer wieder scheute er davor zurück. Wenn sie bei seinem Anblick aufschrie und laut seinen Namen rief, war sein Spiel verloren. Das Einzige, was er tun konnte, war, wieder einmal einen Brief an seinen Vater zu schreiben: ›Ich lebe, mir geht es gut. Fragt nicht nach. Herzliche Grüße und Genesungswünsche an Mutter. Euer Louis.‹ Briefmarken und Umschläge hatte er sich aus dem Frisiersalon besorgt, und der kurze Weg bis zum Briefkasten am Rosenthaler Platz war ungefährlich. Bevor die erste Kundin kam, konnte er alles erledigt haben. Er setzte sich hin und begann zu schreiben, brach dann aber wieder ab. Nein, das hatte Zeit bis heute Abend.

Um seinen Arbeitsplatz zu erreichen, brauchte er nur den Hausflur zu überqueren. Die Tür zum Damensalon und zur Wohnung des Paares Woytasch/Venzlaff war aus dunkelbraunem Holz, das dringend einen neuen Anstrich benötigte. Etliche Leisten, schön gedrechselte Verzierungen und drei gelb eingefärbte Glasscheiben im oberen Teil sollten ein bürgerliches Ambiente signalisieren.

Eine Mieterin kam die Treppe herunter und er begrüßte sie mit einem höflichen »Guten Morgen«, wobei er Mühe hatte, die richtige Tonlage zu treffen. Die Stimme zu verstellen, machte ihm die meiste Mühe, und der erste Satz am Morgen war immer der schwerste. Er hatte sich vorgenommen, wenig zu sprechen und in Kauf zu nehmen, als wortkarg verschrien zu sein, aber das ließ sich nicht immer durchhalten, denn die meisten Kundinnen wollten plaudern, wenn sie frisiert wurden. Aber mit seiner kurzen Frisur und seiner burschikosen Art galt er ohnehin als maskuliner Frauentyp und man nahm ihm die etwas tiefe Stimme ohne Weiteres ab.

»Guten Morgen, Fräulein Schulz!« Die Mieterin huschte vorbei. Als sie die Haustür aufzog, kam ihr Anna Venzlaff entgegen. Maleike war verwundert, dann fiel ihm aber wieder ein, dass seine Chefin ja vorgehabt hatte, Woytasch zum Bahnhof zu bringen. Es war ihr deutlich anzusehen, wie aufgewühlt sie war. Für die meisten Soldaten war die Fahrt an die Westfront ja eine Fahrt in den Tod.

»Vielleicht war es ein Abschied für immer«, sagte sie zu Maleike und wischte sich mit dem Handrücken über die Augen.

Maleike schwieg, er hatte auch ein schlechtes Gewissen, weil er für einen Augenblick gedacht hatte, dass es um Menschen wie Ludwig Woytasch nicht sonderlich schade war. Er schämte sich, denn: ›Richtet nicht, auf dass ihr nicht gerichtet werdet!‹

Anna Venzlaff musterte ihn. »Sie haben ja gar keinen Mantel an, Fräulein Schulz, wollen Sie so zu Frau Kammermeier gehen?«

Maleike schlug sich die Hand vor die Stirn. »Gott, das habe ich ja ganz vergessen! Die Frau Kammermeier und ihre Enkeltochter.«

Da das Geschäft immer schlechter lief, ging Anna Venzlaff auch auf die Wünsche älterer und behinderter Menschen ein, zu Hause frisiert zu werden. Natürlich musste das ohne Trockenhaube abgehen, aber wenn Louise oder sie sich auf den Weg zu einer Kundin machten, ließen sich die notwendigsten Utensilien wie Umhänge, Kämme, Scheren und Haartrockner ohne Mühe in einem kleinen Handkoffer unterbringen.

Den holte Maleike sich nun aus dem Herrensalon und trat auf den Gehsteig hinaus. Bis zur Lothringer Straße 48 war es nur ein Katzensprung, aber ihm schien es eine Ewigkeit zu dauern, bis er endlich bei der alten Dame angelangt war, denn ihm war, als würde er sich durch vermintes Gelände bewegen. Wenn das Schicksal, der Herr oder der Zufall, wer oder was auch immer, es wollte, dann lief ihm ein alter Schulfreund in die Arme, und der schrie dann auf: »Mensch, das ist doch der Maleike!« Denn bei allem schauspielerischen Talent und allem Training vor dem großen Spiegel im Herrensalon: sich so hundertprozentig bewegen wie eine junge Frau konnte er noch immer nicht. Er kam sich vor wie ein Dorftrampel.

Nun, Johanna Kammermeier, die Witwe eines Feldwebels, war weit davon entfernt, Verdacht zu schöpfen, denn zu eindeutig waren Muster und Signale, und es war wie ein Reflex: Wenn Kleid, dann Frau. Johanna Kammermeier wollte am Nachmittag im Kreise ihrer Lieben ihren 80. Geburtstag feiern, wagte sich aber wegen ihres Rheumas, ihrer Gicht und ihrer schon beträchtlich deformierten Füße seit einem halben Jahr nicht mehr auf die Straße hinunter.

Maleike wurde von ihrer Enkeltochter eingelassen und machte sich, für warmes Wasser war schon gesorgt worden, ans Werk.

Johanna Kammermeier, die geistig noch sehr rege war, erinnerte sich an ihren zehnten Geburtstag, den man bei ihr zu Hause in Groß Pankow gefeiert hatte.

»Sogar vom Schloss war einer da und hat gratuliert. 1847 war das, noch vor der Revolution. Die kam dann ein Jahr später, und als ich geheiratet hatte und die ersten vier Kinder da waren, hatten wir die großen Kriege: 1864 gegen Dänemark, 1867 gegen Österreich und 70/71 gegen Frankreich. Und mein Mann immer dabei! Ach, Fräulein Schulz, was ich da für Ängste ausgestanden habe! Seien Sie bloß froh, dass Sie eine Frau sind und nicht an die Front müssen. Dann schon lieber acht Kinder kriegen, als im Schützengraben krepieren!«

»Da kann ich Ihnen nur recht geben«, murmelte Maleike und hustete kräftig, um zu verdecken, dass er eben mit eher männlicher Stimme gesprochen hatte.

»Warum muss denn Deutschland immer dabei sein, wenn irgendwo Krieg ist?«, fragte Johanna Kammermeier.

»Das ist wohl unser Fluch, dass es tief in unserm Volk drinsteckt«, antwortete Maleike.

Länger als eine halbe Stunde hatte er bei Johanna Kammermeier nicht zu tun, und da nun die Enkeltochter doch nicht ›behelfsmäßig‹, wie sie sagte, frisiert werden wollte, konnte er sich früher als erwartet auf den Heimweg machen. Wie er da über die Straße huschte und versuchte, sich irgendwie unsichtbar zu machen, kam er sich wie eine Ratte vor, die man aufgescheucht hatte und die nun an der Häuserwand entlanglief, immer in Deckung, und nach einem Schlupfloch suchte. Gott sei Dank, da war der Salon Woytasch schon!

Maleike trat in den Hausflur und schloss die Wohnungstür auf. Was jetzt kam, war jeden Morgen dasselbe: Er ging durch den Damensalon hindurch, zog die Jalousie hoch, drehte den Schüssel in der Ladentür herum und wartete auf die erste Kundin. Oder darauf, dass Anna Venzlaff aus dem privaten Bereich heraustrat und fragte, wie es denn so ginge und wer von den Damen der Umgebung sich für den Vormittag angemeldet hatte.

Doch an diesem Morgen war alles ganz anders, denn als er in den Korridor getreten war und Licht gemacht hatte, sah er die Tür zu Anna Venzlaffs Wohnzimmer, ihrer guten Stube, wie sie immer sagte, sperrangelweit offen stehen. Er wunderte sich und rief »Hallo!« und »Guten Morgen allerseits!«, ohne eine Antwort zu bekommen. Als er näher herangekommen war, sah er vor dem Esstisch eine Frau liegen, tot und in einer riesigen Blutlache. Ganz offensichtlich ermordet. Ihr Gesicht war nicht zu erkennen. Er schrie auf und ergriff die Flucht, lief nicht nur zurück in den Hausflur und hinüber in seine Heimstatt, sondern auf die Straße hinaus und hin zum Rosenthaler Platz, denn bei einem Mord rückte eine ganze Heerschar von Kriminalbeamten an, und wenn die ihn verhörten, kam mit Sicherheit heraus, dass er ein Mann war, der wegen Fahnenflucht gesuchte Louis Maleike. Dann war alles aus. Also lief er um sein Leben.

4.

Donnerstag, 15. März 1917

Die Soldaten im Zug nach Köln hatten ihren Heimaturlaub beendet und rollten zurück an die Westfront. Die meisten von ihnen hatten im Mai und Juni des letzten Jahres vor Verdun gekämpft, und immer wieder erzählten sie davon.

»Morgens von halb acht an hatten wir Gas mit größten Kalibern. Dann eine halbe Stunde lang Beschuss mit 38,5- und 42-Zentimeter-Granaten. Die Erde bis hoch in den Himmel gespritzt. Im Dorf sind die Trümmer höher geflogen, als der Kirchturm war. Alles war in Rauch gehüllt. Gegenüber unserer Stellung ist Weltuntergang. Befehl: ›Raus aus den Gräben!‹ Kein Quadratmeter, der nicht zerwühlt ist. Die Maschinengewehre rattern, das Infanteriefeuer rollt. Ein Höllenlärm. Neben mir stürzt einer. Unser Kompanieführer springt auf, es fetzt ihm die Generalstabskarte aus der Hand. Er presst die Hände auf die Brust und fällt vornüber. Eine Minute später ist er tot.«

»Wie bei uns. Neben mir greift einer mit beiden Händen in die Luft, als wollte er sich an einem unsichtbaren Tau festhalten, dann bricht er zusammen. Ein anderer fällt um wie eine umgehauene Tanne: Kopfschuss. Wir müssen zurück in die Gräben. Da liegen wir dann im Dreck, auf blutigen Uniformfetzen, herausgespritztes Hirn klebt an den Balken. Ein Verwundeter brüllt wie ein Tier.«

Ludwig Woytasch schüttelte sich. Bis jetzt war er wendig genug gewesen, sich einen Posten als Kurier zu verschaffen, aber sein Freund und Gönner in der Etappe war in der Schlacht an der Somme gefallen, und nun hieß es auch für ihn: Ab in den Schützengraben. Er war einer mobilen Reserve-Division zugeteilt worden, die mit großer Schnelligkeit an hart umkämpfte Frontabschnitte herangeführt werden sollte.

Die deutschen Truppen, die an der Somme gestanden hatten, waren in die Siegfriedstellung zurückgezogen worden. Die war nicht nach dem Nibelungen-Helden benannt worden, sondern meinte, dass man mit ihr einen Sieg-Frieden erringen konnte. Es war damit zu rechnen, dass die Alliierten Anfang April in Nordfrankreich eine Offensive starten würden.

Erwin, ein Kamerad aus Karlshorst, wollte wissen, was am Beruf des Friseurs so interessant sein sollte. »Den Leuten die Haare abschneiden und dann vom Boden wieder auffegen …?«

Ludwig Woytasch hielt ihm einen kleinen Vortrag. »Wenn es man nur die Haare wären. Wir sind die Kummerkästen der Leute, wir müssen sie trösten. Und: immer nur lächeln, was sie dir auch erzählen und was sie auch wollen. Da hat eine ein Ziegengesicht und möchte eine Frisur haben, mit der sie nachher wie Mia May aussieht.«

Das war das Stichwort. Erwin begann nun, von Mia May zu schwärmen. »Eijentlich heißt se ja Hermine Pfleger.« Er hatte sie im Bergarbeiter-Drama ›In der Tiefe des Schachtes‹ und in ›Die Sünde der Helga Arndt‹ gesehen, aber auch in beliebten Detektivserien.

Mit anderen unterhielt sich Ludwig Woytasch über Fußball. Erich hatte bei Alemannia 90 auf dem Exerzierplatz an der Schönhauser Allee, dem ›Exer‹, gespielt, wenn auch nur, wie er sagte, als Torwart, und schwärmte davon, dass es beim Jubiläumsspiel im November 1915 zweitausend Zuschauer gegeben hatte. Hermann hatte noch mehr zu bieten, denn er war Mitglied von Viktoria 89, und sein Verein war x-mal Berliner Meister und Pokalsieger geworden und zweimal sogar Deutscher Meister, 1908 und 1911.

»Jetzt jeht dit ja nich mehr«, fügte er bedauernd hinzu, denn seit 1914, wo die SpVgg. Fürth triumphiert hatte, war die Deutsche Meisterschaft nicht mehr ausgespielt worden.

»Dabei wär dit 'n jutet Training«, sagte Erich. »Wat meinste, wat ick schon allet für Jranaten uffs Tor jekriegt habe!«

Gustav, der vierte Kamerad, mit dem Ludwig Woytasch das Abteil teilen durfte, ein Student der Nationalökonomie, betätigte sich als Agitator. »Was haben sie uns versprochen? Dass wir schnell siegen werden und in Paris auf den Champs-Elysées promenieren. Und was ist passiert? Wir liegen im Schlamm der Schützengräben und krepieren zu Hunderttausenden. Je eher Schluss ist mit dem Krieg, desto eher …«

»Halt's Maul!«, rief Hermann.

Gustav, der sich vor der Abfahrt ihres Zuges noch eine Zeitung gekauft hatte, bemühte sich, ihn mit erbaulichen Meldungen zu beruhigen. »Neue große Erfolge der U-Boote. Ein feindlicher Kreuzer, eine U-Boot-Falle und 48150 Tonnen Frachtraum vernichtet.«

»Bravo!«, rief Hermann.

»Verwandelt Euer Geld in U-Boote!«, fuhr Gustav fort. »Auf zur Zeichnung der 6. Kriegsanleihe!« Dann wollte er auch Erwin etwas bieten und kam zur Kultur. »Deutsches Theater – Max Reinhardt inszeniert Ibsens Wintertragödie ›John Gabriel Borkmann‹. Else Lehmann und Rose Bertens sind grandios, ebenso wie Paul Wegener, Max Pallenberg und Paul Hartmann nicht minder.« Die letzten beiden Sätze zitierte er wörtlich: »Ueber dem letzten Bilde, das sich nach dem Wunsche des Dichters zum weiten Ausblick wandelte, wölbte sich ein sternenfunkelnder, wunderbarer Winterhimmel. Der Beifall des Publikums, der sich in stiller Ergriffenheit und minutenlangen Hervorrufen äußerte, galt mit Recht in erster Linie der Regie Reinhardts, die diesen Abend zum großen Gesamteindruck zusammengeschlossen hatte.«

»Haste nich wat anderet uff Laga als diese Scheiße!«, rief Erich.

»Ja, warte mal …« Gustav überflog die Seite und wurde ganz unten fündig. »Bluttat eines Geisteskranken in Spandau. Im Hause Moltkestraße 5 in Spandau hat gestern der Arbeiter Otto Schulz den 77jährigen Arbeiter Karl Runge mit einem Beil erschlagen und die Leiche fast vollständig zerstückelt. Schulz hat offenbar in einem Anfall von Geistesstörung gehandelt. Er erlitt nach vollbrachter Tat einen Schlaganfall und wurde von seiner Frau, die wegen eines Fieberanfalls, den Schulz in der Nacht gehabt, einen Arzt benachrichtigt hatte, tot an der Leiche des Erschlagenen aufgefunden.«

Ludwig Woytasch hörte nicht mehr hin. Er hatte einen

Fensterplatz erwischt und kuschelte sich in den Vorhang. »Ich bin müde.« Doch an Schlaf war nicht zu denken, zu frisch war ihm noch alles im Gedächtnis, was er in Berlin erlebt hatte.

Und immer wieder hatte er eine Kehle vor Augen, durch die er sein Rasiermesser zog.

5.

Donnerstag, 15. März 1917

Max zündete den Kracher, den er seinem Vater bei der letzten Silvesterfeier stibitzt hatte, und warf ihn über die Hecke, hinter der sich Otto verschanzt hatte. Nach der Detonation schrie Otto auf, wälzte sich im Sand, rief nach dem Sanitäter. Irma eilte herbei, schlang im Laufen einen roten Schal um den Kopf und jammerte, dass das Blut im Nu durchsuppen würde. »Ich kann die Blutung nicht stillen, er stirbt mir unter den Händen weg!« Das tat Otto dann auch, und Max machte sich auf, um Hilde, der Kriegerwitwe, die Nachricht zu überbringen. Hilde brach in Tränen aus und sank schluchzend in Irmas Arme. »Ich habe nun keinen Otto mehr!« Max schämte sich seiner Tränen nicht und regte an, nach der Schlacht bei Verdun nun auch noch Beerdigung zu spielen.

»Aber wir haben keinen Sarg«, wandte Hilde ein.

Max wischte ihren Einwand hinweg. »Dann wird er so verscharrt.«

Otto protestierte. »Nee, ick hab dann allet wieda voll Sand und krieg' zu Hause Dresche.«

»Dann spielen wir eben Lazarett«, sagte Hilde. »Und ich bin die Schwester.«

»Und ich der Arzt, der ihm das zerschossene Bein abnimmt!«, rief Max.

Dazu kam es aber nicht mehr, denn ein Priester aus

der gegenüberliegenden Herz-Jesu-Kirche hatte sie von einer Bank aus beobachtet und ermahnte sie, etwas anderes zu spielen.

»Kennt ihr nicht die Bergpredigt?«, fragte er.

»Wat für'n Berch?«, fragte Otto. »Auf'm Pfefferberg drüben hat keena gepredigt.«

»Auf dem Berge Sinai war das«, sagte Hilde.

»Nein«, widersprach ihr der Priester. »Auf dem Berg Sinai hat sich Gott Moses und den Kindern Israels offenbart. Im Matthäus-Evangelium heißt es über Jesus nur: ›Da er aber das Volk sah, ging er auf einen Berg und setzte sich; und seine Jünger traten zu ihm. Und er tat seinen Mund auf, lehrte sie und sprach …‹ Und gesagt hat er unter anderem: ›Selig sind die Friedfertigen, denn sie werden Gottes Kinder heißen.‹ Also meidet bitte im Namen des Herrn alle Kriegsspiele.«

Als er so redete, näherte sich ihm von hinten ein kleiner, fast zwergwüchsiger Mann mittleren Alters, ein ›Fixniedlich‹, wie die Berliner solche Menschen nannten, und schickte sich an, ihm die Soutane abzuklopfen.

»Hochwürden müssen sich da irgendwo schmutzig gemacht haben.«

»Danke sehr, danke!« Der Priester war erfreut über so viel Höflichkeit.

»Bitte, gern geschehen.«

Flink verschwand der Mann in Richtung Schönhauser Allee, und er war schon um die Straßenecke gebogen, als der Geistliche bemerkte, dass ihm der Zehnmarkschein fehlte, den er vorhin in die Tasche seiner Soutane gesteckt hatte. Unwillkürlich entfuhr ihm ein Laut des Erschreckens. »Ein Taschendieb!«

»Das wird der Lepiorz gewesen sein«, stellte Otto fest.

»Lepiorz lässt 'nen Forz!«, rief Max.

»Furz«, wurde er von Irma verbessert. »Mit u.«

»Wer ist Lepiorz?«, fragte der Priester.

»Der jeht imma uff de Rennbahn und gewinnt da«, verriet ihm Max. »Und wohnen tut er bei uns im Haus. Soll ich Sie hinbringen?«

»Nein, danke.« Der Priester winkte ab. »Ich muss wieder in die Kirche.« Damit wandte er sich von den Kindern ab.

Nach längerem Palaver kamen Otto, Max, Irma und Hilde überein, durch die Gegend zu stromern und zu sehen, ob sich irgendwo etwas Essbares auftreiben ließ. Von einem Bäcker in der Brunnenstraße hieß es, er würde Kindern ab und an Kuchenkrümel schenken. Sie liefen die Fehrbelliner Straße entlang, kamen zur Kreuzung mit dem Weinbergsweg und landeten schließlich am Rosenthaler Platz.

»Am Blasenthaler Rotz«, sagte Max. »Und nu?«

»In die Brunnenstraße rin, den Bäcker mit die Krümel suchen«, wies Hilde an.

»Den Krümeln«, wurde sie von Irma verbessert.

Weit kamen sie nicht, denn vor dem Hause Brunnenstraße 4 war ein weißer Spitz angebunden, den sie alle kannten.

»Det is doch der Pollo von die Theuerkauf!«, rief Max.

Sofort liefen die beiden Mädchen hin, um das Tier zu streicheln. Da der Hund stark hechelte, wussten sie sofort, dass er mächtig Durst haben musste.

»Ich hol mal ’ne Schüssel mit Wasser«, sagte Otto und schickte sich an, die Tür zum Frisiersalon Woytasch aufzuziehen. »Wahrscheinlich sitzt die Theuerkauf da drin und lässt sich die Haare machen.«

Aber was er von der Friseuse erfuhr, war nur, dass Frau Theuerkauf am heutigen Donnerstag überhaupt nicht zum Haaremachen da gewesen sei.

Freitag, 16. März 1917

Isolde Dombrowski war dabei, im Treppenhaus aufzuwischen. Das ging ins Kreuz, und als sie bei der Klara Rylski die Morgenzeitung im Briefschlitz stecken sah, zögerte sie nicht, sie herauszuziehen und sich eine kurze Pause zu gönnen. Gern las sie die Blätter, die andere abonniert hatten, das sparte eine Menge Geld. Die Revolution in Russland interessierte sie wenig, aber dass der Zar Nikolaus abdanken musste, rührte sie zu Tränen. Die arme Zarenfamilie. Mein Gott, auf der Straßenbahnlinie 97 war an der Kreuzung der Müller- mit der Seestraße urplötzlich während der Fahrt der obere Teil der hinteren Plattform abgebrochen. Der einzige Fahrgast hatte sich mit einem Sprung ins Wageninnere retten können. Sie schwor sich, so schnell nicht wieder Straßenbahn zu fahren. In Neukölln hatten zwei Ganoven zahllose Laubeneinbrüche begangen und dabei Kaninchen, Gänse, Hühner, Enten und Tauben gestohlen. »Klar, wo it nischt Richtijet mehr zu essen jibt«, murmelte sie. Irgendwie legitim fand sie auch das Treiben eines pfiffigen Berliners: Der hatte sich Scheinmeldungen ausgestellt und sie, nachdem er die Unterschrift des Hausverwalters gefälscht hatte, auf den Polizeirevieren abstempeln lassen, um sich damit bei den Brotkommissionen zusätzliche Lebensmittelkarten zu verschaffen.

Da sich jetzt drinnen bei der Rylski etwas regte, legte sie die Zeitung schnell vor die Wohnungstür und entfernte sich mit ihrem Wischeimer.

Ansonsten nahm Isolde Dombrowski ihre Aufgaben als ›Portjeesche‹ außerordentlich ernst, was ihr im Hause Lotumstraße 23 schon viele Feinde eingebracht hatte. Man fühlte sich von ihr ausspioniert und gegängelt. Und es kam auch schon einmal vor, dass ein Blumentopf aus Versehen vom Fensterbrett fiel, wenn sie gerade durch den Innenhof ging. Das war sie gewohnt, nun aber erbleichte sie doch, denn am Schwarzen Brett hing eine Karikatur – und auf der war jemand dabei, ihr mit einem Rasiermesser die Kehle durchzuschneiden. Sie riss sie herunter und lief damit zum nächsten Polizeirevier.

»Det jeht zu weit!«, rief sie dem Beamten zu, als man sie vorgelassen hatte.

Da sie dem Mann schon seit Jahren auf die Nerven ging, versuchte er, sie zu beruhigen, indem er sagte, das seien doch Kinder gewesen, und außerdem hätte die karikierte Person überhaupt keine Ähnlichkeit mit ihr. »Die wer'n die Hausbesitzerin gemeint haben.«

»Nee, dit bin ick hier, und wer der jemalt hat, weeß ick ooch: det war der Wissulke. Mit dem hab ick imma Ärjer, und der rasiert sich immer mit so'm Messer wie det, det hier abjebildet is.«

Der Beamte grinste. »Woher wissen Sie denn das so genau?«

Isolde Dombrowski fauchte ihn an: »Nich, wat Sie denken, Sie mit Ihre schmutzje Fantasie! Der rasiert sich imma an't offene Fensta, weila denkt, det er 'n Adonis is.«

Der Beamte nahm die Sache zu Protokoll, und Isolde Dombrowski machte sich auf den Rückweg.

Als sie wieder in der Lottumstraße angekommen war, glaubte sie ihren Ohren nicht zu trauen, denn aus dem Treppenhaus drang ein geradezu infernalischer Lärm. Kinder schrien durcheinander, ein Hund bellte wie verrückt. Es wurde gegen eine Tür gebummert.

»Frau Theuerkauf, aufmachen, wir wollen Ihnen den Pollo bringen!«

Isolde Dombrowski hastete so schnell nach oben, dass Herz und Lunge zu versagen drohten.

»Wat is denn hier los?«, schnaufte sie.

Die Kinder erklärten ihr, dass sie Pollo in der Brunnenstraße vor dem Frisiersalon Woytasch gefunden hätten, aber Frau Theuerkauf gar nicht dort gewesen wäre.

»Det ist ja ne schöne Bescherung«, stellte Isolde Dombrowski fest und versuchte, sich die Sache zusammenzureimen. Hertha Theuerkauf hatte offenbar vorgehabt, sich eine neue Frisur zuzulegen, und war zu Woytasch gegangen. Gerade hatte sie den Pollo festgemacht, kommt jemand und teilt ihr ganz was Wichtiges mit. Eine Freundin. Sie vergisst den Hund und springt mit der Freundin in die Straßenbahn.

»Was soll denn nun mit Pollo werden?«, fragte Hilde und hoffte, ihn mitnehmen zu können.

»Der bleibt bei mir, bis Frau Theuerkauf zurückkommt.«

Die Mädchen waren enttäuscht, die Kinder zogen aber dennoch fröhlich ab, denn Isolde Dombrowski schenkte ihnen zum Dank für ihre Aufmerksamkeit fünfzig Pfennige. Die würde sie sich nachher natürlich von der Theuerkauf wiedergeben lassen.

Isolde Dombrowski versorgte den Hund und machte sich dann an die Hausarbeit. Dass die Hausbesitzerin noch immer nicht zurückkam, wunderte sie nicht, denn sie hatte die Theuerkauf als einen sehr spontanen Menschen kennengelernt. Auch als sie um 8 Uhr abends ordnungsgemäß die Haustür abschloss und sich vorher noch auf der Lottumstraße umsah, ohne Hertha Theuerkauf zu entdecken, dachte sie an nichts Böses. Wahrscheinlich war sie einer tollen Frau begegnet und hatte sofort Feuer gefangen. »Die Weiber, die!«, murmelte sie, als sie wieder nach oben ging.

Erst als sie am nächsten Morgen nach dem Frühstück bei Hertha Theuerkauf an der Wohnungstür klingelte und sich drinnen nichts rührte, wurde sie unruhig. Als das Klingeln nichts brachte, bummerte sie gegen die Tür.

»Frau Theuerkauf, bitte aufmachen!«

»Was is denn da los?«, fragte Wissulke, der gerade auf dem Weg in den Keller war, sich Presskohlen zu holen.

»Frau Theuerkauf is verschwunden.« Isolde Dombrowski berichtete ihm von dem, was geschehen war.

»Hoffentlich liegt se nich tot inne Wohnung«, sagte Wissulke.

Isolde Dombrowski prallte zurück und eilte dann zu

einem der Mieter, der Telefon in der Wohnung hatte. Polizei und Feuerwehr kamen, die Wohnung wurde aufgebrochen.

»Hier ist nüscht!«, war bald darauf zu hören.

»Dann erstatte ich Vermisstenanzeige«, verkündete Isolde Dombrowski.

»Da kann Sie keiner dran hindern«, tat ihr der mitgekommene Polizeibeamte Bescheid. »Aber im Allgemeinen haben Sie damit keinen Erfolg. Das kommt zu den Akten und dann … Es werden in Deutschland zu viele Menschen vermisst.«

6.

Dienstag, 3. April 1917

Fokko v. Falkenrehde bewohnte eine halbe Etage in einer verhältnismäßig kleinen Villa ›janz weit draußen‹ in Lichterfelde, einer Ortschaft im Kreis Teltow, die ganz und gar vom Militär, das heißt, der dortigen Kadettenanstalt geprägt war. Folglich gab es einen Gardeschützenweg, eine Kadetten- und eine Kommandantenstraße. In letzterer war er zu Hause. Wollte er von dort zum Polizeipräsidium am Alexanderplatz, um seinen Dienst als Kriminalkommissar pünktlich zu beginnen, musste er früh aufstehen, zum Bahnhof ›Groß Lichterfelde West‹ laufen und dort den Dampfzug nach Berlin besteigen. Der endete am Potsdamer Platz und es war in die U-Bahn umzusteigen, die vor vier Jahren den Alexanderplatz erreicht hatte.

Fokko v. Falkenrehde hätte sich die 1. Klasse leisten können, denn neben der staatlichen Alimentierung bekam er jeden Monat einiges von seinen Eltern zugesteckt, aber er zog es vor, inmitten der kleinen Leute zu reisen. Sicherlich, er war von Adel und irgendwie den Hohenzollern verpflichtet, aber stärker war sein Wunsch, dass der Kaiser abdanken und Deutschland ein Land würde wie die Vereinigten Staaten von Amerika. Von daher hörte er es gern, wenn die Berliner leise sangen: ›Wenn Willem im Zylinder jeht, und Aujuste nach Kartoffeln steht, dann ist der Krieg zu Ende.‹ Irgendwie roch es in Berlin nach Revolution.

Am Potsdamer Platz angekommen, machte er sich nicht sogleich auf den Weg zur U-Bahn-Station, sondern bezog seinen gewohnten Posten in der Nähe des Tabakkiosks, um auf seine Braut zu warten.

Bettina v. Teschendorff, kapriziös wie die Melusine in Fontanes ›Stechlin‹, hatte sich dem Studium der schönen Künste gewidmet und dies auch ohne finanzielle Sorgen tun können, denn ihr Vater war als Lieferant der Kaiserlichen Armee zu einigem Reichtum gekommen. Seit Monatsanfang aber fuhr sie jeden Morgen nach Moabit, um in einer Munitionsfabrik ihrer vaterländischen Pflicht nachzukommen. Dem Drängen ihrer Eltern hatte sie nicht länger widerstehen können.

Dass die Frau, die er liebte, die Tochter eines ihm verhassten Kriegsgewinnlers war und nun auch noch Granaten für die herrschende Klasse fertigte, ging Fokko v. Falkenrehde zwar gehörig contre coeur, musste aber nach Lage der Dinge hingenommen werden. Da die von Teschendorffs in einer Villa am Rande des Tiergartens lebten, konnte es Bettina so einrichten, dass sie sich jeden Morgen trafen, um vom Potsdamer bis zum Alexanderplatz gemeinsam mit der U-Bahn zu fahren. Das hatte immer die Süße eines Rendezvous und gab ihnen die Kraft, besser über den garstigen Alltag zu kommen. Berlin im vierten Kriegsjahr war alles andere als erbaulich.

Da Bettina Pünktlichkeit für eine Charakterschwäche hielt, hatte er sich auf eine Wartezeit von mindestens zehn Minuten eingerichtet. Er nutzte sie, um einen Blick auf die ausgehängten Zeitungen zu werfen. Was sofort ins Auge stach, war eine riesige Anzeige:

Denkt daran
dass unsere Feinde das aufrichtige Friedensangebot unseres Kaisers mit frechem Hohn abgewiesen haben

Denkt daran
dass England, das uns mit ehrlichen Waffen nicht bezwingen kann, den feigen Hungerkrieg gegen unsere Frauen, Kinder und Greise anzettelt hat

Denkt daran
dass Frankreich gegen Eure Söhne, Brüder und Väter im Felde farbige, mordgierige Bestien in Menschengestalt hetzt

Denkt daran
was Russlands Kosakenhorden aus den blühenden ostpreußischen Landen und ihren friedlichen Bewohnern gemacht haben

Denkt daran
dass das »neutrale« Amerika die Beziehungen zu uns abgebrochen, weil ihm durch unsern U-Boot-Krieg das »Geschäft« gestört wurde

Denkt
an den Verrat Italiens und Rumäniens, denkt an die Misshandlung unserer gefangenen Helden in Feindeslanden, denkt an die Bombenattentate unserer

Gegner auf friedliche unbefestigte Städte, denkt an Baralong – - -

Dann wisst Ihr, was Ihr zu erwarten und was Ihr zu tun habt!

Es geht um Alles!

**Zeichnet die 6. Kriegsanleihe
zur Erzwingung des Friedens.**

Fokko v. Falkenrehde konnte es nicht fassen. Wie sollte man in einem solchen Europa noch leben wollen, wo sich die Völker an den vielen Fronten abschlachteten und die Gemüter für Jahrhunderte vergiftet wurden! Und nicht zum ersten Mal kam ihm der Gedanke auszuwandern, Bettina mitzunehmen nach Afrika oder Südamerika.

Da kam sie endlich, flog auf ihn zu und umarmte ihn so leidenschaftlich, dass augenblicklich jeder Groll verflogen war. Vom Potsdamer Bahnhof musste man ein Stückchen laufen, um zur U-Bahn zu gelangen, und deren Bahnhof hieß Leipziger Platz. Arm in Arm stiegen sie in die U-Bahn hinunter.

Fokko v. Falkenrehde fuhr gern mit der Unterpflasterbahn, denn es gab keine bessere Möglichkeit, dem Volk nahe zu sein und zu hören, was gerade so gesprochen wurde. Als Kriminalkommissar konnte man nie genug Milieukenntnisse haben. Aber das war nur das eine, zum anderen war es die kindliche Freude daran, schnell von A nach B zu gelangen, ohne dass man sich so anstrengen musste wie beim Gehen und Radfahren. Und reizvoll war es auch, sich vorzustellen, was sich in dieser Sekunde oben auf der Straße abspielte, fuhr er durch den Tunnel. Vielleicht lief über ihm gerade die eigene Mutter den Bürgersteig entlang und keiner von ihnen ahnte, wie nahe sie sich waren. Zu allem kam noch der ästhetische Genuss der Bahnhofsarchitektur. Jeden Tag war die Fahrt ein neues Erlebnis für ihn, insbesondere, wenn er sich eng an Bettina schmiegen konnte. Es konnte gar nicht genug Kurven geben.

»Weißt du, das wir uns genau unter dem Hotel Fürstenhof befinden?«, fragte Fokko v. Falkenrehde, als sie unten auf dem Bahnsteig angelangt waren.

»O Gott, wenn das jetzt alles zusammenkracht!«, rief Bettina.

»In Deutschland kracht nichts zusammen, höchstens alles.«

»Psst!«

Der Zug in Richtung Nordring lief ein. Vor ihnen hielt ein dunkelrot gestrichener Raucherwagen. Da Bettina immer glaubte, in deren dicker Luft ersticken zu müssen, drängelten sie sich durch die Menge, um einen der gelben Nichtraucherwagen besteigen zu können. »Zurückbleiben!«, schrie der Bahnhofsschaffner. Los ging es. Bis zum nächsten Bahnhof waren es keine zwei Minuten.

Kaiserhof. Eigentlich hätte der Bahnhof Wilhelmplatz heißen müssen, aber einen U-Bahnhof mit Namen Wilhelmplatz gab es schon in der Nachbargemeinde Charlottenburg, und um eine Doublette zu vermeiden, hatten die Berliner ihre Station nach einem renommierten Hotel mit Namen ›Kaiserhof‹ benannt. Die Zugänge zeigten wilhelminische Pracht.

»Wie werden sie den Bahnhof denn nachher nennen, wenn es keinen Kaiser mehr gibt?«, fragte Fokko v. Falkenrehde.

»Psst!«, machte Bettina zum zweiten Mal an diesem Morgen.

Hausvogteiplatz. Hier befand sich das Zentrum der Berliner Konfektionsindustrie, und folglich beherrschte die Nähseide-Werbung den Bahnsteig. ›Gütermann's Nähseide ist die beste‹.

»Hausvogteiplatz – ein schlimmer Name«, sagte Fokko v. Falkenrehde.

»Warum denn das?«

»Weil sich hier im alten Berlin ein allseits gefürchtetes Gefängnis befunden hat, die Hausvogtey, und wehe dem, der da seine Strafe absitzen musste. Ich hätte den alten Namen des Platzes besser gefunden: Schinkenplatz. Weil hier die Fleischer ihre Waren verkauft haben und der Platz die Form eines Schinkens hatte. Kennst du die Verbindung zwischen Schinken und Konfektion?«

Bettina verneinte.

»Na, da musst du mal meinen Kollegen Markwitz fragen: Der nennt die Schlüpfer seiner Frau immer Schinkensäcke.«

»Ich bitte dich, Fokko, das ist degoutant.«

Spittelmarkt. An dieser Stelle tangierte die U-Bahn die Spree, und vom Bahnsteig, der nur knapp unter Straßenniveau gelegen war, konnte man durch mehrere Fenster auf den Fluss hinaussehen.

»Hier stand einmal vor dem Gertraudentor ein Krankenhaus, ein Spital«, sagte Fokko v. Falkenrehde.

»Ich dachte immer, das käme vom dem Spittal, wo meine Eltern letztes Jahr waren, in Österreich, an der Drau«, erwiderte Bettina mit leiser Ironie.

Inselbrücke. Hielten sie hier, glaubte Fokko v. Falkenrehde immer, in der Pariser Metro zu sein, denn das fünf Meter hohe Korbbogengewölbe war mit kleinen glasierten Fliesen ausgekleidet.

»Solch einen großen Weinkeller möchte ich später mal haben«, bekannte er.

Klosterstraße. Hier gab es einen extrem breiten Mittelbahnsteig, was daran lag, das man ursprünglich noch ein drittes Gleis für eine abzweigende Linie nach Lichtenberg vorgesehen hatte. Aber dann war der Krieg gekommen.

»Wenn wir Zeit haben, müssen wir Klosterstraße mal aussteigen«, sagte Fokko v. Falkenrehde.

»Warum denn das, willst du mich im Kloster abliefern?«

»Ich würde dich auch als Nonne lieben«, log Fokko v. Falkenrehde. »Nur platonisch. Aber eigentlich wollte ich dir nur den wundervollen Südzugang zeigen, die Wände sind nämlich mit Majoliken aus den königlichen Werkstätten Cadinen geschmückt.«

Alexanderplatz. Noch war das ein ganz gewöhnlicher Bahnhof, und die Linien vom Wedding nach Neukölln und von Lichtenberg nach Friedrichsfelde existierten nur auf dem Papier, auch war an den Roman ›Berlin Alexanderplatz‹ noch nicht zu denken.

Nun hieß es, Abschied zu nehmen, aber für Fokko v. Falkenrehde war es ebenso Herzensbedürfnis wie Ehrensache, Bettina noch zum Eingang des Stadtbahnhofs zu bringen.

»Sonntag haben wir ja Ostern«, sagte Fokko v. Falkenrehde. »Was soll dir denn der Osterhase bringen?«

Bettina brauchte nicht lange zu überlegen. »Dich natürlich!«

»Das heißt, ich soll zu euch in den Tiergarten kommen?«

»Ja, und deine Eltern mitbringen.«

Fokko v. Falkenrehde seufzte. »Nun gut, wenn du zwei Pistolen bereitlegst, damit sich mein Vater und dein Vater duellieren können.«

»Sie müssen lernen, miteinander auszukommen, damit sie bei unserer Hochzeit nicht aus der Rolle fallen.«

Sie küssten sich so innig, wie es die Schicklichkeit eben noch zuließ, dann eilte Bettina die Treppe zur Stadtbahn hinauf, während Fokko v. Falkenrehde den Alexanderplatz überquerte.

Im Präsidium angekommen, gab er sich alle Mühe, niemandem zu begegnen. Traf er auf Ernst Gennat, gab es immer fachliche Auseinandersetzungen, bei denen er regelmäßig den Kürzeren zog, und lief er Waldemar v. Breitling, seinem Vorgesetzten, in die Arme, hatte er ebenso unter dessen Inkompetenz wie seiner überzogenen vaterländischen Gesinnung zu leiden. Der Umgang mit seinem Zimmergenossen, dem Kriminalwachtmeister Markwitz, war dagegen ziemlich problemlos und er sagte immer, manche würden sogar Geld dafür bezahlen, um Markwitz in Aktion zu sehen.

Fokko v. Falkenrehde trat in sein Bureau und begrüßte

Markwitz mit dem kräftigen Händedruck, der unter Männern geradezu Vorschrift war.

»Einen wunderschönen guten Morgen, der Herr! Wie geht's denn so?«

»Wie befohlen: Hab Sonne im Herzen, und Zwiebeln im Bauch, / Dann kannst gut ferzen, und stinken tut's auch.«

»Bitte, belassen Sie's bei der Sonne«, bat Fokko v. Falkenrehde, denn Markwitz hatte eine solche ›Marke‹ am Leibe, dass einige Kollegen schon den Vorschlag gemacht hatten, ihn an die Front zu schicken und seine Winde als Waffe einzusetzen. »Dienstlich was Neues?«

»Nee, und wenn nich bald 'n Mord jeschieht, dann begehe ick selba een, denn nüscht ist ja schlimmer als wie Langeweile.« Markwitz klappte seine Stullenbüchse auf, aber die hatte er schon vor einer Stunde leer gegessen. »Und zu futtern jibt et ooch nüscht Richtijet.«

Fokko v. Falkenrehde verzog das Gesicht. »Besser nichts zu futtern haben als Kanonenfutter sein.«

»Sie, nicht so defäkalistisch!«, rief Markwitz.

»Wenn schon, dann: defätistisch«, korrigierte Fokko v. Falkenrehde den Kollegen, der aus den Reihen der Schutzpolizei gekommen war und das Niveau der Kripo noch immer nicht ganz erreicht hatte. »Aber das stimmt nicht, denn ich bin nicht mut- und hoffnungslos, sondern glaube an die Zeit, die kommen wird, wenn …« Den Rest des Satzes verschluckte er dann doch lieber.

»Aber Sie sind doch adlig«, wandte Markwitz ein und bemühte sich, weniger zu berlinern, was ihm aber bei längeren Sätzen nie ganz gelingen wollte. »Und Adel verpflichtet nu mal, ooch dazu, dass man für 'n Kaiser is.«

Fokko v. Falkenrehde kam ihm mit Theodor Fontane, der jenseits jedes Verdachtes stand, sozialdemokratisch oder gar sozialistisch gedacht zu haben. »›Alles Alte, soweit es den Anspruch darauf verdient hat, sollen wir lieben; aber für das Neue sollen wir recht eigentlich leben.‹«

Markwitz dachte nach. »Hat meine Alte den Anspruch verdient, det ick ihr liebe?« So schnell wollte er keine Antwort darauf finden. »Aba ick hab ja keene Neue, die ick lieben kann, also bleibt mir nur meine Alte, denn sonst habe ick ja überhaupt nüscht mehr zum Lieben.«

Über diese Logik konnte Fokko v. Falkenrehde nur schmunzeln. Er war im Dreikaiserjahr 1888 in Lichterfelde als Spross einer alten Offiziersfamilie zur Welt gekommen und 1914 als junger Leutnant jubelnd in den Krieg gezogen, aber schon am 7. August bei der Einnahme von Lüttich schwer verwundet worden. Zwar hatten ihm die Chirurgen die Kugel aus der Lunge schnell entfernen können, anschließend hatte er aber noch ein halbes Jahr im Lazarett und danach im Sanatorium zubringen müssen. Mit dem Spruch ›Für immer geheilt‹ war er heimgekehrt, für immer geheilt vom Militär und jeder Kriegsbereitschaft, und hatte dank der Beziehungen seiner Mutter eine Stelle als Kriminalanwärter bekommen. Tüchtig wie er war, in Maßen auch ehrgeizig, hatte er es schnell zum Kriminalkommissar gebracht.

Hermann Markwitz war ein verhinderter Schauspieler, ein Komiker, dessen drastischer Witz ebenso beliebt wie gefürchtet war. Seine Spezialität war der Galgenhumor.

Seine Frau war Plätterin in einem Hotel in der Nähe des Gendarmenmarktes und auch am heimischen Herd gab sie ihres Bestes, so dass er seinen Gürtel jedes Jahr ein paar Zentimeter weiter schnallen musste. ›Lieber 'n bissken mehr und dafür wat Jutet‹, war die Devise ihrer überaus glücklichen Ehe. Anfangs hatte er sich dagegen gesträubt, zur Kripo versetzt zu werden, da er die saubere und soldatische Atmosphäre in der Schutzpolizei für besser gehalten hatte als den Verkehr mit Spitzeln aus der Unterwelt, dann hatte er aber diverse Lehrgänge mitgemacht und sich gefreut, in den mittleren Dienst aufzusteigen. Mit seinen Vorgesetzten kam er prima aus, obwohl die anderen Ständen angehörten als er. Alle hatten Abitur, viele auch einige Semester studiert, und bei manchen stand auch ein Dr. auf dem Namensschild an ihrer Tür. Dazu kamen die mit dem von oder v. zwischen Vor und Nachnamen. Es waren so viele, dass manche das Polizeipräsidium schon als ›Adelsclub‹ verspottet hatten. Schwerer hatte es, wer ohne höhere Bildung in den gehobenen Dienst aufgestiegen und Kommissar geworden war.

Markwitz hatte sein ›Berliner Tageblatt‹ vor sich ausgebreitet und las seinem Gegenüber das vor, was er besonders bemerkenswert fand.

»Feldmarschall v. Hindenburgs Dank an die Eisenbahntruppen und -behörden. Kämpfe zwischen Arras und Aisne …«

»Da muss ja auch Richard stecken«, murmelte Fokko v. Falkenrehde. Richard v. Grienerick war sein Freund und Kollege. Auch er hatte ein Auge auf Bettina geworfen.

»Warum waren Sie denn nicht dabei?«, fragte Markwitz.

»Wobei?«

»Na, hierbei.« Markwitz war inzwischen beim 1. Beiblatt angelangt. »Der Kommandant der ›Möwe‹, Burggraf und Graf zu Dohna-Schlodien, ist, einem Telegramm aus Sagan zufolge, von Berlin auf Schloss Mallwitz zum Besuche seiner Angehörigen eingetroffen. Zu Ehren des Grafen fand gestern Abend ein Fackelzug der Vereine und Schulen mit Huldigungsakt vor dem Schloss statt.«

»Mit Huldigungsakt«, wiederholte Fokko v. Falkenrehde. Wenn er das hörte, verging ihm jeder Glaube an einen revolutionären Umsturz in Deutschland. Manche Leute schienen sich als Sklaven und Leibeigene am wohlsten zu fühlen und nicht als freie Bürger in einem freien Land.

»Kennen Sie Miks Bumbullis?«, fragte Markwitz.

Fokko v. Falkenrehde dachte nach. »Ist das eine neue Hunderasse?«

»Nee, so heißt der Roman hier, von Hermann Sudermann einer. Miks Bumbullis muss ein Knecht oder so was sein, oben in Litauen.« Markwitz kam nun zu etwas ganz Profanem. »Der Berliner Magistrat teilt mit: Mit Rücksicht darauf, dass frische Leberwurst an warmen Tagen, namentlich bei Gewitterneigung, sehr leicht sauer und dadurch ungenießbar wird, gelangt in Berlin von nun ab nur noch frische Blutwurst zur Ausgabe.«

Fokko v. Falkenrehde schüttelte sich. »Wenn ich was von Blut höre, dann …«

Ohne dass er angeklopft oder sich sonst wie bemerkbar

gemacht hätte, stieß ihr Vorgesetzter die Tür auf und trat ins Zimmer. Waldemar v. Breitling war 56 Jahre alt und froh, der Pensionierung nahe zu sein. Aber jetzt im Krieg, wo jeder Mann gebraucht wurde, würde man das höheren Ortes sicherlich hinauszuzögern wissen.

Als Kriminalinspektor hatte er es für einen Adligen bei der Polizei nicht eben weit gebracht, aber zum einen stammte er aus dem untersten Adel, und zum anderen verfügte er über keine andere außergewöhnliche Begabung als die, sehr gut Billard zu spielen. Menschen, die ihn nicht leiden konnten, nannten ihn einen ›degenerierten Adligen‹ oder sprachen davon, dass er einmal einen leichten Tod haben werde. Warum denn das? ›Na, viel Geist hat er nicht aufzugeben.‹ Die meisten aber schätzten ihn als geselligen Menschen und taten sich gern mit ihm zusammen, um Karten und Billard mit ihm zu spielen und mit ihm und seiner Familie Landpartien zu unternehmen. Er war mit einer Bürgerlichen verheiratet, mit der Tochter eines Postrats. Charlotte hatte ihm vier reizende Kinder geschenkt, zwei Knaben und zwei Mädchen. Breitling genoss das Leben, und wenn er denn finanziell dazu in der Lage gewesen wäre, hätte er liebend gern auf seinen Dienst verzichtet, aber von seinem Vater, einem Gutsverwalter aus Mecklenburg, hatte er nichts als Schulden geerbt und von seiner Mutter auch nur ein paar vergleichsweise wertlose Schmuckstücke. Man wohnte mehr oder minder standesgemäß in einem der neuen Mietshäuser am Kaiserplatz.

Breitling sah sich immer noch als Offizier und die Arbeit der Kriminalpolizei als etwas Soldatisches, in seiner Dienstauffassung aber war er eher an der Deutschen Reichsbahn orientiert. Wurde da der Befehlsstab gehoben und »Abfahren!« gebrüllt, dann hatte der Lokführer den Regler aufzuziehen und abzufahren, und wenn er den Befehl gab, einen Mörder zu finden, dann hatten ihn die Herren Kommissare spätestens eine Stunde nach der Tat am Alexanderplatz abzuliefern.

So schnell hatten Fokko v. Falkenrehde und Markwitz ihre Zeitung nicht verschwinden lassen können, als dass es Waldemar v. Breitling nicht gemerkt hätte. Er war empört.

»Andere setzen ihr Leben ein, um das Vaterland zu retten – und Sie lesen während der Dienstzeit Zeitung, meine Herren! Das ist ja ungeheuerlich!«

»Wir lesen nur den Polizeibericht«, erwiderte Markwitz. »Man muss ja schließlich wissen, von wem man morgen erschossen wird.«

»Das ist eine Frechheit!«, herrschte v. Breitling ihn an.

Jetzt war es an der Zeit, dass Fokko v. Falkenrehde sich einmischte. »Mit Verlaub, aber wir haben heute noch keine Weisung erhalten, uns …«

Der Vorgesetzte sah Fokko v. Falkenrehde an. »Sie – und nur Sie! – sollen sofort zu Dr. Hoppe ins Besprechungszimmer kommen. Es geht um einen Leichenfund auf dem Stettiner Bahnhof.«

Fokko v. Falkenrehde erhob sich. »Gott, wenn man zu seinem Fürschten gerufen wird, dann muss man wohl gehen.«

Oberregierungsrat Dr. Hoppe war Chef der Berliner Kripo. Am liebsten hätte er ja Ernst Gennat mit nach Stettin genommen, doch der war an einer schweren Influenza erkrankt und so traf es Fokko v. Falkenrehde.

»In der Gepäckaufbewahrung hat man in einem Reisekorb aus Berlin eine Frauenleiche gefunden«, erklärte ihm Dr. Hoppe. »Und ich möchte mir das alles gern selber ansehen. Ich habe Bescheid gesagt, dass wir in spätestens vier Stunden da sein werden.«

Fokko v. Falkenrehde staunte. »Wie das? In vier Stunden vom Alexanderplatz zum Stettiner Bahnhof? Das schafft man doch mit der Elektrischen in einer Viertelstunde.«

»Mensch!«, entfuhr es Dr. Hoppe. »Der Bahnhof in Stettin ist gemeint, nicht der Stettiner Bahnhof.«

»Pardon, aber Herr v. Breitling hat mir …«

»Da hätten Sie doch gleich …«, Dr. Hoppe verschluckte das, was ihm auf der Zunge lag, und bemühte sich, seinen Satz korrekt zu Ende bringen, »… darauf kommen können, dass Herr v. Breitling Opfer einer Fehlinformation geworden ist.«

Fokko v. Falkenrehde deutete eine leichte Verbeugung an. »Aber es war keine Fehlinformation, dass ich mich zu Ihnen begeben sollte?«

Dr. Hoppe blieb ernst. »Nein, das entspricht den Tatsachen. Wir machen uns stehenden Fußes auf nach Stettin. Leider steht uns aus den bekannten Gründen kein Kraftwagen zur Verfügung, der uns zum hiesigen Stettiner Bahnhof bringen könnte, und wir müssen die Elektrische nehmen. Aber Dienstfahrscheine habe ich. Holen Sie sich Ihren Überzieher, wir treffen uns dann unten am Eingang.«

Fokko v. Falkenrehde freute sich über den kleinen Ausflug. Zeit, Bettina Bescheid zu sagen, hatte er nicht mehr, das musste Markwitz übernehmen. Er würde sie erst morgen früh wiedersehen können.

Markwitz grinste. »Klar, ick rufe an. Ick weeß zwar nicht, wat Sie mit der Dame heute noch vorhatten, aba wenn et Ihnen recht is, übernehme ick det ooch noch, sozusagen liebend jerne.«

»Ja, gerne, tun Sie das«, sagte Fokko v. Falkenrehde, während er seinen Mantel aus dem Schrank holte. »Ich wäre Ihnen sehr dankbar dafür. Ich wollte Bettina heute Abend eine goldene Brosche kaufen, nichts weiter!« Damit war er auch schon draußen auf dem Flur.

Stettin war seit 1843 an das preußische Eisenbahnnetz angebunden, und der Endbahnhof hieß anfangs ganz logisch Berliner Bahnhof. Aus ihm hatte sich mit der Zeit der Hauptbahnhof entwickelt. Gelegen war er am linken Oderufer südlich des alten Stadtkerns. Unmittelbar nördlich führte die Bahnstrecke in einem weiten Bogen über die Oder, die Insel Silberwiese und die Parnitz.

Sie waren um 4 Uhr nachmittags in der Pathologie verabredet und hatten folglich Zeit genug, sich in der Stadt ein wenig umzusehen und ein ordentliches Mittagessen einzunehmen. Dr. Hoppe war schon öfter in Stettin gewesen und spielte den Cicerone.

»Stettin hat sich Ende des 12. Jahrhunderts aus einer wendischen und zwei deutschen Siedlungen entwickelt, hat 1243 das Stadtrecht verliehen bekommen, ist Mitglied der Hanse gewesen und 1309 von Herzog Otto I. zur Residenzstadt erhoben worden. Von 1637 bis 1713 war es in schwedischer Hand. Dann hat es unser König

Wilhelm I. erobert und 1720 im Stockholmer Frieden endgültig erworben. Von 1806 bis 1813 waren dann die Franzosen hier, und seit 1815 ist Stettin Hauptstadt der preußischen Provinz Pommern. Fast alle sind hier evangelisch.«

»Und wer ist der größte Sohn der Stadt?«, fragte Fokko v. Falkenrehde.

Dr. Hoppe zögerte einen Augenblick mit der Antwort. »So ein richtiges Genie haben sie nicht vorzuweisen. Vielleicht Carl Loewe, der hat hier als Kantor und Organist an der Jakobikirche gewirkt, oder der Industrielle Johannes Quistorp, der größte Zementproduzent Europas. Er hat sich nicht nur um das Wohl seiner Arbeiter gekümmert, sondern auch eine Diakonissenstation und ein Krankenhaus errichten lassen.«

Fokko v. Falkenrehde schämte sich fast, von einem solchen Mann nie etwas gehört zu haben.

Sie schlenderten durch die Altstadt und hakten ab, was wichtig war: Das Schloss der Herzöge von Pommern, das auf dem höchsten Punkt gelegen war, der Siebenmänteltturm, der Loitzenhof, der Heumarkt, die Johanneskirche und die Kirche St. Peter und Paul, der Palast des pommerschen Landtags, das Königs- und das Berliner Tor und das Wolkenhauerhaus am Roßmarkt. Danach hatten sie genügend Hunger und Durst, um einzukehren.

Während sie auf der Bahnfahrt noch gelesen hatten, Dr. Hoppe eine juristische Fachzeitschrift und Fokko v. Falkenrehde ›Cécile‹, einen der weniger bekannten Romane Theodor Fontanes, kamen sie nun auf das zu sprechen, was sie in der Stettiner Pathologie erwartete beziehungsweise auf den Reisekorb aus Berlin.

»Es gehört schon ganz schön Chuzpe dazu, eine Tote in einen Reisekorb zu packen und mit der Bahn nach Stettin zu schicken«, sagte Dr. Hoppe.

»Vielleicht ist es gar nicht mal Chuzpe gewesen«, wagte Fokko v. Falkenrehde einzuwenden. »Sondern Naivität, man kann auch sagen: Dummheit. Eine Leiche irgendwo zu vergraben oder ganz einfach in die Spree zu werfen, hinterlässt mit Sicherheit weniger Spuren.«

Dr. Hoppe löffelte seine Kohlsuppe missmutig in sich hinein. »Da mögen Sie recht haben. Und wenn ich einen Korb mit einer Leiche wirklich mit der Bahn irgendwohin schicke, dann erscheint mir das nur sinnvoll, wenn das Behältnis am Zielort auch abgeholt wird – und nicht so lange in der Gepäckaufbewahrung steht, bis der Geruch nicht mehr zu …« Da er ein passendes Verb auf die Schnelle nicht fand, brach er an dieser Stelle ab.

»Ja, was?«, fragte Fokko v. Falkenrehde. »Zu überriechen – wie zu überhören oder übersehen – gibt es in der deutschen Sprache nicht, und ich glaube, Herr Doktor, wir haben einen gewaltigen Mangel in der deutschen Sprache entdeckt und sollten unsere Philologen einmal bitten, ein neues Wort zu erfinden.«

»Nun …«, Dr. Hoppe hatte wenig Spaß an solchen Spielereien. »Wie auch immer, für uns stellen sich zwei Fragen: Erstens, ist ein Mensch allein in der Lage, einen Reisekorb mit einer Frauenleiche darin zu schultern und zu schleppen, und zweitens, gibt es hier in Stettin jemanden, der ihn hätte abholen sollen, das aber – aus welchem Grunde auch immer – nicht getan hat?«

Fokko v. Falkenrehde überlegte einen Augenblick.

»Fange ich mit der zweiten Frage an: Wahrscheinlich hat ihn jemand abholen sollen, was nicht gerade auf eine Verbrecherorganisation hinweist, vielleicht aber doch auf Verbindungen in der Unterwelt, denken wir an unsere Berliner Sparvereine. Es geht um irgendeinen Bankraub oder Einbruch, eine Frau soll als Belastungszeugin aussagen – und wird vorher liquidiert. Um die Spur in Berlin zu verwischen, schickt man die Leiche nach Stettin. Die Oder ist tief und trägt die Leiche zur Ostsee.«

Dr. Hoppe leerte sein Bierglas. »Klingt logisch. Und die Beantwortung der ersten Frage erübrigt sich damit, denn ein Ganove kommt ja bekanntlich selten allein.«

»Wenn wir wieder zurück sind, werde ich sofort unsere Leute ansprechen, die wir ins Milieu eingeschleust haben«, sagte Fokko v. Falkenrehde.

Dr. Hoppe winkte den Kellner heran, um zu zahlen. »Alles zusammen, bitte.« Als Fokko v. Falkenrehde skeptisch guckte, fügte er hinzu, das sei doch selbstverständlich. »Spesen dürfen wir schon machen.«

Fokko v. Falkenrehde lachte. »Hätte ich das gewusst, hätte ich doch Rehrücken genommen und nicht Pellkartoffeln mit Leinöl.«

Sie machten sich auf den Weg zur Pathologie. Dort wurden sie von zwei örtlichen Kriminalbeamten in Empfang genommen und anhand mehrerer Fotografien über den Sachstand in Kenntnis gesetzt. Auch den Reisekorb hatte man mitgebracht.

»Die junge Frau hat hier eingezwängt drin gelegen, mit Bauch und Brust nach unten, die Beine hinter dem Rücken zusammengebunden. Und zwar mit dieser Wäscheleine hier, Hanf ist das. Der Kopf war mit diesem roten Taschentuch umwickelt …« Der Kollege hielt es hoch. Es war mit Blut getränkt. »Um das Taschentuch war noch eine Hanfschnur geschlungen.«

Der zweite der Stettiner Beamten öffnete nun einen mitgebrachten Koffer und zeigte den Berlinern die Kleidungsstücke der Toten. »Ein Paar schwarze Strümpfe, eine blaue Reformhose, ein blauer Unterrock, ein Leinenhemd, eine blaue Unterjacke aus Wolle, eine blaue Alpakabluse mit Zwirnstickerei an den Ärmeln, ein blauer, am Fußende mit Samtstreifen besetzter Wollrock und ein langer schwarzer Astrachanmantel mit Kurbelverschnürung.«

»Hm …«, machte Dr. Hoppe. »Sieht alles nicht nach großer Dame aus, aber auch nicht ärmlich. Auf dem Wege zu einem Fest oder zu einem Liebhaber scheint sie nicht gewesen zu sein. Ich bin gespannt, was uns der Pathologe sagen wird.«

Als sie dann vor der stählernen Wanne standen, in die man die Tote gelegt hatte, musste selbst ein so leichenfester Mann wie Dr. Hoppe schlucken, während Fokko v. Falkenrehde nur einmal kurz die Augen schloss. Was er auf dem Schlachtfeld und nachher im Feldlazarett gesehen hatte, war unvergleichlich schlimmer gewesen.

»Die Frau muss mit unglaublicher Kaltschnäuzigkeit ermordet worden sein«, sagte einer der Stettiner Kollegen.

Der Pathologe begann mit seinen Ausführungen. »Größe: einssechzig, Haarfarbe: hellblond. Stark vorstehender Oberkiefer, auffällige Zahnlücken. Alter: circa siebzehn bis zwanzig. Starke Schnittverletzungen an beiden Händen.«

»Muss es also einen Kampf zwischen ihr und dem Täter gegeben haben«, murmelte Dr. Hoppe.

»Schwerste Schnittverletzungen im Gesicht, hervorgerufen durch ein außerordentlich scharfes Messer, möglicherweise ein Skalpell, nein, warten Sie, ein Rasiermesser. Die Kehle glatt durchtrennt. Und man hat sogar versucht, ihr den Kopf abzuschneiden, was aber misslungen ist.«

Fokko v. Falkenrehde sah Dr. Hoppe an. »Ist das Gesicht nun derart zugerichtet, weil man es unkenntlich machen wollte, oder haben wir es mit einem blinden Racheakt zu tun?«

Der Kripochef zuckte mit den Schultern. »Wenn ich das wüsste, junger Mann … Hat man sich denn vorher an ihr vergangen?«

Der Pathologe schloss ein Sexualverbrechen aus. »Und einen normalen Geschlechtsverkehr hat es vorher auch nicht gegeben.«

»Aber ein Raubmord?«, fragte Fokko v. Falkenrehde. »Ärmlich sehen ihre Sachen nicht aus, aber auch nicht so, dass ich auf großen Reichtum tippen würde.«

»Es kommt immer auf das Milieu an«, meinte Dr. Hoppe. »Was in der Kolonie Grunewald nach Marktfrau aussieht, kommt den Leuten am Schlesischen oder am Stettiner Bahnhof großartig vor. Es ist alles eine Sache der Perspektive.«

»Was nun?«, fragte einer der Stettiner.

»Nichts weiter«, antwortete Dr. Hoppe. »Wir bedanken uns bei Ihnen und fahren zurück nach Berlin, denn der Mord ist ja bei uns geschehen und Stettin hat nichts weiter damit zu tun.«

7.

Mittwoch, 4. April 1917

Fokko v. Falkenrehde war am späten Abend nach Berlin zurückgekehrt und hatte vor Ostern noch unheimlich viel zu erledigen, zumindest aber in die Wege zu leiten. Doch da er von Kindesbeinen an die Devise ›So schnell schießen die Preußen nicht‹ verinnerlicht hatte, ließ er sich bei allem Zeit, und kaum etwas hätte ihn daran hindern können, nach Dienstantritt erst einmal Zeitung zu lesen und mit Markwitz über das Aktuellste zu reden. Das gehörte für ihn zu seinen dienstlichen Pflichten, denn nichts war bei den Gesprächen und Verhören, die sie zu führen hatten, peinlicher, als nicht zu wissen, was alle anderen längst schon wussten.

Das Kriegsernährungsamt hatte die Klagen über die hohen Preise für Kaninchenfleisch ernst genommen und die Preisprüfungsstellen und Kriegswucherämter zum Einschreiten aufgefordert.

»Warum haben wir eigentlich kein Kriegsbeendigungsamt?«, murmelte Fokko v. Falkenrehde.

Die Reichsbekleidungsstelle ermahnte die Schuhwarenhändler, ihre Lagerbücher sorgfältiger zu führen.

Der Sanitätsrat und Oberstabsarzt Dr. Bonne forderte in der ›Berliner Klinischen Wochenschrift‹, statt Fleisch Produkte aus Gerste auf den Tisch zu bringen, da das viel gesünder sei.

»Gerste gehört ins Bier und nirgends woanders hin«, erklärte Markwitz.

»Mehl und Fett aus Baumknospen«, las Fokko v. Falkenrehde. »Den Chemikern Brüder Branco ist es gelungen, aus den Knospen der Linden- und Buchenbäume Backmehl, Futterkleie und Fett herzustellen.«

»Ick halte ma lieba an die Mücken«, kommentierte Markwitz diese Meldung. »Denn man sollte es nicht für möglich halten, wie viel Fett so 'ne Mücke hat.«

Was gab es sonst noch? »Der Berliner Polizeipräsident bringt seinen Erlass über die Lichteinschränkung in Erinnerung«, las Fokko v. Falkenrehde vor. »Danach ist die Außenbeleuchtung der Schaufenster nur gestattet, wenn die Innenbeleuchtung unterbleibt; mehr als eine Lampe darf nicht brennen.«

Markwitz lachte. »Da muss ick ja direkt uffpassen, wenn ick meinen Geist leuchten lasse.«

Als sie ihre Lektüre beendet hatten, begaben sie sich zu Waldemar v. Breitling, um ihm zu unterbreiten, was im Hinblick auf den Leichenfund in Stettin anzuordnen wäre. Dr. Hoppe und Fokko v. Falkenrehde hatten das auf der Rückfahrt von Stettin schon alles besprochen. Der Inspektor hätte nun empört sein können, weil man ihn wieder einmal überging, aber er freute sich ganz im Gegenteil darüber, dass andere ihm die Arbeit abgenommen hatten, und nickte alles ab, was Fokko v. Falkenrehde an Vorschlägen vortrug.

Zuerst nahmen sie die Fotografien zur Hand, die Fokko v. Falkenrehde aus Stettin mitgebracht hatte, und schauten nach, ob sich in der Berliner Vermisstenkartei ein Anhaltspunkt finden ließ. Zusammen mit einem Kollegen vom Erkennungsdienst gingen sie die Daten aller jungen Frauen durch, die nach dem 15. März in Berlin und den angrenzenden Städten und Gemeinden als vermisst gemeldet worden waren. Noch gab es ja kein Groß-Berlin, aber man arbeitete eng zusammen beziehungsweise überließ die Aufklärung von Verbrechen schon jetzt dem Alexanderplatz.

»Obwohl das Gesicht arg verunstaltet ist, würde ich sagen: Das könnte die hier sein.«

Der Kollege präsentierte ihnen die Kartei, die für eine gewisse Hertha Theuerkauf aus der Lottumstraße 23, Berlin N, angelegt worden war.

»Hausbesitzerin, 34 Jahre alt, vermisst gemeldet von ihrer Portiersfrau.«

»Das kann sie unmöglich sein«, widersprach Fokko v. Falkenrehde, »denn der Gerichtsmediziner in Stettin hat das Alter der Toten mit siebzehn bis zwanzig angegeben.«

»In diesem Alter haben wir eine ganze Latte junger Frauen.«

»Dann nehmen wir uns einmal diejenigen vor, die im Umkreis des Stettiner Bahnhofs zu Hause sind«, schlug Markwitz vor. »Denn wer würde, wenn er am Görlitzer Bahnhof jemanden umgebracht hat, die Leiche nicht gleich dort aufgeben, anstatt sie durch ganz Berlin zum Stettiner zu transportieren.«

»Vielleicht hat der Mörder es gerade deswegen getan«, wandte Fokko v. Falkenrehde ein.

»Glaube ich nicht.«

»Ich auch nicht.« Fokko v. Falkenrehde gab dem Kollegen auch deswegen recht, weil er sich davor fürchtete, bei Dutzenden von Familien vorzusprechen und deren Elend vor Augen zu haben. Das ging ihm mehr unter die Haut als der Anblick einer Leiche.

Sie entschieden sich schließlich, mit einer Grete Granitz zu beginnen, die 21 Jahre alt war, in der Ackerstraße wohnte, also unweit des Stettiner Bahnhofs, und von ihrer Mutter als vermisst gemeldet worden war.

Alles war so, wie es Fokko v. Falkenrehde erwartet hatte. Fünf Personen teilten sich ein Zimmer von nicht einmal zwanzig Quadratmetern. Der unrasierte Vater lag im Bett und schlief seinen Rausch aus, die verhärmte Mutter saß an der Nähmaschine und flickte einen Rock, zwei Jungen im Alter von vielleicht 14 und 15 Jahren prügelten sich, und ein Mädchen, das halb so alt sein mochte, warf sich schluchzend auf ihre Puppe, um zu verhindern, dass die Brüder ihr auch noch das andere Bein ausrissen. Das Mobiliar war alt und zusammengestoppelt, und da man, um Kohlen zu sparen, seit dem Morgen nicht mehr gelüftet hatte, konnte Fokko v. Falkenrehde seinen Kollegen kaum rügen, als der nach einer Gasmaske verlangte.

»Wir kommen wegen Ihrer Tochter, der Grete«, begann Fokko v. Falkenrehde.

Richard Granitz richtete sich auf und brüllte sie an: »Ick habe keene Tochta mehr!«

Markwitz ging zum Fenster, um es aufzuziehen. »Woher wissen Sie denn, dass sie tot ist?«

Anna Granitz starrte ihn an. »Is se denn …? Kommen Sie bei uns, um uns det …?«

»Nein, nein!«, rief Fokko v. Falkenrehde und hielt ihr

eine der Fotografien hin, die sie aus Stettin mitgebracht hatten. »Sie sollen uns nur schnell helfen …«

»Det is meine Jrete nich, Jott sei Dank! Wir hoffen ja jeden Tach, det se wiedakommt.«

»Wenn Se hier bessa lüften, wird se det ooch machen«, sagte Markwitz.

Auf dem Rückweg in ihr Bureau trafen sie auf Ernst Gennat, der dabei war, zu einer Legende der Berliner Kriminalpolizei zu werden, was auch darauf beruhte, dass er süchtig nach fetten Torten war und gerne Tatverdächtige zu einem Stück Torte und einer Tasse Kaffee einlud, um sie so auf gemütliche Art und Weise zu umfassenden Geständnissen zu bringen.

»Schon eine heiße Spur?«, fragte Gennat.

»Nein, leider nicht«, antwortete Fokko v. Falkenrehde.

»Wenn Sie meine Meinung hören wollen …« Gennat nahm sich einen Augenblick Zeit für sie. »Ein junges, naives Mädchen kommt aus der Provinz nach Berlin und hat Rosinen im Kopf. Berühmt will sie werden oder wenigstens einen reichen Mann heiraten. Aber ihre Träume reifen nicht, sie findet keine Stellung, sie hat kein Geld und keinen Wohnsitz, sie treibt sich herum. Und dann begegnet sie einem Mann, der nett zu ihr ist, ihr vorspielt, einen gut bezahlten Posten zu haben, und ihr das Blaue vom Himmel verspricht. Damit lockt er sie in seine Wohnung und will sie vernaschen, doch sie wehrt sich. Er tötet das Mädchen und beseitigt die Leiche auf die uns bekannte Art und Weise, siehe den Reisekorb, siehe Stettin.«

»Ganz schön und gut«, kommentierte Fokko v. Falkenrehde Gennats Ausführungen. »Aber zum einen gibt es keinen Hinweis auf ein Sexualdelikt, und zum anderen muss ein anderer Mann dem Täter beim Tragen geholfen haben, so schwer, wie der Korb gewesen ist.«

»Ja, war das nun ein Helfershelfer oder einer, der ihm zufällig beim Tragen geholfen hat?« Darauf wusste auch Gennat keine Antwort und er verabschiedete sich von ihnen mit der Bekundung, wie froh er doch sei, dass man den Fall mit dem Reisekorb nicht ihm übertragen habe. »Ich an Ihrer Stelle würde mal nach dem Dienstmann suchen, der den Reisekorb hier in Berlin am Stettiner Bahnhof angenommen hat.«

»Danke für den Hinweis, aber das steht bei uns sowieso schon als Nächstes auf dem Plan.«

Sie machten sich auf den Weg zum Stettiner Bahnhof, selbstverständlich mit der Elektrischen, denn an eine Dienstfahrt im Kraftwagen war im vierten Kriegsjahr nicht zu denken. Mit der Linie 11 kamen sie ohne umzusteigen ans Ziel. Der Stettiner Bahnhof, an der Invalidenstraße gelegen, war einer der großen Kopfbahnhöfe der Stadt, ein imposanter Backsteinbau, 1876 entstanden und 1903 um drei kleinere Hallen erweitert. Von hier starteten die Berliner zur Reise an die Ostsee, ihrer großen Badewanne.

Auch Fokko v. Falkenrehde hatte hier des Öfteren an der Hand des Dienstmädchens der Familie gestanden und gewartet, bis alles Gepäck ausgeladen und zum Zug geschafft worden war. Seine Eltern hatten ein Faible für Ahlbeck gehabt. Nur zehn, fünfzehn Jahre waren seither vergangen, doch für ihn schienen es Jahrhunderte zu sein, mehr noch, es konnte nicht sein, dass der kleine Fokko von damals und der Mann von heute ein und derselbe Mensch waren.

Markwitz riss ihn aus seinen Träumen. »Gucken Sie mal, da, an der Litfaßsäule!«

Fokko v. Falkenrehde konnte nichts Wesentliches ausmachen. »Der Junge, der da ranpinkelt?«

»Nein, unser Mordplakat.«

Sie traten näher, um es zu betrachten, mussten aber aufpassen, nicht in die Pfütze zu treten, die der Junge hinterlassen hatte. ›Mordplakate‹ hießen bei den Berlinern die roten Fahndungsplakate mit schwarzer Frakturschrift und der weißen Umrandung, die das Polizeipräsidium nach jedem Kapitalverbrechen an die Litfaßsäulen kleben ließ, um die Bevölkerung zur Mitarbeit an der Aufklärung eines Kapitalverbrechens aufzurufen. Im Falle des Stettiner Leichenfundes ging es um die Identifizierung der Toten. Das Gesicht, das Fokko v. Falkenrehde jetzt vor Augen hatte, wies nur noch wenig Ähnlichkeit mit dem auf, das er auf dem Bahnhof in Stettin gesehen hatte. Da hatten sie offenbar einen Bestattungsunternehmer herbeigeholt, der mit seiner ganzen Kunst und viel Schminke am Werke gewesen war, die Rinnen und Furchen, die mit dem Rasiermesser gezogen worden waren, verschwinden zu lassen, und ein Fotoatelier hatte wohl nachträglich noch einiges retuschieren müssen.

Fokko v. Falkenrehde bezweifelte aber, dass diese Mühe wirklich etwas brachte. »Das Gesicht ist mir zu schön geraten und hat möglicherweise kaum noch Ähnlichkeit mit der Toten, als sie noch gelebt hat.« Eine Formulierung, über die er selber schmunzeln musste.

Markwitz hatte für solche sprachlichen Feinheiten keinen Sinn und trat näher an die Litfaßsäule. »Die sieht ja aus wie meine Frau. Aber die war heute morgen noch quicklebendig.«

»Das, was Sie da sagen, lässt ja tief blicken, was Ihre ...«, sagte Fokko v. Falkenrehde und kam ihm mit Wilhelm Busch. »Heißa! – rufet Sauerbrot – / Heißa! meine Frau ist tot!«

»Wollen Sie jetzt mein Rasiermesser auf Blutspuren untersuchen?«, fragte Markwitz. »Da sind welche dran, aber die sind von mir selber.« Er zeigte auf seinen rechten Wangenknochen, auf dem ein Pflaster klebte.

Fokko v. Falkenrehde lachte. »Da haben Sie sich doch mit Absicht geschnitten, um uns weiszumachen, dass das am Messer Ihr eigenes Blut ist.«

Markwitz schüttelte den Kopf. »Sie kennen doch meine Devise: Lieber fremdes Blut am eigenen Messer.« Das bezog sich auf die Rechtfertigung von Notwehr, dass man bei der Festnahme eines Verbrechers lieber selber schießen sollte als erschossen zu werden.

Nun machten sie sich daran, nach dem Dienstmann zu suchen, der den Korb mit der Frauenleiche angenommen hatte. Da seitdem drei Wochen vergangen waren, machten sie sich keine großen Hoffnungen. So ein Gedächtnis hatte keiner, dass er sich an Hunderte von Gesichtern erinnern konnte.

Der Leiter der Gepäckabfertigung war sehr zuvorkommend und konnte ihnen anhand seiner sorgfältig geführten Kladden schnell sagen, wer am 16. März den Reisekorb nach Stettin entgegengenommen hatte.

»Das war die Nr. 116, und das ist der Gassmann.«

Markwitz konnte sich die Chance nicht entgehen lassen, das absichtlich falsch zu verstehen. »Wie, einer der hier war, den Gaszähler abzulesen?«

»Nein, der Gottfried Gassmann mit zwei s. Da hinten auf'm Hocker sitzt er und erholt sich.«

Sie fanden einen Mann von etwa vierzig Jahren, der derart schwer und röchelnd atmete, dass auch ein medizinischer Laie sofort Asthma diagnostizieren konnte.

»Det kommt von dem Mehlstaub«, erklärte ihnen Gassmann. »Ick war mal Bäcker, aba det jing denn nich mehr. Nun bin ick hier jelandet, obwohl det Schleppen ooch nich det Richtije für mir is, aber immer noch besser Motten inna Lunge und hier jearbeetet als Kugeln inna Lunge und tot im Schützengraben.«

»Sie haben doch sicher ein gutes Gedächtnis«, begann Markwitz. »Und vielleicht können Sie sich noch daran erinnern, wer am 16. März, das war ein Freitag, bei Ihnen einen schweren Reisekorb nach Stettin abgegeben hat …?«

Gottfried Gassmann amüsierte sich über diese Frage. »Nee, det is mit die Jesichta wie früha mit de Schrippen uff'm Blech: Eens sieht wie det andere aus.« Er machte eine kleine Pause, denn ihm war gerade etwas eingefallen. »Mensch, jetzt dämmert det bei mir: Sie fragen mir wegen die tote Frau da, die se in Stettin jefunden ham …?«

Fokko v. Falkenrehde nickte. »So ist es, Herr Gassmann. Und – können Sie sich jetzt an den Mann erinnern, der …?«

Gottfried Gassmann schloss die Augen, um besser nachdenken zu können. »Meina Ansicht nach waren det sojar zwee Männer.«

»Das habe ich mir schon gedacht«, sagte Fokko v. Falkenrehde. »Und wie sahen die aus?«

»Tja … Keene Ahnung. Kann aba sein: kleen und dick.«

Der Leiter der Gepäckabfertigung war zu ihnen getreten und hatte zugehört. Jetzt stand er da, zwirbelte die Spitzen seines Bartes und dachte nach. »Gassmann, was waren denn das für Fahrkarten, die die Männer hatten?« Zu Fokko v. Falkenrehde und Markwitz gewandt, fügte er hinzu, dass man dem Gepäckträger die Fahrkarte aushändigen musste, wenn man wollte, dass etwas als Passagiergut abgefertigt wurde.

Gottfried Gassmann schüttelte den Kopf. »War det nu zweete, dritte oder vierte Klasse …? Nee, an die Fahrkarten kann ick ma beim besten Willen nich mehr erinnern.«

»Schade«, sagte der Leiter der Gepäckabfertigung und erklärte dann den beiden Kriminalbeamten weitere Interna. »Obwohl der Korb mit einem D-Zug nach Stettin transportiert worden ist, kann er mit einem Billett für ein Vierte-Klasse-Abteil aufgegeben worden sein, denn das Gepäck wird stets mit dem nächsten Zug befördert, dem Aufgebenden aber steht es frei, mit einem späteren Zug zu fahren.«

Fokko v. Falkenrehde stöhnte auf. »Manchmal wünschte ich mir, jeder Fahrgast würde beim Betreten des Bahnsteigs oder an der Gepäckaufgabe fotografiert werden. In diesem Falle hätten wir den Mörder und seinen Helfershelfer spätestens morgen früh, wenn ihre Gesichter heute in den Abendzeitungen abgebildet wären.«

So aber musste man Dr. Hoppe melden, dass die Nachforschungen im Stettiner Bahnhof nichts gebracht hätten und man nun hoffte, dass die Mordplakate Wirkung zeitigten und die Leute zuhauf ins Präsidium kamen und zweckdienliche Hinweise gaben.

Und da sollten sie sich nicht getäuscht haben, denn im Laufe des Tages klopften immerhin neunzehn Berliner und Berlinerinnen an die Tür ihres Bureaus, und drei Frauen und ein Mann nannten denselben Namen: Hertha Theuerkauf. Es waren Otto Sattmann, ein Kolonialwarenhändler aus der Fehrbelliner Straße, Klara Rylski, eine Mieterin aus der Lottumstraße 23, Frieda Dinklage, die für die Theuerkauf genäht hatte, und schließlich Martha, eine Halbschwester der Ermordeten.

Als Oberregierungsrat Dr. Hoppe davon erfuhr, beschloss er spontan, die Genannten in den nächsten Tagen auf Staatskosten zur Identifizierung der Theuerkauf nach Stettin fahren zu lassen.

»So eilig ist das doch nun auch wieder nicht«, murmelte Fokko v. Falkenrehde.

»Doch! Jetzt kommen die Ostertage, und es vergeht mir zu viel Zeit, wenn wir warten, bis die Stettiner die Leiche freigegeben haben und das Bestattungsunternehmen tätig geworden ist und die Tote nach Berlin geholt hat.«

»Janz meine Meinung«, sagte Markwitz. »Solange ’ne Leiche noch frisch is, kann man am besten erkennen, wer’t is.«

Ostersonntag, 8. April 1917

Fokko v. Falkenrehde hatte, als er am Ostersonntag aufwachte, sofort ein Gedicht im Ohr, das er vor Urzeiten in der Lichterfelder Dorfschule gelernt hatte: »Kommt der April, wer hockt im Gras? / Das ist der liebe Osterhas. / Bemüht, dass jedes fleiß'ge Kind / Die so beliebten Eier find'.«

Gern wäre er noch Kind gewesen, so aber grauste ihm ein wenig vor diesem Tag und dem Riesenprogramm, das er zu absolvieren hatte. Frühstücken bei den Eltern, Mittagessen bei den künftigen Schwiegereltern und Kaffee trinken dann gemeinsam mit Eltern und Schwiegereltern. Das war anstrengender als der Dienst und die Jagd nach dem Mörder der Hertha Theuerkauf. Erst den Abend würde er ungestört mit Bettina allein verbringen können. Am liebsten wäre er mit ihr in ein Hotel gegangen, aber kam das heraus, war der Teufel los. Also blieb ihm nur, mit Bettina auszugehen. Er sah in der Zeitung nach, um etwas Passendes zu finden. Im Deutschen Theater wurde ›John Gabriel Borkmann‹ gegeben. Ibsen interessierte ihn nicht. Im Kleinen Theater, in das Bettina gerne ging, spielten sie ›Hans im Schnakenloch‹, ein Schauspiel in 4 Aufzügen von René Schickele. O Gott! Am besten hörte sich noch an, was das Passage-Theater zu bieten hatte: ›Es werde Licht‹. Was ihn abschreckte, war allerdings der Hinweis: ›Mit Unterstützung der Deutschen Gesellschaft zur Bekämpfung der Geschlechtskrankheiten.‹ Was blieb denn noch? Der Circus Busch mit seinem Spektakel ›Die versunkene Stadt‹, der Mozartsaal mit Henny Porten in ›Der Liebesbrief der

Königin‹ oder der Admiralspalast mit seiner Revue ›Abrakadabra‹. Alles nichts, was ihn in frohe Erwartung versetzen konnte.

Er warf sich in Schale und machte sich auf den Weg zu seinen Eltern. Von der Kommandantenstraße bis zu den Kasernen der Kadettenanstalt war es ein Katzensprung.

Kadettenanstalten, entstanden Ende des 17. Jahrhunderts in Frankreich, waren weiterführende Schulen, die der Ausbildung von Offiziersanwärtern dienten. In Brandenburg hatte der Große Kurfürst sogenannte Kadettenkorpsanstalten in Berlin, Kolberg und Magdeburg gegründet. Die beiden letzten gingen dann in der Berliner Anstalt auf, die als Preußische Hauptkadettenanstalt seit 1880 in großen Gebäuden in Berlin-Lichterfelde residierte. Der Bildungsgang entsprach in etwa dem eines Realgymnasiums. Die Primaner mussten nach dem Abitur noch ein Jahr lang als Fähnrich Dienst tun. Anstelle des Fähnrichjahres konnte man auch, wollte man später zur Kriegsakademie gehen und zum Generalstab versetzt werden, die ›Selekta‹ besuchen. Die militärische Ausbildung war zunächst auf den Infanteriedienst beschränkt.

Die Lehrer waren aktive Offiziere, und besonders zackig ging es zu, wenn Hauptmann Friedrich v. Falkenrehde die jungen Leute an die Kandare nahm. Er war ein alter Haudegen, der danach strebte, dem großen preußischen Reitergeneral Hans Joachim von Zieten immer mehr zu gleichen.

Hier hatte Fokko v. Falkenrehde Kindheit und Jugend verbracht, zwischen all den prachtvoll ausgeführten Bauten, dem repräsentativen Mittelbau, dessen Turm und Kuppel an das Charlottenburger Schloss erinnerten, den vielen Unterrichts- und Dienstgebäuden, den beiden Kirchen, den Gebäuden mit Feldmarschall- und Speisesaal, den Pferdeställen, der Turnhalle, dem Lazarett und den vielen Dienstwohnungen. Da Lichterfelde weitab von Stadtschloss und Reichstag lag, konnte man ohne Übertreibung sagen, dass die Hauptkadettenanstalt eine Welt für sich war. Aus ihr ausgebrochen zu sein, erfüllte ihn mit beträchtlichem Stolz.

»Frohe Ostern, liebe Eltern!«, rief er, als das Dienstmädchen ihm geöffnet hatte.

Sein Vater begrüßte ihn knapp und unterkühlt, seine Mutter umarmte ihn mit einer Emphase, die ihr in jedem Theater einen Sonderapplaus eingebracht hätte. Leonore v. Falkenrehde war eine Besessene, was das Theater betraf, und immer darauf aus, in der Familie wie im dienstlichen Umfeld ihres Mannes das Niveau zu heben.

»Mein Junge! Wie schön, dass du endlich wieder da bist.«

»Mutter, ich war nicht in Alexandria, ich war nur am Alexanderplatz.«

Der Frühstückstisch war schon gedeckt, die Ordnung kam aber wieder etwas durcheinander, als sein Vater ansetzte, ihm mit Hilfe von Untertassen und Eierbechern zu erklären, wie die zu erwartende Schlacht bei Arras verlaufen würde.

Seine Mutter redete von der anderen Seite auf ihn ein, da sie am Abend zuvor auf einer privaten Feier Max Pallenberg begegnet war.

»Es gibt keinen größeren Charakterkomiker als ihn – und er hat mir die Hand geküsst.«

Für seine Erlebnisse interessierten sich beide erst, als er schon fast wieder am Gehen war, und wäre nicht der Korb mit der Frauenleiche aus Berlin gewesen, hätte er während der beiden Stunden in der Kadettenanstalt wohl kaum mehr als drei etwas längere Sätze hervorgebracht. Seinen Eltern reichte es, wenn er sie ab und an ein lautes Ah! oder Oh! hören ließ.

»Ja, mit der Toten im Reisekorb … Es steht jetzt fest, dass es sich um die Hausbesitzerin Hertha Theuerkauf aus der Lottumstraße 23 handelt. Die vier Berliner, die wir nach Stettin geschickt haben, konnten sie eindeutig identifizieren. Wir wären vielleicht schon eher am Ziel gewesen, aber die Gerichtsmediziner in Stettin haben sich bei der Bestimmung des Alters um mehr als zehn Jahre geirrt.«

Sein Vater lachte. »Die werden zu Hause ihren Frauen auch immer vorspielen müssen, dass sie zehn Jahre jünger aussehen, als sie wirklich sind.«

Was Friedrich v. Falkenrehde besonders beschäftigte, war neben der großen Luftschlacht im Westen, bei der Leutnant Boß sein vierundzwanzigstes Flugzeug abgeschossen hatte, und den Artilleriekämpfen von Lens und längs der Aisne und des Aisne-Marne-Kanals das Geschehen in den Vereinigten Staaten. Wilson hatte die vom Kongress genehmigte Kriegsresolution und eine Proklamation unterzeichnet, durch die der Kriegszustand mit Deutschland angekündigt wurde.

»Ich schließe mich dem voll an, was Conrad Haußmann im ›Berliner Tageblatt‹ geschrieben hat«, erklärte er und zitierte dann den Reichstagsabgeordneten aus Süddeutschland. »Die Osterglocken, soweit sie noch nicht eingeschmolzen sind, läuten noch nicht die Botschaft, die alle Welt erharret. Nordamerika zerrt grundlos an der Sturmglocke und predigt den ›Krieg aus Menschlichkeit!‹ Der Kriegsrat der Entente, der seit zweieinhalb Jahren die Leichtgläubigkeit ihrer Völker in die Irre führt, verriegelt dem Frieden die Tore. Er handelt wie der Spieler, der, immer verlierend, seinen Einsatz verdoppelt, um die Bank zu sprengen.«

»Nun …«, Fokko v. Falkenrehde war da etwas anderer Meinung. »Streiten wir nicht darüber, wer diesen Krieg gewollt hat, vielleicht niemand so richtig, es hat ihn nach Sarajewo nur keiner aufhalten wollen und können, aber nun … Bleiben wir beim Spiel … Von ursprünglich elf Männern haben wir nur noch fünf auf dem Platz …«

»Die Engländer, Franzosen und Russen aber auch nur!«, rief Friedrich v. Falkenrehde.

»Ja, aber nun kommen sechs frische und kraftstrotzende Amerikaner auf den Platz und verstärken sie, während wir niemanden anders haben und immer mehr Leute verlieren.«

»Wir werden über uns hinauswachsen!«

»Ach, gegen die Amerikaner ist kein Kraut gewachsen. Bald wird alles aus sein, ein viertes Kriegsostern wird es nicht geben.«

»Hör auf, mir den Appetit zu verderben!« Wütend warf Friedrich v. Falkenrehde seine Stoffserviette auf den Tisch.

»Wenn ihr euch jetzt Ostereier an den Kopf werfen

wollt, nehmt bitte ungefärbte«, sagte Leonore v. Falkenrehde spitz.

Ihr Abschied geriet als Folge dieses Dialogs nicht ganz so theatralisch wie die Begrüßung, und außerdem stand ja fest, dass sie sich schon am Nachmittag zum Kaffee in Bettinas Elternhaus wiedersehen würden.

Fokko v. Falkenrehde lief zum Bahnhof Groß-Lichterfelde West, um zum Potsdamer Platz zu fahren. Dort erstand er einen riesigen Blumenstrauß für Bettinas Mutter und gönnte sich zur Feier des Tages eine Droschke zum südlichen Rand des Tiergartens.

»Dit kurze Stück hätten Se ooch loofen können«, brummte der Kutscher und ließ seinen Gaul möglichst langsam traben.

Fokko v. Falkenrehde war mit seinen Schwiegereltern in spe nicht übermäßig glücklich. Fritz Teschendorff hatte sich vom kleinen Schneidermeister zum schwerreichen Eigentümer mehrerer Kleiderfabriken hochgearbeitet und war wegen seines politischen und gesellschaftlichen Engagements, vor allem aber als Lieferant von Uniformen, zum Kommerzienrat ernannt und in den Adelsstand erhoben worden. Er war ein ausgeprägter Tatmensch und walzte alles nieder, was in seiner Nähe war. Ausgestattet mit der Figur eines Schwergewichtsboxers und der Stimme eines Stentors, fand er kaum jemanden, der sich stark genug fühlte, sich mit ihm anzulegen. Auch Fokko v. Falkenrehde war nicht mutig genug, ihm in offener Feldschlacht gegenüberzutreten, und riskierte höchstens einmal einen Angriff mit der Waffe feiner Ironie.

»Dass Sie noch immer nicht herausgefunden haben, wer

die Frau im Reisekorb ermordet hat, das wundert mich«, dröhnte Teschendorff zu Fokko v. Falkenrehde, während er sich eine Havanna ansteckte. »Bei mir in der Firma könnten wir uns solche Langsamkeit nicht leisten.«

»Lassen Sie doch bitte morgen einmal einen Ihrer Buchhalter als Leiche und im Reisekorb nach Stettin schicken, dann werde ich Ihnen beweisen, dass wir den Täter schon übermorgen haben.«

»Könn'n wa nich von wat andrem reden als wie über den Tod!«, rief Frieda v. Teschendorff.

»Meinetwegen auch über die Zeugung«, murmelte Fokko v. Falkenrehde.

»Fokko, bitte!« Bettina küsste ihn, um ihm damit den Mund zu verschließen.

Frieda v. Teschendorff, geborene Grabowski, war das, was man ungebildet nannte, und versuchte das auch gar nicht zu kaschieren. Ihr Vorbild war die Madame Du Titre, eine reiche Bürgersfrau, die mächtig berlinert hatte und von der zahllose Anekdoten in Umlauf waren. So war sie einmal Goethe begegnet, und der hatte sie gefragt: »Kennen Sie mich?« Sie hatte einen ehrfürchtigen Knicks gemacht und geantwortet: »Großer Mann! Wer sollte Ihnen nicht kennen: ›Fest gemauert in der Erde steht die Form aus Lehm gebrannt!‹« Und nach dem Tod der Königin Luise hatte sie Friedrich Wilhelm III. in ganz besonderer Art und Weise ihr Mitgefühl ausgedrückt: »Ja, Majestätiken, et is schlimm for Ihnen. Wer nimmt ooch jern een Witwer mit sieben Kinderkens.«

Je später es wurde, desto mehr fürchtete Fokko v. Falkenrehde das Aufeinandertreffen der beiden Elternpaare.

Das konnte nicht gutgehen: Seine Mutter als ausgesprochener Schöngeist und Frieda v. Teschendorff als eine Frau, die beim Wort Fuge nicht an Johann Sebastian Bach dachte, sondern daran, dass sie den Maurer anrufen musste, damit er die Fugen neben ihrem Schlafzimmerfenster abdichtete. Und waren die Mütter zu unterschiedlich, um miteinander auszukommen, so waren sich die Väter viel zu ähnlich. Beide wollten da, wo sie waren, die Hoheit haben und duldeten keinen anderen Mann von Größe und Kraft in ihrer Nähe.

Wie konnte man das gemeinsame Kaffeetrinken noch verhindern? Er überlegte so fieberhaft wie bei einer Klassenarbeit, wo es galt, eine schwierige Aufgabe innerhalb von fünfundvierzig Minuten zu lösen. Vieles schoss ihm durch den Kopf …

In der oberen Etage für eine Überschwemmung im Bad sorgen, so dass unten das Esszimmer unter Wasser stand.

Im Keller die Heizung außer Betrieb setzen, so dass es im ganzen Haus saukalt war und das Kaffeetrinken ausfallen musste.

Heimlich Tante Adelheid anrufen, sie möge doch bitte krank sein und die Lichterfelder zu sich rufen.

Heimlich Markwitz anrufen und den bitten, sich hier zu melden und zu sagen, es hätte einen Mordfall gegeben und er solle sofort zum Alexanderplatz kommen.

Die Köchin bestechen, dass sie den Kuchen anbrennen ließ.

Nein, das ging nicht, das kam ihm alles furchtbar kindisch vor. Er konnte nur noch hoffen, dass in einer der Fabriken, die Teschendorff gehörten, ein Brand ausbrach und sein Schwiegervater in spe abberufen wurde. Aber auch das passierte nicht, und seine Verzweiflung wuchs von Minute zu Minute.

Nach dem Essen zogen sich die beiden Frauen zur Mittagsruhe zurück, während er mit Fritz Teschendorff Billard spielen musste, und das war nicht eben lustig, weil er nicht gewinnen durfte. Das hätte dem Herrn Kommerzienrat die Laune verdorben und die Wahrscheinlichkeit, dass es zum Krach mit seinen Eltern kam, um vieles erhöht. Die Schwierigkeit bestand nun darin, den anderen nicht merken zu lassen, dass er ihn mit Absicht gewinnen ließ, denn das hätte ihn noch mehr verstimmt als eine Niederlage.

Gerade setzte Fokko v. Falkenrehde zu seinem gewagten Effetstoß an, da kam seine zukünftige Schwiegermutter ins Billardzimmer gestürzt.

»Fritz, Bettina hat einen Schwächeanfall erlitten, du musst Dr. Wrenzchen kommen lassen! Und ich rufe in Lichterfelde an, dass die Falkenrehdes zu Hause bleiben sollen.«

Fokko v. Falkenrehde wusste, warum er Bettina liebte. Er eilte in ihr Zimmer, um der Leidenden Trost zu spenden und ihr aus vollem Herzen zu danken.

Dienstag, 10. April 1917

Als Fokko v. Falkenrehde und Hermann Markwitz im Bureau angekommen waren, brauchten sie einige Zeit, sich aufzuwärmen, denn die ganze Nacht hindurch und auch am Morgen hatte es ein heftiges Schneetreiben gegeben. Die Temperatur war auf + 2 Grad gefallen, und die Sonne hatte es noch nicht ganz geschafft, den Schnee wieder wegzutauen.

Sich gleich an die Arbeit zu machen und den Mörder der Hertha Theuerkauf zu suchen, fiel ihnen auch deswegen schwer, weil sie sich von den Strapazen des Osterfestes erholen mussten. Was in der Zeitung stand, war auch nicht eben erbaulich.

»In diesen Minuten tobt die Schlacht bei Arras«, sagte Fokko v. Falkenrehde und stieß einen tiefen Seufzer aus. »Und mein Freund Richard mittendrin.«

»Es trifft ja nicht jeden«, sagte Markwitz. »Wissen Sie schon, dass es in den Cafés wegen ungenügender Zuteilung von Lebensmitteln keine Speisen mehr geben wird?«

»Nein, aber ich bin auch kein großer Freund von Buletten, die zu neunundneunzig Prozent aus alter Schrippe bestehen. Und das Bier ist ja auch schon so knapp geworden, dass man den Wirt mit vorgehaltener Pistole zwingen muss, ein Glas voll herauszurücken.«

Ihr Vorgesetzter kam herein. Schnell ließen sie ihre Zeitungen unter herumliegenden Akten verschwinden.

Waldemar v. Breitling sah sie tadelnd an. »Sie sind noch gar nicht ausgeschwärmt?«

»Gleich geht es los«, antwortete Fokko v. Falkenrehde. »Aber wir müssen dem Täter Zeit lassen, sich davonzumachen.«

»Das ist doch absurd! Das können Sie doch unmöglich ernst meinen!«

»Doch. Ich glaube schon, dass der oder die Täter nicht damit gerechnet haben, dass wir überhaupt auf Hertha

Theuerkauf kommen. Wer sollte ein derart mit dem Rasiermesser zugerichtetes Gesicht denn erkennen können? Außerdem muss ihnen der Trick mit der nach Stettin aufgegebenen Leiche genial vorgekommen sein. Sie müssen sich also in Sicherheit gewiegt haben. Das zeugt davon, dass sie nicht sonderlich intelligent sind, und lässt uns hoffen, dass sie bald einen entscheidenden Fehler begehen. Dazu müssen wir ihnen nur genügend Zeit lassen.«

Waldemar v. Breitling nickte anerkennend und realisierte nicht im entferntesten, dass Fokko v. Falkenrehde nichts anderes versucht hatte, als aus seiner Faulheit eine Tugend zu machen. Vielleicht war es keine Faulheit, sondern vielmehr die Unlust vor so viel kriminalistischer Kleinarbeit.

Aber es half alles nichts, sie mussten sich nun doch in die Lottumstraße begeben und dort, wie in der gesamten ›Verkehrsgegend‹ der Theuerkauf, ihre Erkundigungen einziehen. Vor allem aber war in der Wohnung der Theuerkauf nach Spuren zu suchen. Die Legitimation dazu lag schon auf ihrem Schreibtisch. Sie sollten versuchen, ohne einen Kriminaltechniker auszukommen, denn je länger der Krieg dauerte, desto knapper wurde das Personal, und da war es ein Muss, selbst zur Lupe zu greifen. Wenn es Anzeichen dafür geben sollte, dass die Theuerkauf in ihrer Wohnung ermordet worden war, wollte man weitersehen.

»Ober, bring'n Se Jeld, ick will zahlen«, sagte Markwitz, als er sich erhob.

»Wie kommen wir denn da am besten hin?«, fragte Fokko v. Falkenrehde und ging zum Stadtplan, den sie an die Wand geheftet hatten. »Lottumstraße – nie gehört …«

»Mein Animus sagt mir, det dit inna Nähe vonna Schönhauser sein muss.«

Fokko v. Falkenrehde ließ den Zeigefinger kreisen und hatte die Lottumstraße bald gefunden. »Das ist ja gerade man ein Kilometer, da bekommen wir von Breitling nicht mal einen Dienstfahrschein genehmigt.«

»Und wer bezahlt ma die abjeloofenen Schuhsohlen?«, fragte Markwitz und gab sich gleich selbst die Antwort. »Keena. Also will ick mit de U-Bahn wenigstens die eene Station bis Schönhauser Tor jefahren werden. Wozu ham se det Ding sonst jebaut?«

Fokko v. Falkenrehde stimmte ihm zu, und sie machten sich auf den Weg. Eine Viertelstunde später standen sie vor dem Mietshaus Lottumstraße 23. Da sie keine Schlüssel für die Wohnung der Ermordeten hatten und auch nicht so recht mit dem Dietrich umzugehen wussten, lag es nahe, bei der Portiersfrau zu klingeln. Meistens hatten die Hauswartsleute einen Zweitschlüssel bei sich am Brett hängen. Sie traten in den Hausflur, blickten zum Stillen Portier hinauf und erfuhren, dass sie sich an Frau Dombrowski zu wenden hatten. Als sie in die zweite Etage des Gartenhauses hinaufgestiegen waren, wurde schon die Wohnungstür aufgerissen, bevor sie geklingelt hatten.

»Na endlich! Wird ja ooch langsam Zeit!«

Fokko v. Falkenrehde staunte. »Wie, Sie wissen, dass wir …?«

»Klar, ick weeß doch, wat 'n Kriminaler is. Schrecklich mit die Theuerkaufen! So 'n feina Mensch, nee, so 'n Schicksal, det hatse nich vadient.«

Markwitz nickte. »Sie haben sicherlich 'n Schlüssel für die Wohnung?«

»Nee, nich, det wollte se nich. Als ick se als vamisst jemeldet habe, hat die Feuerwehr die Wohnung uffjebrochen. Jetzt ham wa 'n Vorhängeschloss vor, und da hab ick den Schlüssel von.«

»Schön, Frau Dombrowski, dann sehen wir uns mal gemeinsam in der Wohnung der Theuerkauf um.«

Fokko v. Falkenrehde und Markwitz waren erstaunt, wie vergleichsweise feudal die Theuerkauf eingerichtet war. Ein Blick in ihre Schränke zeigte ihnen, dass die Dame viel Chic gehabt hatte. Sie konnte unmöglich die Klamotten getragen haben, mit denen man sie in der Stettiner Gepäckabfertigung gefunden hatte. Also mussten sie die Täter umgekleidet haben, um die Ermittler auf eine falsche Fährte zu locken, das heißt, sie glauben machen, die Tote käme aus dem Milieu der armen Leute und der Hungerleider.

Markwitz war sich schon nach wenigen Minuten sicher, dass jemand die Schränke und Schubladen durchwühlt hatte. »Da muss eena janz wat Bestimmtes jesucht haben.«

»Geld wahrscheinlich«, sagte Fokko v. Falkenrehde.

Da fuhr Isolde Dombrowski auf. »Wenn Se mir damit meinen, denn ...« Sie schnappte nach Luft. »Denn sehn wa uns vor Jericht wieda! Ick lass mir doch von Sie meine Ehre nich abschneiden!«

Fokko v. Falkenrehde hatte Mühe, sie wieder zu beruhigen. »Das war doch nicht gegen Sie gerichtet, gute Frau, das hat sich auf die Täter bezogen.«

Nirgendwo ließ sich ein Tropfen Blut entdecken, auch alle vorhandenen Messer waren unbenutzt. Damit schien hundertprozentig festzustehen, dass Hertha Theuerkauf außerhalb ihrer Wohnung ermordet worden war und die Täter anschließend hierher gekommen waren, um nach Geld und Schmuck zu suchen. Leider konnte sich die Portiersfrau nicht daran erinnern, welche Broschen, Ketten und Ringe die Theuerkauf besessen hatte.

»Wissen Sie denn, mit wem Frau Theuerkauf hier im Hause und in der Gegend befreundet war?«, wollte Fokko v. Falkenrehde wissen.

Die Portiersfrau überlegte. »Nee. Öfters isse wegjegangen, aba ick weeß nich, wohin, det hat se mir nich uff de Neese jebunden.«

»Und einen festen Herrn hatte sie nicht?«, fragte Markwitz.

»Nich mehr. Der, den Se mal hatte, der Herr Oberregierungsrat Paulisch, der isja jestorm und hat ihr det Haus hier vermacht.«

Fokko v. Falkenrehde wurde hellhörig. »Das heißt also, dass sie aus einem Milieu gekommen ist, wo man sich sein Geld damit verdient, einsame Herren zu trösten …?«

»Schön ham Se det ausjedrückt, Herr Kommissarius, aba det kommt die Wahrheit wohl nahe – nach dem, wat so durchjesickert is üba ihr.«

»Jetzt hat sie aber viel Jeld jehabt?«, fragte Markwitz.

»Det will ick meinen!«, rief Isolde Dombrowski.

»Und da sind die Männer nicht scharf auf sie jewesen?«

»Doch, sind se. Aba ick hatte so det Jefühl, det se die

Schnauze von denen voll hatte«, gab Isolde Dombrowski zu Protokoll. »Und alle, die hinter ihr herjewesen sind, hat se abblitzen lassen.«

»Wen denn zum Beispiel?«, wollte Fokko v. Falkenrehde wissen.

»Na, den Wilhelm Wissulke hier aus'm Haus, der hat ihr ja sojar mit dem Feldstecher in't Fensta jekiekt.«

»Und – was ist das für einer?«, fragte Markwitz.

»Wat dit für eena is? 'n Kotzbrocken is dit. Die Frau is ihm wegjestorm, und mit seine Kneipe hatta pleite jemacht. Und nu issa janz vabittat. Seine Miete hatta nich mehr bezahl'n könn'n, und da hatta mit die Theuerkauf 'n Verhältnis anfangen woll'n, damit die ihm nich an'ne Luft setzt. Det wollte die nämlich.«

Fokko v. Falkenrehde freute sich, hatten sie doch damit einen ersten Tatverdächtigen. Sie bedankten sich bei Isolde Dombrowski und machten sich auf den Weg zu Wilhelm Wissulke, doch der gewesene Gastwirt war nicht zu Hause.

»Wahrscheinlich hatta Lunte gerochen und die Flieje jemacht«, stellte Markwitz fest.

Fokko v. Falkenrehde konnte es nicht lassen, darauf ironisch bis höhnisch zu reagieren. »Ja, der ist nach Stettin gefahren, um zu sehen, ob er seinen Reisekorb zurückbekommen kann. Beim Trödler bringt der noch ein paar Pfennige, schließlich wollen ja auch noch andere ihre Leiche loswerden.«

Markwitz nahm es gelassen hin. »Et jibt sone und solche, aba solche sind die mehrsten.« Die Portiersfrau hatte ihn angesteckt, und er berlinerte wieder ziemlich heftig.

Sie beschlossen, sich erst einmal in der Gegend umzuhören und es dann später noch einmal bei Wissulke zu versuchen.

»Klappern wa erst mal alle kleenen Läden ab?«, sagte Markwitz, und es war Frage und Vorschlag zugleich.

Fokko v. Falkenrehde stimmte zu, und so betraten sie in den nächsten beiden Stunden nahezu jedes Geschäft in der Lottum-, Christinen-, Choriner und Fehrbelliner Straße, egal ob Kolonialwaren, Bäckerei, Fleischerei, Wäscherei, Drogerie oder Obst & Gemüse auf dem Ladenschild stand. Was sie über Hertha Theuerkauf erfuhren, ergab ein in sich stimmiges Bild: Sie war vom Lande über Breslau nach Berlin gekommen, hatte sich zuerst als Dienstmädchen verdingt und war dann auf die schiefe Bahn geraten, das heißt, sie hatte sich ihr Geld ›mit der Pflaume verdient‹, wie die Leute es ausdrückten. Das große Los hatte sie dann mit der Betreuung des Oberregierungsrats Paulisch gezogen, der ihr das Mietshaus in der Lottumstraße vermacht hatte. Als Hauseigentümerin habe sie dann die feine Dame gespielt und immer viel Geld bei sich gehabt.

»Was schließen wir daraus?« Fokko v. Falkenrehde sah Markwitz an.

»… dass es sich höchstwahrscheinlich um einen Raubmord handelt.«

»Richtig. Und weiter?«

»… dass der Täter aus dem Milieu stammt, in dem die Theuerkauf früher mal gelebt hat.«

»Ganz meiner Meinung. Aber wie sollen wir da weiterkommen? Wo hat sie früher gearbeitet, welchen Luden hat sie gehabt, mit wem war sie befreundet?« Fokko v. Falkenrehde fühlte sich wie ein Schüler bei einer Klassenarbeit in Mathematik, der vor seiner Aufgabe saß und wusste, dass er nach zwei Stunden nur ein leeres Blatt abgeben konnte. So sagte er zu Markwitz, dass es wohl das Klügste wäre, jetzt nach Hause zu gehen und sich ins Bett zu legen.

»Wieso denn das?«

»Na, Sie wissen doch: Den Seinen gibt's der Herr im Schlafe.«

»Der schönste Schlaf ist immer noch der Beischlaf«, murmelte Markwitz.

»Womit wir wieder bei Hertha Theuerkauf wären«, fügte Fokko v. Falkenrehde hinzu.

»Oder bei diesem Wissulke. Denn vielleicht wollte der mit der Theuerkauf ins Bett, aber sie wollte nicht, und da hat er sie dann mit dem Rasiermesser … Und es war gar kein echter Raubmord, sondern nur ein vorgetäuschter …«

»Möglich ist alles, aber der Pathologe in Stettin hat nichts gefunden, was auf eine Vergewaltigung hinweist.«

Als sie es zum zweiten Mal bei Wilhelm Wissulke versuchten, fanden sie ihn zu Hause vor, und nicht nur das, er öffnete ihnen schon die Tür, bevor sie geklingelt hatten.

»Na, haben Sie die Handschellen schon mitgebracht?«

»Wieso?«

»Wieso? Weil Ihnen die Dombrowski, dieses falsche Aas, schon erzählt haben wird, dass ich 'n Auge auf die Theuerkauf geworfen hatte, die aber nicht wollte. Also: Und bist du nicht willig, so brauch ich Gewalt.«

Fokko v. Falkenrehde war von diesem Eröffnungszug nicht überrascht, denn solche Vorwärtsverteidigung hatte er schon öfter erlebt. Und so ging er gar nicht auf Wissulkes Worte ein, sondern bat nur, eintreten zu dürfen.

»Aber gerne.«

Der Gastwirt führte sie ins Wohnzimmer. Es sah dort sehr liederlich aus, was aber bei Junggesellen und Witwern nicht erstaunlich war, doch keineswegs verwahrlost. Fokko v. Falkenrehde stellte sich vor, wie Wissulke die Theuerkauf in seine Wohnung gelockt hatte und dann über sie hergefallen war. Sie hatte sich gewehrt, und er hatte sein Rasiermesser zu fassen bekommen. Das war sozusagen das Stichwort, und ganz spontan fragte er Wissulke, ob sie sein Rasiermesser einmal sehen könnten.

»Wieso denn das? Wollen Sie sich hier bei mir ...?«

Sein Erstaunen schien echt zu sein. Oder er war ein glänzender Schauspieler. Dass man der Theuerkauf die Kehle aller Wahrscheinlichkeit nach mit einem Rasiermesser durchgeschnitten hatte, konnte außer dem Täter keiner wissen, denn das hatte Dr. Hoppe weder den Zeitungsleuten mitgeteilt noch auf das Mordplakat schreiben lassen. Aber unbedingt geheim halten musste man es auch nicht. Also konnte er Wissulke den Grund für seine Bitte durchaus nennen.

»Beim Mord an Frau Theuerkauf hat ein Rasiermesser eine gewisse Rolle gespielt ...«

Wissulke nickte. »Verstehe. Und da Sie mich ... Aber bitte, kommen Sie, ich rasiere mich immer in der Küche.«

Fokko v. Falkenrehde kam sich ein wenig albern vor,

als er die mitgebrachte Lupe hervorzog und damit Wissulkes Rasiermesser betrachtete.

»Mensch, da ist ja tatsächlich Blut dran!«, entfuhr es ihm.

8.

Mittwoch, 11. April 1917

»Neue englische Angriffe bei Arras gescheitert. Fahrplanänderungen beim Übergang zur Sommerzeit. Rennen zu Karlshorst im Schneegestöber. Union Oberschöneweide gegen Borussia Halle 4:1 …«

Hermann Markwitz hatte Fokko v. Falkenrehde gerade die ersten Überschriften vorgelesen, da stand völlig überraschend Dr. Hoppe in der Tür. Beide sprangen auf und waren nahe daran, Haltung anzunehmen. So viel Soldat steckte in jedem Preußen, auch wenn man gerade bei der Kriminalpolizei großen Wert auf zivile Umgangsformen legte.

»Behalten Sie doch bitte Platz«, sagte der Chef, obwohl er es übel aufgenommen hätte, wären Fokko v. Falkenrehde und Markwitz bei seinem Eintritt wirklich sitzen geblieben. »Ich wollte Ihnen nur schnell sagen, dass die Untersuchung des Blutes am Rasiermesser von Wilhelm Wissulke ergeben hat, dass es in der Tat sein eigenes ist. Damit bleibt uns also nichts weiter übrig, als ihn wieder nach Hause zu schicken.«

Als Dr. Hoppe wieder draußen war, versank Markwitz in tiefes Nachdenken. »Wenn der Wissulke nu zwee Rasiermessa hatte, soll ja vorkomm'n, und war et doch, denn sind wa Neese.«

Fokko v. Falkenrehde nickte. »Wir werden ihn auf alle Fälle im Auge behalten müssen.«

»Und wat machen wa sonst noch?«, fragte Markwitz, der so gut gelaunt war, dass er ungebremst berlinerte.

»Außer warten fällt mir auch nichts ein«, antwortete Fokko v. Falkenrehde. »Wer nur lange genug warten kann, zu dem kommt alles.«

Markwitz lachte. »Nee, nich immer. Seit Jahrzehnten warte ick uff det jroße Los, und et kommt nich, und daruff, dass der Mörder von der Theuerkauf eines Tages freiwillig hier uffkreuzt und sagt: ›Ick war et!‹, da könn' wa druff warten, bis wa alt und jrau geword'n sind.«

»Ich rechne fest damit, dass sich doch noch Freundinnen und Bekannte der Theuerkauf bei uns melden werden«, sagte Fokko v. Falkenrehde, und dann wurde er wieder drastisch. »Am besten für uns wäre es natürlich, wenn der Täter noch weitere Frauen umbringen würde, denn dabei gäbe es neue Spuren, und auch der Gescheiteste begeht irgendwann einmal einen Fehler.«

»Na, hoffentlich trifft es nicht meine Frau oder Ihre Braut«, sagte Markwitz.

»*Bettina*, das ist das Stichwort!« Fokko v. Falkenrehde sprang auf. »Sie hat gestern in ihrer Fabrik giftige Dämpfe eingeatmet und wird heute in der Charité untersucht. Da wollte ich sie begleiten, Breitling hat es schon genehmigt.«

Fokko v. Falkenrehde hasste Krankenhäuser. Wäre es nach ihm gegangen, hätte an ihrem Eingang das gestanden, was Dante für das Tor zur Hölle vorgesehen hatte: ›Lasciate ogni speranza, voi ch'entrate – Lasst, die ihr eingeht, alle Hoffnung schwinden!‹

Dass die meisten Menschen, die in ein Krankenhaus eingeliefert wurden, später als geheilt entlassen wurden, und nur die wenigsten dort zu Tode kamen, hatte er nicht richtig realisiert. So erfüllten ihn dunkle Vorahnungen, als er vor dem Zimmer auf und ab ging, in der Bettinas Lunge geröntgt wurde. Es dauerte und dauerte. Wenn Bettinas Lunge nun so stark angegriffen war, dass sie zur Kur in die Schweiz musste, wenn es so schlimm war, dass man ihr nur noch ein halbes Jahr gab, was dann …? Mit ihr starb auch er, ein Leben ohne sie war sinnlos. Am besten, er meldete sich freiwillig zum Fronteinsatz und suchte dort den Tod.

Da kam sie heraus, jubelte, dass nichts sei, und flog auf ihn zu. Er fing sie auf und wirbelte sie herum.

»Nur eine heftige Reizung im Rachenraum«, sagte sie.

Er küsste sie dennoch, und zwar so innig, dass einigen Frauen, die wartend im Gang standen, Tränen in die Augen stiegen.

»Das müssen wir feiern«, sagte er. »Her mit dem Champagner!«

»Fokko, du bist im Dienst.«

»Komm, meine Mörder sind auch morgen noch Mörder, so schnell verjährt das nicht.«

Hand in Hand liefen sie auf die Straße hinaus und nahmen Kurs auf die Friedrich- und die Leipziger Straße. Dorthin trieb es Fokko v. Falkenrehde des Öfteren, denn gerne aß und trank er im Stammhaus der Weinhandlung M. Kempinski & Co. in der Leipziger Straße 25. Dort war in den Jahren vor Kriegsbeginn zur Krausenstraße hin ein gewaltiger Gastronomiepalast entstanden. Kempinskis Idee vom Luxus für alle hatte sich als überaus erfolgreich erwiesen. Anders als die exklusiven Häuser Dressel, Huster, Hiller, F. W. Borchardt, Kannenberg, Töpfer, Grand Gala und Richards war Kempinski offen für alle Bevölkerungsschichten zwischen Feudalaristokratie und kleinem Bürgertum. Es kamen kaum Militärs, dafür aber viele Beamte aus den nahe gelegenen Ministerien, Politiker, Industrielle, Journalisten aus der Kochstraße und die Theaterleute der umliegenden Spielstätten, daneben auch der Schutzmann von nebenan mit der Sekretärin, mit der er sich gerade verlobt hatte.

Nach drei Jahren Krieg war auch bei Kempinski der Glanz dahin. Statt Tischtücher aus Damast gab es nun welche aus grauem Papier, und die Teller und Schüsseln wiesen Risse und Scharten auf. Dazu war es in den Sälen kalt und düster, denn an allem wurde gespart.

Fokko v. Falkenrehde und Bettina nahmen es gelassen hin und holten ihre Lebensmittelkarten hervor, damit die Ober das abschnippeln konnten, was auf ihren Lebensmittelkarten noch drauf war. Pro Tag hatten sie Anspruch auf 160 Gramm mit Kleie versetztes Brot, 20 Gramm Fleisch und 7 Gramm Fett.

»Ich hätte gern Artischocken«, scherzte Fokko v. Falkenrehde.

»Und ich eine französische Poularde«, fügte Bettina hinzu.

Der Ober, ein jung gebliebener Großvater, verneigte sich mit altgewohnter Grandezza. »Sehr wohl, die Herrschaften. Nur empfehle ich statt der Artischocken heute unsere eingelagerten Kartoffeln, das ist eine wunderbare

Delikatesse heutzutage, und darf es für die Dame statt der Poularde eine Kohlroulade sein?«

»Danke, ja, gern.«

Fokko v. Falkenrehde wartete, bis sich der Ober entfernt hatte, ehe es aus ihm herausbrach. Schließlich war er Beamter. »In den Schützengräben sterben sie zu Zehntausenden, wir müssen uns mit diesem Fraß hier zufriedengeben, ein ganzes Volk darbt und hungert – und diejenigen, die den Krieg angezettelt haben, verdienen Millionen an ihm und leben in Saus und Braus. Am liebsten würde ich in die USPD eintreten.« Die war am 8. April in Gotha gegründet worden, und auch Rosa Luxemburg und Karl Liebknecht waren ihr beigetreten.

»Dann tritt doch ein«, bestärkte ihn Bettina.

»Damit riskiere ich dann, dass sie mich aus dem Dienst entfernen«, gab Fokko v. Falkenrehde zu bedenken.

»Das sind mir die richtigen Revolutionäre«, spottete Bettina, »wollen das Kaiserreich hinwegfegen, aber nur, wenn sie vom Kaiser dazu aufgefordert werden.«

»Wenn der Zug sich in Bewegung setzt, und das wird er in den nächsten Monaten, dann werde ich schon noch rechtzeitig aufspringen«, erwiderte Fokko v. Falkenrehde mit einem Hauch von Selbstironie.

Ihre Suppe kam. Sie sah aus wie Abwaschwasser. Rübenschnitzel schwammen darin.

»Stell dir vor, das wäre unsere Hochzeitssuppe«, sagte Bettina.

Fokko v. Falkenrehde sah sie an. »Es gibt viele Gründe, erst nach Ende des Krieges zu heiraten, aber das wäre auch einer. Warten wir auf diesen Tag.«

Bettina hob ihr Glas. Der Weißwein sah zumindest so aus, als sei er echt und nicht Leitungswasser mit Farbe und Aroma.

»Auf diesen Tag!«

»Ja, auf diesen Tag!«

Die Bureaustunden nach der Mittagspause waren die schlimmsten. Fokko v. Falkenrehde und Hermann Markwitz hatten mitunter derart mit ihrer Müdigkeit zu kämpfen, dass es schon wehtat, und hin und wieder verloren sie ihren heroischen Kampf gegen das Wegtreten und ließen sich, am Schreibtisch sitzend, einfach fallen, denn es hieß ja, der Büroschlaf sei der gesündeste. Pech war nur, wenn plötzlich jemand, ohne anzuklopfen, im Zimmer stand und sie schnarchen hörte. Einfach abzuschließen, ging nicht, und Markwitz' Forderung nach einem Wachtposten draußen auf dem Flur war ebenso unrealistisch wie Fokko v. Falkenrehdes Idee von einem Kontakt, der beim Öffnen der Tür dafür sorgte, dass ein Böller abgeschossen wurde, der sie rechtzeitig weckte. Was ihnen blieb, war, auf ihren Instinkt zu hoffen und rechtzeitig aufzuwachen, wenn Gefahr im Anzug war.

Der versagte allerdings an diesem Mittwoch, obwohl Dora Parlack, die Dame, die nun unschlüssig in der Tür stand, laut genug angeklopft hatte. Erschrocken blickte sie auf die beiden Männer, die da in ihren Bürostühlen in sich zusammengesunken waren. Sollten die Herren der Mordkommission selber ermordet worden sein …? Sie war richtig erleichtert, als sie merkte, dass beide ruhig atmeten und zudem noch leise Schnarchtöne von sich gaben. Da sie gern ins Walhalla-Theater ging und der Schwank ihr Lieblingsgenre war, klatschte sie kräftig in die Hände, so dass es für die beiden Schlafenden wie ein Schuss klingen musste. Beide fuhren hoch.

»Hat hier jemand geschossen?«, fragte Markwitz.

»Ick habe nüscht jehört«, antwortete Dora Parlack. »Das müssen Se jeträumt haben.«

»Nur komisch, dass ich es auch geträumt habe«, sagte Fokko v. Falkenrehde. »Aber gleichviel, wir haben gerade intensiv über etwas nachgedacht …« Er stand auf und zog sich das verrutschte Jackett zurecht. »Womit kann ich dienen?«

»Ick komme wegen meine Freundin.«

Fokko v. Falkenrehde konnte der Versuchung, den Oberlehrer zu spielen, nicht widerstehen und verbesserte sie deshalb: »Wegen *meiner* Freundin.«

Dora Parlack staunte. »Wegen Ihrer Freundin, wieso denn det, die kenn ick doch jar nich …?«

Während Markwitz laut loslachte, schaffte es Fokko v. Falkenrehde, beherrscht zu bleiben. »Pardon, das muss ein Missverständnis sein. Was ist denn, bitte, mit Ihrer Freundin?«

»Tot isse!«, entfuhr es Dora Parlack.

Da zündete es bei Fokko v. Falkenrehde. »Sie kommen wegen der Hertha Theuerkauf?«

»Ja …« Dora Parlack begann zu schluchzen. »Ick hab det allet jelesen … Det Plakat anne Litfaßsäule und det allet inne Zeitung.«

Fokko v. Falkenrehde holte ihr einen Stuhl. »Setzen Sie sich doch erst einmal, Frau …?«

»Parlack, Dora Parlack …«

Sie nahm Platz und zog ein Tuch aus ihrem Täschchen, um sich die Tränen aus den Augen zu tupfen. Nachdem ihr Markwitz ein Glas Wasser geholt und sie sich ein wenig beruhigt hatte, begann sie zu erzählen.

»Ick kenne die Hertha von Breslau her. Und da …« Wieder brach sie in Tränen aus.

Fokko v. Falkenrehde ließ ihr Zeit. »Ja …?«

»Wir haben beide inne Tschepine gewohnt, das ist die Jegend um den Striegauer Platz«, erklärte ihnen die Parlack nach einer angemessenen Pause. Da sei es teilweise hoch hergegangen. »Pass uff, du – een Pfiff und du bist umzingelt.« Man habe sich für einige Jahre aus den Augen verloren, dann habe die Hertha Theuerkauf plötzlich vor ihr gestanden. »Bei mir im Wäschegeschäft in der Brunnenstraße, da bin ick nämlich Verkäuferin. Wohnen tu ick aber in der Oderberger Straße.«

Markwitz machte sich Notizen, während Fokko v. Falkenrehde die Gesprächsführung übernahm.

»Ist Ihnen denn an Ihrer alten Freundin etwas aufgefallen, was uns bei der Suche nach dem Täter weiterhelfen könnte? Was war denn die Theuerkauf für ein Mensch?«

»Die Hertha, die war schon als Madla immer ein bisschen krewatschlich«, berichtete die Parlack. »Und nerrsch.«

»Wie?«, fragte Markwitz.

»Na, unordentlich und schlampig und irgendwie verrückt, aber plotschig hat se sich nie angestellt, ick meine: dumm.«

»Und worüber haben Sie denn so mit ihr gesprochen?«

»Na, meistens über die alte Heimat, über Breslau, über Schlesien. Ma bleit an Fremder ei der Fremde on wärd halt doo nee rechtich fruh und hat a schiene Traam vo Knoblichworscht on Strääselkucha, vo Schweinebroota on vo Kließlan.«

»Bitte in diesen Zeiten nicht vom Essen reden!«, rief Markwitz.

Fokko v. Falkenrehde lachte. »Es ist ja nur von einem Traum die Rede gewesen. Aber Ihrer Freundin ging's doch auch jetzt im Krieg ganz gut, Frau Parlack, oder …?«

»Ja, sie hat Hinz und Kunz jekannt, und einer hat ihr immer was zu essen jebracht.«

»Männer aus ihrem früheren Leben?«, hakte Fokko v. Falkenrehde nach.

»Ja, aber mit die Männer, det war vorbei. Sie hat jetzt lieba …« Dora Parlack brach ab.

Fokko v. Falkenrehde merkte deutlich, dass sie hatte Angst, die lesbische Orientierung ihrer Freundin zur Sprache zu bringen, wohl um nicht selber verdächtigt zu werden. Darum wollte er ihr eine Brücke bauen. »Sie selber gehörten aber bestimmt nicht dazu …?«

»Nee, Herr Kommissar, so kräftige Frauen wie ick eene bin, die hat se nich jemocht, sie war uff die Zierlichen und die Jüngeren aus, zuletzt uff die Friseuse da im Salon Woytasch inne Brunnenstraße, uff die Louise.«

Markwitz notierte das mit Eifer, aber für Fokko v. Falkenrehde war das keine ernst zu nehmende Spur, denn eine zierliche junge Frau konnte unmöglich den Reisekorb mit der Leiche der Theuerkauf auf die Straße geschleppt haben. Auch lag es jenseits seiner Vorstellungskraft, dass eine Frau einer anderen das Gesicht mit einem Rasiermesser so schrecklich zurichten konnte.

»War es denn etwas Ernsthaftes, was sie suchte?«, fragte Fokko v. Falkenrehde. »Oder hat sie …?« Er wusste nicht recht, wie er das ausdrücken sollte. »Also, Männer bezahlen ja gern dafür, aber wie das bei Frauen ist, weiß ich nicht.«

Dora Parlack schüttelte den Kopf. »Nee, det sollte wohl auch schon wat fürs Herz sein, obwohl …«, sie zögerte weiterzusprechen.

»Obwohl, was …?«

»'ne Menge Geld hat se immer bei sich jehabt, über ihre Scheine hat se sich wie'n Kind jefreut und die auch immer rumjezeigt. Aus'm Brustbeutel hat se die Hunderter rausjeholt. Allet, wat se an Miete einjenommen hat.«

»Was ja für einen Raubmord sprechen würde«, sagte Fokko v. Falkenrehde.

»Jott, wie oft habe ick ihr jesagt, Hertha, hab ick jesagt, deine Großtuerei wird dir noch mal zum Verhängnis wern! Und so isset nu ja ooch jekomm'n.« Wieder musste sie ihr Taschentuch hervorholen.

Sie wechselten noch ein paar Worte, dann bedankten sie sich bei Dora Parlack und brachten sie zur Tür. Sie hatten ja ihre Adresse und konnten sie jederzeit erreichen, wenn es noch Fragen geben sollte.

»Was sagen Sie dazu, Markwitz, bringt uns das weiter?«, fragte Fokko v. Falkenrehde.

»Ick sahre Ihn'n, det kieferne Särje doch det Jesündeste sind.«

Fokko v. Falkenrehde überlegte. »Ich sehe da im Augenblick keinen Zusammenhang …?«

»Ick ooch nich, ick hab nur jrade an den Reisekorb jedacht, in dem die Ärmste jelegen hat, die Theuerkauf.«

»Im Frisiersalon Woytasch soll sie unter Umständen eine Liebschaft gehabt haben … Müssen wir uns dort mal umhören, denn …«

Weiter kam er nicht, denn es wurde gegen ihre Tür geklopft, und als Markwitz sein »Herein!« geschmettert hatte, erschien der Dienstmann vom Stettiner Bahnhof, mit dem sie vor einer Woche gesprochen hatten, die Nr. 116. Er nahm seine Mütze ab und machte eine kleine Verbeugung.

»Entschuldijung, die Herren, aba mir is da noch wat einjefallen.«

»Na, bravo!«, rief Markwitz. »Dann setzen Se sich mal.«

»Nee, ick stehe lieba.« Er fischte sein Dienstbuch aus den Taschen des Umhangs. »Daran hatte ick jar nich jedacht, als Sie mir neulich befragt ham. Keen Wunda bei mein biblischet Alta.«

Was Wilhelm Gassmann ihnen in den nächsten Minuten zu erzählen hatte, ließ ihren Puls um einiges höher schlagen. Im Protokoll, das Markwitz schrieb, las sich das dann so:

»Der Dienstmann erinnert sich, dass am Nachmittag des 16. März zwei Frauen zu ihm gekommen sind und ihm den Auftrag erteilt haben, einen Reisekorb aus ihrer Wohnung zu holen und zum Stettiner Bahnhof zu schaffen. Seiner Aufforderung, die Adresse in sein Dienstbuch einzutragen, wollten die beiden Frauen, deren Alter er als ›etwas unter 30‹ angibt, anfangs nicht nachkommen. Erst nach längerem Zögern habe eine der Frauen die Adresse eingetragen, und zwar: Brunnenstraße 4. Auch einen Namen haben sie hingeschrieben, aber gleich darauf wieder dick durchgestrichen. Es gelang uns jedoch, den Schriftzug wieder lesbar zu machen und als ›Friseurladen Woytasch‹ zu entziffern.«

9.

Mittwoch, 11. April 1917

Fokko v. Falkenrehde und Hermann Markwitz standen auf dem Alexanderplatz und warteten auf einen Straßenbahnzug der Linie 3, den Großen Ring, um bequem zum Rosenthaler Platz zu gelangen.

»Gott, wenn Dummheit wehtun würde, müssten die den ganzen Tag über schreien«, sagte Markwitz.

»Wer?«, fragte Fokko v. Falkenrehde, denn dieser Tatbestand traf seiner Meinung nach derzeit auf viele zu, angefangen beim Kaiser.

»Na, die, die dem Dienstmann den Reisekorb mit der Leiche anvertraut und dabei die Adresse angegeben haben: Brunnenstraße 4, Friseurladen Woytasch.«

Fokko v. Falkenrehde sah das ein wenig komplizierter. »Das kann doch auch ein Trick sein. Um ihre wirkliche Adresse nicht preiszugeben, schleppen sie den Korb mit der Leiche vom Tatort, der durchaus in einiger Entfernung liegen kann, zur Brunnenstraße, stellen ihn dort vor dem Friseurladen ab und bestellen den ahnungslosen Dienstmann dorthin. Sie können also ganz woanders wohnen, ihre Namen haben sie ja nicht angegeben.«

Markwitz nickte. »Wenn Sie recht haben, dann haben Sie recht. Was nun?«

»Ich schlage vor, wir erkundigen uns erst einmal im

Karree nach diesem Friseurladen, ehe wir selber hingehen und die Leute fragen.«

»Ja, hört sich gut an.«

Fokko v. Falkenrehde fühlte plötzlich etwas Nasses auf seiner Oberlippe, dachte, dass seine Nase laufen würde, und wischte mit dem Handrücken darüber. Er erschrak. »Das ist ja Blut.«

»Wird einer auf Sie geschossen haben«, sagte Markwitz in seiner trockenen Art. »Und wir haben den Schuss nicht gehört.«

»Sicher wieder mal zu hoher Blutdruck.« Fokko v. Falkenrehde stöhnte auf und zog sein Taschentuch hervor.

Die Straßenbahn kam und hielt direkt vor ihrer Nase. Sie guckten, wo die Schaffnerin stand, und enterten den Beiwagen auf der anderen Plattform. Dienstfahrscheine hatten sie keine, und es waren ja nur ein paar Stationen. Nicht, dass sie sich der Fahrgeldhinterziehung schuldig machen wollten, aber ein bisschen corriger la fortune müsse auch einem Kriminalbeamten erlaubt sein, meinte Fokko v. Falkenrehde. Außerdem brachte es ein wenig Spannung in den Alltag. Würde die Schaffnerin lange genug brauchen, bis sie die anderen Fahrgäste abkassiert hatte und bei ihnen angekommen war? Alexanderplatz, Münzstraße, Weinmeisterstraße, Rosenthaler Straße … Kurz vor dem Rosenthaler Platz tauchte die Schaffnerin auf ihrer Plattform auf, doch da die Bahn in diesem Moment schon gebremst hatte und nicht mehr allzu schnell war, sprangen sie ab.

»Verbrecher, ihr!«, rief ihnen die Schaffnerin hinterher.

Sie freuten sich wie die Kinder und machten sich aus

dem Staube, übersahen aber, dass die Schaffnerin, als die Bahn am Rosenthaler Platz anhielt, den herumstehenden Schupo auf sie aufmerksam machte. Der stand plötzlich vor ihnen und versperrte ihnen den Weg.

»Sie sind doch eben mit der Elektrischen gekommen, meine Herren …?«

»Ja, sind wir«, antwortete Fokko v. Falkenrehde, es ließ sich ja nicht leugnen.

»Darf ich mal Ihre Fahrscheine sehen?«

»Ich weiß nicht, ob Sie das dürfen.« Markwitz bemühte sein bestes Hochdeutsch. »Aber selbst wenn Sie es dürften, würden Sie keinen Erfolg damit haben, denn wir haben keine Fahrscheine.«

»Sie haben keine Fahrscheine …?«

»Ja, sagte ich doch.«

»Dann kommen Sie mal mit zur Wache.« Der Kollege von der Schutzpolizei nahm seine Amtspflichten sehr ernst.

Fokko v. Falkenrehde zog seine Marke heraus. »Wir mussten abspringen, weil wir von der Straßenbahn aus einen Verdächtigen gesehen haben. Mordfall Theuerkauf, die Leiche im Reisekorb.«

»Oh, Pardon! Das ist natürlich was anderes.« Der Wachtmeister stellte sich vor. »Georg Rosinski vom Revier hier.«

»Wunderbar, da sind wir ja gleich beim Richtigen gelandet.« Fokko v. Falkenrehde zeigte zur Brunnenstraße hinüber. »Wir möchten nämlich Erkundigungen über den Frisiersalon Woytasch einziehen.«

»Nun ja …«, Rosinski brauchte einen Augenblick, um

seine Gedanken zu ordnen. »Gehören tut er dem Ludwig Woytasch, aber der ist Mitte März wieder ab an die Front, und geführt wird er von seiner Verlobten, einer gewissen Anna Venzlaff.«

»Hm …«, Fokko v. Falkenrehde überlegte. Der Dienstmann hatte von zwei Frauen gesprochen. »Gibt es denn da außer der … der Venzlaff noch eine andere Frau im Laden?«

Der Wachtmeister nickte. »Ja, 'ne junge Friseuse, die Louise Schulz, die ist aber seit ein paar Wochen verschwunden.«

Markwitz hakte nach. »Aber die Frau Venzlaff ist noch da?«

»Ja, warum?«

»Weil wir …«, Markwitz zögerte, dem uniformierten Kollegen den wahren Grund zu nennen, da man diesen Brüdern nie trauen konnte. »… weil wir herausfinden wollen, bei welchem Friseur die Theuerkauf gewesen ist, und so viele gibt es in ihrer Gegend nicht.«

»Was spricht man denn so über den Frisiersalon Woytasch?«, fragte Fokko v. Falkenrehde.

»Nun ja …« Rosinski hatte Angst, wegen übler Nachrede belangt zu werden. »Ich will's mal ganz vorsichtig sagen: Man hört schon mal, dass die nicht ganz astrein sein sollen, der Herr Woytasch und die Frau Venzlaff. Er soll mal als Lude und sie als … Aber das sind alles Gerüchte.«

»In vielen Gerüchten steckt ein Körnchen Wahrheit«, sagte Fokko v. Falkenrehde und war froh, dass Bettina das nicht hörte, denn sie hasste Plattitüden wie diese.

Rosinski zeigte auf einen Krüppel, der seinen Rollstuhl mit den Armen bewegte und in schneller Fahrt auf sie zu kam. »Aber fragen Sie doch mal den Albert Becker hier, der ist Friseur.«

Sie bedankten sich und warteten, bis Albert Becker heran war. »Entschuldigung, wir hätten Sie gern einmal einen Moment gesprochen.« Schnell war dem Mann erklärt, um was es ging.

Becker war um eine Antwort nicht verlegen. »Kroppzeug is det allet. Und wenn Se mich fragen: Der Salon Woytasch is 'n verkappter Puff und die Venzlaff is die Puffmutter, die gern ooch mal selba aushilft.«

Fokko v. Falkenrehde wusste, dass solche Aussagen mit Vorsicht zu genießen waren, denn allzu oft waren die Leute nur auf Rache aus. Darum fragte er den Friseur sofort, ob er selbst einmal bei Woytasch gearbeitet habe.

»Das nicht, aber man hält ja seine Ohren offen, wo man wieder mal arbeiten kann, wenn man endlich 'ne passende Prothese hat. Aber bei dem Woytasch wäre das ja sowieso nichts, da ist ja der Herrensalon geschlossen worden.«

»Da haben Sie sich aber nicht rasieren lassen, das machen Sie als Fachmann doch selber …?«

»Doch, wenn ich mal etwas Geld habe und meine Frau zu Hause Theater macht, weil ick mit meinem Schaum allet versaue, dann geh ich schon mal irgendwo hin, und bei Woytasch war ich auch schon …« Er schloss die Augen, weil er ihm etwas eingefallen war, er aber etwas Zeit brauchte, bis ihm das Bild vollends vor Augen stand. »Warten Sie mal … In der Zeitung stand doch, dass die Theuerkauf mit 'nem Rasiermesser ermordet worden ist …?«

»Ja, mit hoher Wahrscheinlichkeit.«

»Und der Woytasch hatte so 'n besonders schönet Messer, ich bin ja da Fachmann. Einen Schulze Stosser mit zwei eingeschnitzten Buchstaben … Wie nennt man det?«

»Initialen.«

»Ja, Initialen. I und B – immer mit 'nem Punkt hinter.«

Markwitz überlegte. »Ludwig Woytasch fängt aber anders an. Und männliche Vornamen mit I, da fällt mir so schnell keena ein.«

»Isidor«, sagte Fokko v. Falkenrehde. »Ignaz, Immanuel …«

»Wer heißt schon Immanuel?«, fragte Markwitz.

»Na, Kant zum Beispiel.«

»Der wird et ja kaum bei Woytasch vergessen ham.«

Fokko v. Falkenrehde gab dem Friseur die Hand. »Vielen Dank erst mal für Ihre Hilfe, Herr Becker. Und wenn Ihnen noch etwas einfallen sollte, dann melden Sie sich doch bitte bei uns.«

Damit überquerten sie die Straße und näherten sich dem Frisiersalon Woytasch. Fokko v. Falkenrehde spürte, dass sie damit den entscheidenden Schritt taten.

»Wenn das eine Oper wäre, müsste jetzt eine Schicksalsmelodie aufbranden.«

Markwitz lachte. »Warum ham Se dem Wagner nicht Bescheid jesagt?«

Von außen machte der Salon Woytasch gar nicht mal einen so üblen Eindruck. Sie schauten durch die Scheibe ins Innere des Ladenlokals. Auch da sah es sauber und gediegen aus. Es fehlte jeder Anflug von Eleganz, und man durfte nicht an den Friseur im Adlon denken, aber für die Gegend um den Rosenthaler Platz war Woytasch durchaus annehmbar. Eine Kundin schien im Augenblick nicht da zu sein. Ohne sich weiter zu besprechen, traten sie ein. Eine attraktive, wenn auch etwas verlebt aussehende Frau kam auf sie zu. Fokko v. Falkenrehde konnte ihr Alter schlecht schätzen, wahrscheinlich war sie jünger, als sie aussah, vielleicht knapp unter dreißig.

»Der Herrensalon ist zur Zeit geschlossen. Mein Verlobter steht im Felde.«

»Sie sind Frau Venzlaff?«

»Wieso?«

Fokko v. Falkenrehde hatte durchaus bemerkt, wie sie bei seiner Frage zusammengezuckt war. Sie schien eine Witterung für Kriminale zu haben.

»Wieso? Weil wir …« Er zückte seine Marke, Markwitz tat es ihm gleich. »… weil wir uns im Mordfall Hertha Theuerkauf wichtige Auskünfte von Ihnen erhoffen.«

Jetzt hatte sich Anna Venzlaff voll im Griff und sagte leichthin, dass sie schon mit dem Besuch der Kiminalbeamten gerechnet habe, denn die Theuerkauf sei Kundin bei ihr gewesen. »Aber deswegen extra zu Ihnen zum Alexanderplatz kommen …? So viel Zeit habe ich auch nicht.«

»Nun sind wir ja bei Ihnen«, sagte Fokko v. Falkenrehde. »Vielleicht können Sie das Schild ›Vorübergehend geschlossen‹ an die Tür hängen, damit wir ein paar Minuten ungestört miteinander reden können.«

Anna Venzlaff folgte seiner Bitte und führte sie dann in ihre gute Stube, die direkt hinter dem Damensalon gelegen war. Der Raum diente ganz offensichtlich als Wohn- und

Schlafzimmer zugleich und war ziemlich vollgestellt mit einem Bett, einem Schrank, einer kleinen Anrichte, einer Sitzbank und einem Tisch mit vier Stühlen. An der Wand hingen ein Ölgemälde, das den Kieler Hafen zeigte, und die braunstichige Fotografie eines Mannes. Offensichtlich war das Ludwig Woytasch. Gardinen, Vorhänge, Kissen und eine Zimmerpalme vor dem schmalen Fenster machten einen ordentlichen, gut bürgerlichen Eindruck.

»Sehr jemütlich hier«, sagte Markwitz.

»Ja, setzen wir uns doch.« Anna Venzlaff wollte schon die Flasche mit einem grünlichen Likör von der Anrichte nehmen und ihnen etwas zu trinken anbieten, besann sich aber wieder. »Sie sind ja im Dienst.«

Sie nahmen Platz, und Fokko v. Falkenrehde wusste nicht, welchen Eröffnungszug er wählen sollte. Das hing damit zusammen, dass er Anna Venzlaff nicht richtig einschätzen konnte. Die Frau gab sich zwar bürgerlich und, was ihre rötlich gefärbten Haare und ihr schwarzes Kostüm betraf, fast schon mondän, aber irgendetwas an ihr kam ihm gewöhnlich vor. Mehr Schein als Sein also. Er entschloss sich zu einem vorsichtigen Herantasten und nicht zu einer frontalen Attacke.

»Was könnten Sie uns denn zu Hertha Theuerkauf sagen …?«

»Nun …« Anna Venzlaff sah zur Likörflasche hinüber und man sah ihr an, dass sie sich gern ein Glas davon eingegossen hätte. »Sie war regelmäßig hier …«

»Und, hat sie was von sich erzählt?«

»Nicht viel. Meistens von ihren Mietern in der Lotumstraße.«

»Auch von einem Herrn Wissulke?« Markwitz hatte das Gefühl, für das Geld, das ihm der Staat jeden Monat zahlte, auch einmal etwas tun zu müssen.

»Ja, dass der hinter ihr her war, aber sie hatte von den Männern die Nase voll und wollte keinen mehr in ihrer Nähe haben. Lieber waren ihr …« Anna Venzlaff stockte.

»Weibliche Wesen«, ergänzte Fokko v. Falkenrehde ihren Satz.

»So ist es, Herr Kommissar. Und ganz besonders war sie hinter meiner Louise her.«

Fokko v. Falkenrehde sah sie fragend an. »Ihrer Louise? Ihrer Tochter?«

Anna Venzlaff lachte. »Wo denken Sie hin? Louise war meine Friseuse, Louise Schulz. Sie hat drüben im Herrensalon gewohnt. Der war ja geschlossen.«

»Hat?«, fragte Fokko v. Falkenrehde.

»Ja, sie ist seit ein paar Wochen weg.«

»Und warum?«

Anna Venzlaff zuckte mit den Schultern. »Keine Ahnung. Irgendwann Mitte März war sie nicht mehr da, und ich muss nun sehen, wie ich alleine zurechtkomme. Mein Verlobter weg, Louise weg, es ist zum Heulen.«

Hätte der Dienstmann Nr. 116 ihnen erzählt, ein Mann und eine Frau hätten den Reisekorb mit der Leiche getragen, wäre Fokko v. Falkenrehde sofort aufgesprungen, aber der hatte ja von zwei Frauen gesprochen, also kamen Ludwig Woytasch und diese Louise Schulz als Täter nicht infrage. Aber komisch war die Sache trotzdem. Er entschloss sich zur Attacke.

»Eine Sache macht uns stutzig, Frau Venzlaff«, begann er, »dass sich im Auftragsbuch des Dienstmannes, der den besagten Reisekorb angenommen hat, die Eintragung ›Brunnenstraße 4, Friseurladen Woytasch‹ fand.«

Anna Venzlaff schnellte hoch, und Fokko v. Falkenrehde und Markwitz dachten schon, sie würde zur Tür stürzen, doch sie griff nur nach Likörflasche und einem Glas. »Darauf muss ich erst einmal einen trinken.«

Fokko v. Falkenrehde wartete, bis sie sich derart gestärkt hatte. »Und wie erklären Sie sich diesen Tatbestand, Frau Venzlaff?«

»Die Louise …«, flüsterte sie.

Fokko v. Falkenrehde stand auf. »Gehen wir doch mal hinüber in den Herrensalon.«

»Ja, gerne.« Anna Venzlaff erhob sich ebenfalls und suchte in ihrer Anrichte nach den passenden Schlüsseln. »Wir müssen nur über den Flur.«

Schweigend überquerten sie den Hausflur. Der Herrensalon auf der gegenüberliegenden Seite war ein Pendant zum Damensalon.

»Hier hat also Louise Schulz gewohnt?«, fragte Fokko v. Falkenrehde.

Anna Venzlaff nickte. »Ja, ich habe nichts verändert, seit sie weg ist.«

»Ham Se denn Vamisstenanzeige erstattet?«, wollte Markwitz wissen.

Anna Venzlaff bejahte dies. »Musste ich doch, weil sie ja weg ist, ohne eine Wort zu sagen.«

»Und wann war det jenau?«

Anna Venzlaff überlegte einen Augenblick. »Warten

Sie … Das muss ein Donnerstag gewesen sein, Donnerstag, der 15. März. An dem Morgen, wo mein Verlobter wieder an die Front ist.«

Fokko v. Falkenrehde fixierte sie. »Und – sehen Sie da einen gewissen Zusammenhang?«

Anna Venzlaff reagierte wieder mit ihrem gurrenden Lachen, und ihm kam es vor, als würde er in einer Bar sitzen und mit ihr flirten. »Sie wird wohl kaum mit ihm an die Westfront gefahren sein und da mit ihm im Schützengraben liegen und es mit ihm treiben.«

Fokko v. Falkenrehde dachte an das, was der invalide Friseur ihm über die Gerüchte erzählt hatte, die über Woytasch im Umlauf waren. Vielleicht hatte er sie mitgenommen, um sie in einem Frontbordell arbeiten zu lassen? Quatsch! Aber wenn sich der leicht senile Dienstmann nun doch geirrt hatte und wirklich ein Pärchen den Reisekorb bei ihm aufgegeben hatte? Wenn die beiden die Theuerkauf ermordet haben sollten, dann doch wohl hier im Frisiersalon. Das Rasiermesser mit den Initialen I. B., von dem Albert Becker gesprochen hatte, fiel ihm wieder ein.

»Hertha Theuerkauf ist die Kehle mit einem Rasiermesser durchgeschnitten worden«, sagte er. »Dürfen wir uns mal alle Rasiermesser ansehen, die hier im Herrensalon herumliegen?«

»Ja, selbstverständlich.«

Doch so sehr sie auch suchten, sie fanden keines. Anna Venzlaff erklärte das damit, dass sie ihr Verlobter mitgenommen hatte.

»Möglich schon, aber …« Fokko v. Falkenrehde verzichtete darauf, den Satz zu vollenden. Wenn das besagte Rasiermesser wirklich die Tatwaffe gewesen war, hatte er es auf alle Fälle verschwinden lassen müssen.

»Vielleicht jibt et Blutspuren hier«, sagte Markwitz. »Sie haben doch 'ne Lupe mit.«

Nachdem dies gesagt worden war, blieb Fokko v. Falkenrehde nichts anderes übrig, als sich auf den Boden zu knien und in den Rillen zwischen den einzelnen rotbraun gestrichenen Dielenbrettern nach Blutspuren zu suchen. Er kam sich ein wenig albern dabei vor, wie ein Kind, das Sherlock Holmes spielte. Er war nicht dafür ausgebildet, und er konnte beim besten Willen nichts finden.

»Vielleicht haben sie die Theuerkauf drüben im Damensalon abgeschlachtet«, flüsterte ihm Markwitz ins Ohr. »Oder in der guten Stube.«

»Gut, sehe ich auch da mal nach.« Fokko v. Falkenrehdes Begeisterung über diese Aktion hielt sich weiterhin in Grenzen. Aber Nein sagen konnte er auch nicht, und so kroch er erst im Damensalon und dann in der guten Stube auf dem Boden herum. Markwitz sah sich unterdessen Handtücher, Umhängetücher und die Putzlappen genauer an.

Der Instinkt sagte Fokko v. Falkenrehde, dass Anna Venzlaff irgendwie in den Fall verwickelt war und wesentlich mehr wusste, als sie bisher gesagt hatte. Er hatte aber nichts in der Hand, ihr das zu entlocken, was sie bisher verschwieg. Blieb nur eine Finte … Aber da fiel ihm so lange nichts ein, bis er sich in der guten Stube schneuzen musste, sein Taschentuch herauszog und dabei die Flecken sah, die seine blutende Nase vorhin an der Straßenbahnhaltestelle hinterlassen hatte. Da war sie dann, die rettende Idee …

In einem Moment, in dem Anna Venzlaff ihn nicht im Auge hatte, nahm er sein Taschentuch, befeuchtete es ein wenig mit seinem Speichel und fuhr dann damit zwischen den Dielenbrettern entlang.

»Markwitz!«, schrie er plötzlich.

Der Kollege kam aus dem Damensalon herbei. »Was ist denn?«

»Hier: Blut!« Er war aufgesprungen und hielt Markwitz das Taschentuch hin, dabei mit einem Auge zwinkernd.

»Tatsächlich!«, rief Markwitz. »Das ist von der Theuerkauf!«

Anna Venzlaff, die ihre Zimmerpalme gegossen hatte, kam herbei, die Gießkanne noch in der Hand. »Was soll sein?«

Fokko v. Falkenrehde hielt ihr das blutverschmierte Taschentuch hin. »Hier ist nach der Tat nicht richtig aufgewischt worden, Frau Venzlaff. Das ist der Beweis, dass Hertha Theuerkauf an dieser Stelle ermordet worden ist. Wenn Sie ein Geständnis ablegen wollen, dann …«

Anna Venzlaff war nahe daran, die Contenance zu verlieren, hielt aber stand und schnauzte ihn an. »Wenn Sie mich für die Täterin halten, dann …!«

»Das, was gegen Sie spricht, ist erdrückend«, sagte Fokko v. Falkenrehde mit einiger Schärfe.

»Ich war es aber nicht!«, schrie Anna Venzlaff.

»Wer war et denn?«, fragte Markwitz.

Anna Venzlaff sank auf einen Stuhl. »Es war alles ganz anders, als Sie denken …«

10.

REKONSTRUKTION DER TAT ANHAND DER AUSSAGEN VON ANNA VENZLAFF

Donnerstag, 15. März 1917

Hertha Theuerkauf hält es an diesem Morgen nicht mehr aus, sie muss Louise sehen und sprechen. Ihre Sehnsucht treibt sie ebenso wie ihre Eifersucht. Die halbe Nacht hat sie nicht schlafen können. Immer wieder fragt sie sich, warum Louise nicht gekommen ist. Sie hatte den Frisiersalon ausfegen und dann Richtung Lottumstraße aufbrechen wollen. Bis jetzt hatten sie sich immer nur zu einem Bummel durch die Friedrichstraße getroffen und anschließend unter den Linden im Café Victoria gesessen und Händchen gehalten. Mehr Intimitäten hatte Louise Schulz nicht zugelassen.

Hertha Theuerkauf hastet den Weinbergsweg hinunter. Es will noch nicht richtig hell werden. Berlin wäre an diesem trüben Morgen am liebsten im Bett geblieben und hätte diesen Tag komplett verschlafen. Hertha Theuerkauf schießen Sätze durch den Kopf, wie sie sie aus den Romanen der Courths-Mahler kennt: »Heute muss Louise mein werden!«

Als Hertha Theuerkauf in der Brunnenstraße angekommen ist, geht ihr Atem so schnell, dass sie meint, die Lunge würde ihr platzen. Aber sie muss mit Louise sprechen, ehe Anna Venzlaff da ist und die erste Kundin kommt. Im Herrensalon, in dem Louise schläft, ist es dunkel, das heißt, dass die junge Frau schon in den Damensalon hinübergegangen ist, um dort erste Vorbereitungen zu treffen. Hertha Theuerkauf huscht zum anderen Schaufenster. Ja, dort brennt schon Licht, und sie sieht, wie Louise Schulz dabei ist, die Spiegel blank zu putzen. Welche Anmut, welcher Charme, Hertha Theuerkauf kann sich nicht sattsehen. Als sie es nicht mehr aushalten kann, klopft sie gegen die Scheibe. Louise erschrickt und kommt näher, um zu sehen, wer da draußen steht und Einlass begehrt.

»Wir haben noch nicht auf!«, ruft sie.

»Ich bin es doch«, sagt Hertha Theuerkauf und presst ihr Gesicht an die Scheibe, damit Louise sie erkennen kann.

Louise Schulz zögert einen Augenblick, dann schließt sie auf. Man merkt ihr an, dass sie eine Attacke der anderen fürchtet.

»Warum bist du gestern Abend nicht gekommen?«, fragt Hertha Theuerkauf in inquisitorischem Ton, kaum dass sie eingetreten ist.

Louise Schulz drückt die Tür schnell wieder ins Schloss, denn sie ahnt, dass jetzt ein kräftiges Gewitter losbrechen wird. »Warum ich gestern Abend nicht gekommen bin …?«

»Ja! Und versuche jetzt nicht, Zeit zu gewinnen!« Hertha Theuerkaufs Stimme ist jetzt so schneidend wie die eines Staatsanwalts.

»Mir war übel«, sagt Louise Schulz schließlich. »Ich

muss etwas gegessen haben, das mir nicht bekommen ist.«

»Lügnerin!«, schreit Hertha Theuerkauf, denn in diesem Moment hat sie unter einem der Spiegel ein Rasiermesser liegen sehen. Ein Rasiermesser in einem Damensalon! Sie reißt es hoch. »Wem gehört das hier?«

Louise Schulz weicht unwillkürlich einen Schritt zurück. »Dem Ludwig.«

»Welchem Ludwig?«

»Na, dem Ludwig Woytasch.«

Hertha Theuerkauf sieht sich in ihrem Verdacht bestätigt. »Ludwig! Ist ja interessant, dass der Woytasch für dich der Ludwig ist.«

»Hier nennen ihn alle beim Vornamen«, erklärt Louise Schulz.

Das macht Hertha Theuerkauf noch wütender, als sie es ohnehin schon ist. »Nun willst du mich auch noch vergackeiern?«

»Nein, aber …«

»Gib doch zu, dass du mit ihm etwas gehabt hast!«, schreit Hertha Theuerkauf. »Du mannstolle Hure, du!«

In diesem Augenblick betritt Anna Venzlaff den Damensalon. Sie kommt aus dem Korridor. Sie hat das Gezeter der Theuerkauf bis in ihre gute Stube gehört.

»Was ist denn hier los?«, fragt sie.

»Eine Menge«, antwortet Hertha Theuerkauf.

Anna Venzlaff ist völlig ahnungslos. »Hat Louise was falsch gemacht, war der Lockenbrenner wieder zu heiß?«

»Nein, das war was Privates.«

»Was Privates?«, fragt Anna Venzlaff und begreift erst in diesem Augenblick, worum es hier geht. Schon lange hat sie bemerkt, dass Hertha Theuerkauf ein Auge auf ihre junge Friseuse geworfen hat, aber dass die beiden schon ein Paar geworden sind, muss ihr entgangen sein. Ihr ist es völlig egal, wer mit wem ins Bett geht, es darf nur ihren guten Ruf nicht ruinieren. »Kann ich irgendwie schlichten?«

»Sprechen Sie doch mal mit Ihrem Verlobten!«, regt Hertha Theuerkauf an und wird dabei so richtig giftig.

Anna Venzlaff lacht. »Ludwig? Den hab ich jede Minute im Auge gehabt, seit er in Berlin ist.« Dabei blickt sie auf die Uhr, die zwischen den beiden Spiegeln hängt. »Gott, ich muss ihn ja zum Bahnhof bringen, er muss heute wieder an die Front. In einer halben Stunde bin ich wieder da, dann reden wir weiter.« Sie stürzt aus dem Damensalon.

Ludwig Woytasch hat sein Gepäck schon auf die Straße geschafft und wartet auf die Kraftdroschke, die er mit viel Mühe organisiert hat. Sie kommt, und er und Anna Venzlaff steigen ein, um zum Lehrter Bahnhof zu fahren. Von dort geht es an die Westfront. Anna Venzlaff ist in Tränen aufgelöst. Sie fürchtet, dass es ein Abschied für immer wird.

»Was soll aus unserer Zukunft werden, die wir uns gemeinsam aufgebaut haben?«, klagt sie.

»Unkraut vergeht nicht«, sagt Ludwig Woytasch, als er in den Zug steigt.

Einer Herzattacke nahe, steht Anna Venzlaff auf dem Bahnsteig und winkt ihrem Ludwig hinterher. Sie braucht eine Weile, um wieder zu sich zu kommen, und weiß hinterher nicht, wie sie zurück in die Brunnenstraße gekommen ist.

Als sie die Tür zum Damensalon öffnen will, prallt sie zurück. »Abgeschlossen … Warum denn das?« Sie geht zur Haustür, um ihren Salon über den Flur zu erreichen. Als sie aufgeschlossen hat und einen Blick in ihre gute Stube wirft, schreit sie auf. Was sie sieht, ist wahrhaft fürchterlich.

Hertha Theuerkauf liegt auf dem Fußboden, ihr Oberkörper ist blutüberströmt, die Kehle durchtrennt. Neben ihr kniet Louise Schulz, ein Rasiermesser in der Hand. Sie blickt zu Anna Venzlaff auf.

»Entschuldigen Sie, Frau Venzlaff, ich konnte nicht anders. Sie hat mich bedrängt, und da musste ich mich wehren.«

Anna Venzlaff ist erschüttert. Weniger darüber, dass Hertha Theuerkauf tot ist, die hat sie nie sonderlich gemocht, sondern weil die junge Louise nun ihr ganzes junges Leben verspielt hat. Aus und vorbei. Man wird sie für immer hinter Gitter bringen oder gar hinrichten. In diesem Moment wird ihr klar, dass sie Louise liebt. Wie eine eigene Tochter. Nein, anders, und sie muss sich eingestehen, die ganze Zeit über ein Kribbeln gespürt zu haben, wenn Louise neben ihr gestanden und sie flüchtig und aus Versehen berührt hat.

»Was nun?«, fragt Anna Venzlaff und ringt um Fassung.

Louise Schulz dagegen ist ruhig und gefasst. »Was geschehen ist, ist nun mal geschehen, so leid es mir tut. Aber die Polizei rufen werde ich nicht.«

»Aber was soll mit der Leiche werden?«, stammelt Anna Venzlaff.

»Ich werde sie fortschaffen und alles wieder in Ordnung bringen.«

Bei Anna Venzlaff bricht das Mitleid durch, sie hofft aber auch ein wenig, Louise später einmal für sich zu gewinnen, wenn sie ihr jetzt hilft. »Das schaffst du doch niemals allein.« Sie merkt gar nicht, dass sie die junge, schmächtige Frau plötzlich duzt.

Wortlos holt sich Louise Schulz Eimer und Scheuerlappen und reinigt das Zimmer so gründlich wie eben möglich.

Beide Frauen schrecken zusammen, denn im Damensalon wird gegen die Schaufensterscheibe gebummert. Eine ungeduldige Kundin steht draußen und wundert sich, dass der Frisiersalon noch nicht geöffnet ist. Anna Venzlaff eilt aus ihrer guten Stube, um den Salon aufzuschließen und die Kundin zu frisieren. Vorher flüstert sie Louise Schulz noch zu, dass sie in den Keller gehen und unbemerkt den großen Weidenkorb nach oben holen soll.

»Da passt die Leiche doch nicht rein.«

»Doch.«

Während Anna Venzlaff die Kundin bedient, holt Louise Schulz den Korb nach oben, und eine Viertelstunde später schaffen es die beiden Frauen tatsächlich, die Leiche der Hertha Theuerkauf im Korb unterzubringen.

Anna Venzlaff tritt dann an die Ladenkasse und holt einen größeren Geldschein hervor, den sie Louise Schulz in die Hand drückt.

»Hier, mein Kind, damit du dir eine Fahrkarte kaufen und den Korb aufgeben kannst.«

Louise Schulz umarmt sie und bedankt sich überschwänglich. »Wie kann ich Ihnen nur danken?«

»Das wird sich finden.« Anna Venzlaff ist nun auch wieder in der Lage, ganz praktisch zu denken. »Du kannst doch den Korb unmöglich alleine tragen, da muss ich dir helfen. Abends nach Geschäftsschluss rufe ich uns eine Droschke und wir schaffen den Korb mit der Theuerkauf beide zusammen zum Stettiner Bahnhof.«

Das gelingt ihnen auch, ohne dass sie in eine Situation geraten, die für sie gefährlich gewesen wäre.

Nachdem alles erledigt ist, will Anna Venzlaff mit ihrer Friseuse noch ausgehen, damit die auf andere Gedanke kommt und Abstand zu allem gewinnt, doch als sie in den Herrensalon geht, um Louise abzuholen, ist dort niemand mehr.

Auch am nächsten Morgen taucht Louise Schulz nicht wieder auf, und Anna Venzlaff sieht natürlich keinen Grund, Vermisstenanzeige zu erstatten. Sie glaubt, es sei eine geniale Idee gewesen, den Korb mit der Leiche nach Stettin aufzugeben. Nie würde ein Kriminaler dahinterkommen, dass Louise Schulz die Theuerkauf in ihrer guten Stube ermordet hat. Sie betet für Louise, dass die Kleine irgendwo in einer anderen Stadt glücklich wird.

11.

Sonntag, 15. April 1917

Fokko v. Falkenrehde hatte am Sonnabend einen Anruf erhalten, dass sein Freund und Kollege Richard v. Grienerick ins Lazarett nach Beelitz verlegt worden sei, also ins südliche Berliner Umland. Einerseits freute er sich darüber, denn nun gab es ja in wenigen Stunden ein Wiedersehen, andererseits aber sorgte er sich um Richard, denn wer in Beelitz behandelt wurde, der hatte mehr als einen trockenen Reizhusten.

Die Zahl der an der Schwindsucht, also an der Tuberkulose erkrankten Menschen lag in Deutschland zur Jahrhundertwende über einer Million, so dass die Landesversicherungsanstalt Berlin 1894 den Bau von großen Heilstätten und Sanatorien in der Nähe der Stadt beschloss. Bis 1908 entstand in der Nähe des Städtchens Beelitz ein ausgedehntes Klinikgelände, das neben den Krankensälen auch Wohnhäuser für Ärzte, Beamte und Angestellte, aber auch ein Restaurant, eine Gärtnerei, Stallungen, Werkstätten, zwei Küchen, zwei Waschküchen sowie eine eigene Bäckerei und Fleischerei umfasste. Mit Beginn des Krieges hatte das Militär die Beelitzer Heilstätten bezogen. Die Sanatorien wurden vom Roten Kreuz als Verwundetenlazarett genutzt, während der übrige Teil als Militärlungenheilstätte fungierte.

Nach Beelitz kam man von Berlin aus am besten auf der

Wetzlaer Bahn, das heißt, Fokko v. Falkenrehde musste von Groß Lichterfelde West bis Wannsee fahren und dort umsteigen. Waldemar v. Breitling und Markwitz standen schon wartend auf dem Vorortbahnsteig. Beide wollten sich nicht nehmen lassen, einem Helden wie Richard v. Grienerick die Ehre zu erweisen.

»Wenn wir an allen Fronten gesiegt haben, sollten Männer wie er sofort befördert werden«, sagte Waldemar v. Breitling.

»Was aber oben eine freie Stelle erfordert«, merkte Fokko v. Falkenrehde an und gab sich dabei betont harmlos.

Markwitz war da weniger zartfühlend. »Aber unser Herr v. Breitling wird doch nicht schon abtreten wollen?«

»Wo denken Sie hin?« Waldemar v. Breitling wusste, dass er unersetzlich war.

Während der Fahrt kamen sie natürlich auch auf den Fall Hertha Theuerkauf zu sprechen, und Waldemar v. Breitling, der bislang noch nicht alles durchschaut hatte, stellte ein paar Verständnisfragen.

»Was ist denn das nun, was diese Sielaff da gemacht hat: Doch keine Beihilfe zum Mord?«

»Sie meinen die Anna Venzlaff?« Fokko v. Falkenrehde schüttelte den Kopf. »Nein. Vertuschung einer Straftat.«

»Und die Mörderin ist flüchtig?«

»Ja. Aber nach Louise Schulz wird im ganzen Reich gefahndet.«

»Da sieht man einmal, welch fürchterliche Folgen es hat, wenn Frauen Frauen lieben«, sagte Waldemar v. Breitling.

»Wenigstens kriegen se keene Kinda dabei«, sagte Markwitz.

»Das ist ja das Schändliche daran!«, rief Waldemar v. Breitling.

»Wo soll denn da der Nachschub für den Schützengraben herkommen?«, spottete Fokko v. Falkenrehde.

»Sie sagen es, mein Lieber!« Wie immer bemerkte es Waldemar v. Breitling nicht, wenn er auf den Arm genommen wurde. »Und außerdem geht uns Männern ja auch jede Frau verloren, die mit einer anderen Frau widernatürliche Unzucht treibt.«

Fokko v. Falkenrehde gab sich Mühe, sehr nachdenklich zu wirken. »Eigentlich ja immer *zwei* Frauen …«

»Richtig!« Waldemar v. Breitling hieb ihm freudig auf die Schulter.

Fokko v. Falkenrehde konnte nicht anders, als noch einen draufzusetzen. »Bleibt uns Männern nur, damit das Gleichgewicht wiederhergestellt wird und die Sache wieder aufgeht, uns bei der Liebe nach einem anderen Mann umzusehen.«

»Huuuch!«, schrie Markwitz mit Kastratenstimme und rückte ein Stückchen von Fokko v. Falkenrehde ab. »Da muss man sich ja vor Ihnen vorsehen!«

»Bitte, meine Herren!«, wurden sie von Waldemar v. Breitling ermahnt. »Wahren Sie die Würde des Beamtenstandes.«

Vom Bahnhof zu den Heilstätten hatten sie ein Stückchen zu laufen, und sie schwiegen jetzt. Zu bedrückend war alles. Fokko v. Falkenrehde wagte es kaum, tief durchzuatmen, denn bei so vielen Lungenkranken an einem

Platze war zu befürchten, dass die Luft voller tödlicher Bakterien war.

Richard v. Grienerick kam ihnen entgegen. Schmal und bleich, ein Bild des Jammers. Als Fokko v. Falkenrehde ihn umarmte, hatte er das Gefühl, ein Gerippe zu umfassen. Die Aufregung war für den Freund zu groß, und Richard v. Grienerick musste zur Seite treten, um zu husten. Sie setzten sich in den Aufenthaltsraum und erzählten, er von seinen Kriegserlebnissen und seiner vom Giftgas angegriffenen Lunge, sie von ihren letzten Fällen.

»Das mit dem Rasiermesser habe ich gelesen«, sagte Richard v. Grienerick. »Dass eine Frau der anderen damit die Kehle durchschneidet, ist ja wirklich sensationell. Was sagen denn die Eltern dazu?«

Fokko v. Falkenrehde seufzte. »Sie hat gar keine Eltern.«

Richard v. Grienerick staunte. »Wie? Sie kann doch nicht einfach so vom Himmel gefallen sein …?«

»Doch. Nirgendwo ist eine Louise Schulz gemeldet, und in Berlin hat sie gewohnt, ohne sich ordnungsgemäß angemeldet zu haben. Es geht eben auch in der Heimat alles drunter und drüber.«

»Solche Bemerkungen unterlassen Sie bitte!«, rief Waldemar v. Breitling.

»Kann also sein, dass diese Louise Schulz in Wirklichkeit ganz anders heißt?«, fragte Richard v. Grienerick.

»Durchaus. Aber wenn ihr Name auch nicht echt sein sollte, ihre Fotografie auf unseren neuen Mordplakaten ist es auf alle Fälle«, sagte Markwitz. »Und man wird sie erkennen und festnehmen.«

Richard v. Grienerick hatte Schwierigkeiten mit der Atmung, seine Kräfte schwanden langsam. »Ich glaube, ich werde mich wieder hinlegen.« Mühsam stemmte er sich hoch und musste sich, als er es geschafft hatte, an der Stuhllehne festhalten. »Eine letzte Frage noch: Wie geht es Bettina? Warum ist sie nicht mitgekommen?«

Fokko v. Falkenrehde hatte Angst, rot zu werden. »Ich habe sie nicht erreicht.« Das war zwar richtig, er verschwieg lediglich, dass er es gar nicht versucht hatte.

Der Freund durchschaute ihn aber und lächelte. »Sie hängt also doch noch immer ein bisschen an mir …?«

Fokko v. Falkenrehde geriet ins Stammeln. »Wenn sie mitgekommen wäre … Das hätte dich doch zu sehr aufgeregt.«

»Oder dich …«

»Ich hoffe, du bist wieder ganz auf dem Damm, wenn wir heiraten …«

Markwitz dachte an das, was sie auf der Fahrt nach Beelitz diskutiert hatten. »Wat denn: Ihr beede?«

Fokko v. Falkenrehde stöhnte. »Nein, Bettina und ich.« Er zog seine Taschenuhr hervor. »Ich glaube, ich muss jetzt … Meine Mutter feiert heute Geburtstag.«

Familie war alles, und dennoch näherte sich Fokko v. Falkenrehde mit gemischten Gefühlen der Hauptkadettenanstalt, in deren Offizierskasino der Geburtstag seiner Mutter gefeiert wurde. In dem Stück, in dem sie alle spielten, war sein Vater die Hauptperson und ihm gehörte die Bühne, er war die Rampensau, und alle anderen waren nur Nebenfiguren, die ein, zwei Sätze zu sagen hatten, wenn sie nicht gar Statisten waren ohne ein Futzelchen Text. Die meisten fanden das gut, kostete es doch am wenigsten Kraft und sie riskierten nicht, sich zu blamieren, er aber hätte schon gern eine größere Rolle gespielt, wagte es aber nicht, dadurch Aufmerksamkeit zu erheischen, dass er aus der Rolle fiel. Dazu waren, wie sich später herausstellen sollte, andere da …

Als er den Festsaal betrat, war die Gratulationscour schon zu Ende. Da er seiner Mutter schon gratuliert hatte, bevor er nach Beelitz aufgebrochen war, musste er sich für sein spätes Kommen nicht entschuldigen. Alle standen herum, hielten sich an ihrem Sektglas fest, plauderten befangen miteinander und warteten auf eine Rede oder die Eröffnung des Buffets.

»Déjà-vu, Déjà-vu«, murmelte Fokko v. Falkenrehde. Aber was gab es im Leben wirklich Neues? Sogar in der Liebe passierte immer wieder das Gleiche. Er merkte, dass ihn der Besuch bei seinem todkranken Freund in eine erhebliche Depression gestürzt hatte.

Sein Vater war gerade dabei, einen Witz zu erzählen, der wohl mehr eine Zote war. Seine Mutter gab sich alle Mühe, nicht hinzuhören.

Leonore v. Falkenrehde bemühte sich, solange sie verheiratet waren, das Niveau ein wenig anzuheben, obwohl sie weiß Gott nicht prüde war. Wäre sie nur schöngeistig gewesen, hätte sie es nicht so lange mit einem Manne ausgehalten, der das Herbe und das Derbe mochte und sich auf dem Schießstand und dem Reitplatz wesentlich wohler fühlte als im Opernhaus oder auf dem Theaterparkett. Als ausgesprochene Schönheit hatten sie viele Männer umschwärmt, aber alle ihre Anbeter hatten es nicht ertragen können, dass sie ihnen geistig ganz gewaltig über war. Nur Friedrich v. Falkenrehde hatte das mit Begeisterung hingenommen. »Es ist doch viel bequemer, wenn sie für mich denkt und mir sagt, wo es langgeht. Ehrbare Soldaten haben ihrer Zarin gedient oder ihrer Maria Theresia, und ich diene meiner Leonore.«

Fokko v. Falkenrehde musterte die Schar der Gäste. Die meisten hatten sich natürlich um seinen Vater geschart. Er war in blendender Verfassung, weil er, obwohl seine Frau Geburtstag hatte, im Mittelpunkt stand. Als Lehrer und Ausbilder an der Kadettenanstalt kannte er nur eine Devise: Hier rede ich und alle anderen hören zu.

Doch sein Bruder machte ihm gehörig Konkurrenz. Friedrich Wilhelm v. Falkenrehde kam aus der Prignitz, war ein echter märkischer Krautjunker und sah aus wie einem Fontane-Roman entstiegen. Wenn er erzählte, wie er bei sich im Wahlkreis den Kandidaten der Sozis lächerlich gemacht hatte, bogen sich alle vor Lachen.

Wer am lautesten lachte, war Onkel Ferdinand, ein Cousin seiner Mutter, der dement war und Narrenfreiheit genoss.

»War denn bei den Roten in Pritzwalk auch Winnetou dabei?«, fragte er und wieherte dabei so laut, dass manche dachten, irgendwo sei ein Pferd durchgegangen.

Ein wenig verloren standen die herum, die es ansonsten gewohnt waren, die Bühne für sich zu haben: die Schauspielerinnen und Schauspieler des Lessing-Theaters, für das Leonore v. Falkenrehde ein Faible hatte und das sie nach Kräften finanziell unterstützte. Zu diesen illustren

Gästen gehörte auch der Regisseur Franz Schönefeld, der immer in Begleitung des Verlegers Theodor Dürrlettel anzutreffen war. Ohne die beiden wäre der Salon, den Leonore v. Falkenrehde in Lichterfelde unterhielt, nicht denkbar gewesen.

Tante Adelheid, ebenfalls eine Verwandte seiner Mutter, saß ein wenig abseits, was daran lag, dass alle, die mit ihr geplaudert hatten, nach spätestens fünf Minuten wieder das Weite suchten, weil Tante Adelheid an Blähungen litt, ohne indes von ihrer Flatulenz zu wissen und irgendetwas zu riechen, da ihre Nase ständig verstopft war. Und schwerhörig war sie ohnehin.

Fokko v. Falkenrehde grauste es, jetzt zu allen hinzugehen, sie zu begrüßen und artig mit ihnen zu plaudern. Obwohl, einige waren ja ganz witzig. Wer ihn erst einmal rettete, war Bettina, die gerade mit ihren Eltern eingetreten war.

Sie kam, kaum dass sie ihrer zukünftigen Schwiegermutter gratuliert hatte, auf ihn zu und sah gar nicht fröhlich aus. Auch küssen wollte sie ihn nicht.

»Was ist dir denn für ’ne Laus über die Leber gelaufen?«, fragte er.

»Das kannst du dir nicht denken?«

Er verneinte es, nicht ohne hinzuzufügen, dass er wirklich kein schlechtes Gewissen habe. »Nicht einmal mit unserer Telefonistin am Alexanderplatz habe ich ein Verhältnis angefangen …«

»Es geht auch gar nicht um eine Frau, es geht um einen Mann.«

Fokko v. Falkenrehde ahnte schon etwas, versuchte aber,

heiter zu bleiben. »Wie? Meinst du wirklich, ich würde mit Hermann Markwitz oder Waldemar v. Breitling …?«

»Unsinn, es geht um Richard!«, schnaubte sie. »Warum hast du mir nicht gesagt, dass er in Beelitz liegt und ihr ihn besuchen wollt?«

»Weil das ein rein dienstlicher Besuch war.«

»Du lügst!«

Er wand sich. »Wir können ja morgen Abend beide zusammen hinfahren.«

»Ich werde morgen alleine hinfahren!«, bestimmte sie. »Wenn du so wenig Vertrauen zu mir hast, dann …«

Fokko v. Falkenrehde schluckte. Bettina war durchaus zuzutrauen, dass sie ihn fallen ließ und sich Richard zuwandte. Ihn gesund zu pflegen, war bestimmt eine ehrenvolle und sehr christliche Aufgabe, und dass sie dann dabei ihr Herz verlor, hatte eine gewisse Wahrscheinlichkeit. Im Film wäre das auf alle Fälle so gewesen.

Zum Glück klopfte sein Vater jetzt gegen sein Glas, was hieß, dass er die Gäste begrüßen und eine kleine Rede halten wollte. So war es denn auch, und das, was er sagte, wurde mit großem Beifall aufgenommen. So viel Geist und so viele brillante Formulierungen hatte ihm niemand zugetraut. Er sich auch nicht, und darum hatte er sich die Rede gegen ein kleines Honorar von einem armen Berliner Poeten schreiben lassen. Der nun kannte Leonore v. Falkenrehde vom Theater her und hatte keine Mühe gehabt, zündende Pointen zu finden.

»… die Liebe meiner Leonore zum Theater und zur Oper ist ja bekannt, und ihre Eltern haben sie schon als Fünfjährige mit in die Lindenoper genommen. Sieht sie den Dirigenten und fragt: ›Du, Mutti, warum bedroht denn der Mann mit dem Stock die Frau auf der Bühne?‹ – ›Der lenkt damit die Musiker, der bedroht doch keinen.‹ – ›Und warum schreit die Frau dann so?‹«

Da kam Stimmung auf, und Leonore v. Falkenrehde genoss es, wie ihr Mann sie ins rechte Licht rückte. Sie hatte darum gebeten, dass es nicht den Anschein haben sollte, da würde jemand ihre Grabrede halten.

Bevor es nun ans Buffet ging, wurde noch ein wenig geplaudert. Im Mittelpunkt standen der Krieg und die Lage an den Fronten im Westen, Süden und Osten. Zweites großes Thema war die Frage, ob es in den kommenden Wochen wirklich, wie die Gerüchte es sagten, zu Streiks und Hungerunruhen kommen würde.

»Ich hoffe es«, sagte Fokko v. Falkenrehde. »Das wäre dann der Anfang vom Ende.«

Sein Onkel aus der Prignitz wurde giftig. »Du solltest deinen Adelstitel rechtzeitig ablegen, denn wenn die Roten erst an der Macht sind, werden sie uns alle aufhängen.«

»Ihn nicht«, sagte Fritz v. Teschendorff. »Mein zukünftiger Schwiegersohn ist ja selber ein verkappter Roter.«

»Freut euch doch«, sagte Fokko v. Falkenrehde. »Kann ich euch doch alle retten, wenn ich der deutsche Robespierre werde.«

»Und dann wird endlich Hochzeit gefeiert!«, rief sein Vater. »Wenn der Krieg zu Ende ist.«

Alle Blicke gingen bei diesen Worten zu Bettina, die aber hielt den Kopf gesenkt.

»Was ist denn mit ihr?«, fragte Leonore v. Falkenrehde.

»Es ist nichts weiter«, antwortete Fokko v. Falkenrehde. »Sie kommt nur über den Tod von Emil von Behring nicht hinweg.« Der Nobelpreisträger war am 31. März in Marburg gestorben.

»Was hat sie denn mit Behring zu tun?«, wurde er gefragt.

»Ohne ihn läge sie längst auf dem Friedhof …«

»Wieso denn das?«

»Na, ohne ihn wäre sie doch längst an Diphtherie gestorben.«

Tante Adelheid war es nun auf ihrem einsamen Stuhl zu langweilig geworden und sie stand auf, um sich zu der Gruppe um Friedrich und Friedrich Wilhelm v. Falkenrehde zu gesellen. Sie hatte gerade einmal fünf Minuten zugehört, da entfuhr ihr ein Wind, der wie ein Donnerhall klang.

»Mein Gott!«, rief Friedrich v. Falkenrehde, ganz Kavalier, und verbeugte sich nach allen Seiten hin. »Altes Magenleiden. Ich bitte alle Anwesenden um Entschuldigung.«

»Die nächsten zehn übernehme ich«, fügte sein Bruder hinzu.

Tante Adelheid verstand nicht, warum alle laut loslachten, und sah sich ratlos nach allen Seiten um.

Leonore v. Falkenrehde war das alles furchtbar peinlich, sie fand es einfach geschmacklos.

Noch schlimmer aber war es, dass Onkel Ferdinand plötzlich verschwunden war.

»Wenn der auf die Bahngleise läuft und überrollt wird!«, rief sie.

Fokko v. Falkenrehde versuchte, sie zu beruhigen. »Guck doch mal einer nach im Feldmarschallsaal.«

»Was soll er denn da?«

»Na, da pinkelt er doch jedes Jahr in die Ecke.«

Und so war es auch diesmal. Die Höhepunkte der Feier sollten aber erst noch kommen. Zuerst wurde Friedrich Wilhelm v. Falkenrehde mit einer der Schauspielerinnen in flagranti in der Besenkammer erwischt, und dann stellte sich heraus, dass Alfons, der Lohndiener, mit dem größten Teil des Abendessens verschwunden war.

Den Schlusspunkt aber sollte Bettina setzen. Sie war noch immer über das Verhalten ihres Verlobten erzürnt, gleichzeitig aber haderte sie auch mit sich selbst, denn wenn sie ehrlich mit sich war, dann musste sie sich eingestehen, dass sie Richard v. Grienerick noch immer liebte. Ebenso wie Fokko, vielleicht noch ein bisschen mehr. Und sie hatte Angst, nach Beelitz zu fahren, denn vielleicht brach alles aus ihr heraus, wenn sie an seinem Krankenbett stand. Da hatte Fokko also gar nicht unrecht gehabt, wenn er ihr misstraute. Es zerriss sie, und je weniger sie mit ihren Gefühlen klarkam, desto mehr trank sie von den Likören, die für die Damen aufgefahren worden waren. Fokko v. Falkenrehde konnte sie nicht bremsen, denn er ging ihr systematisch aus dem Wege.

Da Bettina sonst kaum Alkohol zu sich nahm, war sie betrunken, als es Abend wurde. Das hatte zur Folge, dass sie, auf der Suche nach einer Toilette, in das Bad Friedrich v. Falkenrehdes geriet und dort sein Rasiermesser liegen sah. Das griff sie sich und stürzte damit auf Fokko v. Falkenrehde zu.

»Nimm mich fest! Ich bin die Louise Schulz, ich habe der Theuerkauf die Kehle durchgeschnitten!«

12.

Sonntag, 15. April 1917

Louis Maleike merkte am Läuten der Glocken gegenüber in Zeuthen, dass heute Sonntag war. Wer keine Zeitung las und mit keinem Menschen sprach, hatte Mühe zu wissen, welchen Wochentag man gerade hatte. Der Natur konnte es egal sein, ob es Dienstag oder Mittwoch war. Seit einem Monat war er auf der Flucht. Tagsüber streifte er zumeist durch die Wälder, die es im Berliner Stadtgebiet und ringsum reichlich gab, die Nächte versuchte er in Lauben und Bootshäusern zu verbringen, wobei seine Einbruchstechniken immer raffinierter wurden. Die Angst war sein ständiger Begleiter. Feldjäger und Kriminale waren hinter ihm her. Die einen suchten den fahnenflüchtigen Friseur Louis Maleike, die anderen die Mörderin Louise Schulz. Zu fürchten hatte er aber nicht nur die offiziellen Organe des Staates, sondern auch die Bürger, die sich eine Belohnung verdienen wollten, und das kriminelle Gesindel, das schon mal wegen einer halb vollen Schnapsflasche einen Kumpan erschlug. Kamen die hinzu, die aus ähnlichen Gründen wie er untergetaucht waren und auch jede Nacht nach einer Bleibe suchten.

An diesem 15. April 1917 erwachte er in einer Laube in Rauchfangswerder. Über dem Sofa, auf dem er lag, hing ein Abreißkalender. Der zeigte zwar noch den Ostersonntag an, aber Maleike war sich ziemlich sicher, dass seitdem eine Woche vergangen war. Ostern hatte er in Oranienburg auf dem Gelände der Reichsbahn verbracht, dann war er im Uhrzeigersinn an der Peripherie Berlins nach Süden gezogen, immer darauf bedacht, nie länger als einen Tag an einem Ort zu verweilen. Zu schnell wurden die Anwohner misstrauisch und alarmierten die Polizei oder griffen zur Selbstjustiz, wenn er etwas stahl. Und stehlen musste er ständig, um nicht zu verhungern. Selten war in den Lauben und den Wochenendhäuschen, in die er eindrang, etwas Essbares zu finden, denn überall war der Hunger zu groß, als dass jemand eine Scheibe Brot oder ein Stück Wurst liegen ließ, wenn er am Sonntagabend wieder in die Stadt heimkehrte.

Am Dienstag nach Ostern hatte er sich, als die ersten Arbeiter angerückt waren, aus den Werkhallen der Bahn davonstehlen müssen und war durch die Oranienburger Heide Richtung Basdorf gezogen. In einem Häuschen am Rahmer See hatte er nicht nur ein feudales Feldbett vorgefunden, sondern unter der Matratze auch noch einen Geldschein, und mit diesen zehn Mark hatte er dann am Mittwoch in Bernau wieder einmal anständig essen können. Er hatte es sogar gewagt, in der Nähe der Stadtmauer ein kleines Restaurant aufzusuchen. Abgerissen sah er nicht aus, und das Risiko, hier aufgegriffen zu werden, erschien ihm nicht sonderlich groß. Sah ihn jemand, dann hinkte er, so dass man ihn für einen Soldaten halten musste, der mit einer schweren Verwundung von der Front nach Hause geschickt worden war, um sich hier auszukurieren. Auch hier kam ihm zugute, dass er der geborene Schauspieler war, und immer wieder war die Lust an diesem Spiel so groß, dass er vergaß, um was es hier ging: um sein Leben. Hinter Bernau gab es kaum noch Wald, und bei der Wanderung über die offene Feldmark war ihm immer etwas mulmig zumute. Nun, Fliegerangriffe hatte er keine zu befürchten, aber man konnte ihn schon aus weiter Entfernung erkennen – und wie ein Bauersmann sah er nun wirklich nicht aus. Fragte ihn jemand, was er hier machen würde, hatte er schlechte Karten. Er sei Landvermesser, wollte er sagen, oder ein Beamter des Ernährungsministeriums, der sehen wolle, wie das Wintergetreide stünde. Aber es fragte ihn niemand, die Leute hatten mit sich selber genug zu tun. Auch in Werneuchen, Altlandsberg und Erkner, wo er von Donnerstag bis Freitag durchgezogen war, hatte sich niemand um ihn gekümmert. Für die Leute dort schien Berlin auf einem anderen Planeten zu liegen und es interessierte keinen, wie viele Leichen dort in einen Reisekorb gestopft und nach Stettin verfrachtet worden waren. Auch die Feldjäger schienen hier besonders träge zu sein, wenn denn überhaupt welche unterwegs waren. Von Erkner war er dann unter Umgehung von Neu-Zittau, Gosen und Wernsdorf nach Rauchfangswerder gezogen, das schon zu Köpenick gehörte, also irgendwie schon Berlin war, ohne dass es den Gesetzen nach zu ihm gehörte.

Maleike setzte sich auf die Bettkante und fuhr sich mit den Finger durch den Bart, der ihm langsam zu wachsen begann. Hatte er im Salon Woytasch jede Stoppel gefürchtet, die sich an seinem Kinn und auf seinen Wangen gezeigt hatte, so konnten ihm die Barthaare nun gar nicht schnell genug wachsen. Ein Rasiermesser lag nirgends herum. Er gähnte laut und anhaltend. Seit er auf der Flucht war, schlief er noch schlechter als im Herrensalon in der Brunnenstraße. Jeden Augenblick konnte ihn ja der Strahl einer Blendlaterne treffen und jemand schreien: »Maleike, aufstehen und Hände hoch, Sie sind durchschaut!« Er zog seine Taschenuhr heraus. Es war kurz vor acht. Da es langsam Frühling wurde, war anzunehmen, dass die Laubenbesitzer bald anrücken würden, um Zaun und Veranda neu zu streichen und die Beete in Ordnung zu bringen. Er hatte zwar keine Ahnung davon, nahm aber an, dass es bald Zeit sein würde, das auszusäen, was man später ernten wollte. Als er ans Ernten dachte, wurde sein Hunger noch quälender. Und zu trinken gab es auch nichts, denn die Pumpe im Garten war immer noch abgeschraubt.

Wenn es hier auch nichts Essbares zu holen gab, nicht einmal einen pappigen Keks, so doch einen alten graugrünen Rucksack und eine Angelrute. Wenn er die beiden Stücke mitgehen ließ, war das eine wunderbare Tarnung, denn wer traute einem Angler schon Böses zu.

Als er sich angezogen hatte und die Augen schloss, um die Landkarte von Berlin und Umgebung deutlich vor sich zu haben, bemerkte er mit Schrecken, dass er in Rauchfangswerder in eine Sackgasse geraten war – oder eine Falle -, denn wollte er seine Wanderung wie gehabt fortsetzen, also im Uhrzeigersinn um Berlin herum, musste er durch Schmöckwitz hindurch und über die dortige Brücke hinweg, wollte er nach Zeuthen und Eichwalde und weiter nach Königs Wusterhausen laufen. Aber vor Brücken hatte er einen gewaltigen Bammel, warum auch immer. Doch zurück nach Neu-Zittau, wo er die Spree überqueren konnte, wollte er auch nicht, weil er sich einredete, es würde ihm Unglück bringen.

Maleike schlich sich aus der Laube. Ungesehen kam er auf den schnurgeraden Waldweg, der quer durch das Schmöckwitzer Werder führte und kaum begangen war. Wer wandern wollte, lief am See entlang, wer mit dem Rad, der Pferdekutsche oder dem Kraftwagen kam, der benutzte die Chaussee. Nach knapp vier Kilometern erreichte er die schmale Landstraße, die Schmöckwitz mit Gosen verband, und brauchte noch einmal gute zehn Minuten, bis er an der hölzernen Brücke angekommen war, die über die Dahme hinweg zum Schmöckwitzer Anger führte. Niemand begegnete ihm. Die umliegenden Gasthäuser hatten noch geschlossen. Als jemand, der in Rixdorf aufgewachsen war, kannte er Schmöckwitz von einigen Ausflügen mit Schule und Elternhaus ganz gut. Zur Badewiese war es gegangen, die links unten lag, sah man von der Brücke aufs Wasser hinab. Eine Ewigkeit war seitdem vergangen, und nun wurde er als Mörder gesucht …

Der Hunger wurde langsam unerträglich. Er hatte nichts Warmes mehr im Magen gehabt, seit er sich am Freitag in Altlandsberg in eine Gaststätte gewagt hatte, in Erkner und Rauchfangswerder hatte er sich mit ein paar unbelegten Schrippen zufriedengeben müssen. Wieder einmal war er nahe daran aufzugeben. Kam er wegen Fahnenflucht ins Zuchthaus, konnte er wenigstens mit einem Bett und täglich drei Mahlzeiten rechnen, so dünn die Suppen auch sein mochten. Und dass er Hertha Theuerkauf nicht umgebracht hatte, würde sich ja nachweisen lassen. Wirklich? Ihm kamen Zweifel an der Berliner Justiz. Wenn man der Bevölkerung einen Mörder präsentieren wollte, um sie zu beruhigen, dann tat man das auch, egal ob der wirklich schuldig war.

Das war das eine, das ihm durch den Kopf ging, als er auf der Suche nach etwas Essbarem durch Schmöckwitz streifte, das andere war die Frage, ob er nicht wirklich zum Rasiermesser gegriffen und der Theuerkauf die Kehle durchgeschnitten hatte. Gedacht hatte er es öfter, weil sie ihn angewidert hatte. *Wer etwas denkt, der tut es auch*. Von diesem Gedanken kam er nicht mehr los. *Du warst es wirklich, gib es doch zu.* Die Tatsache, dass er auf der Flucht war, war ja Beweis genug.

Kam denn noch ein anderer als Täter infrage? Wer konnte es auf Hertha Theuerkauf abgesehen haben – aus Hass, aus sexueller Gier oder um sie zu berauben? Geld genug hatte sie ja immer bei sich gehabt. Vier Männer hatte er schließlich auf seiner Liste:

Ludwig Woytasch. Den verband eine dunkle Geschichte mit Hertha Theuerkauf, das hatte er beim Frisieren herausgehört, und Woytasch hasste sie.

Wilhelm Wissulke. Der hatte alles unternommen, um Hertha Theuerkauf ins Bett zu bekommen, war aber immer wieder abgeblitzt. Und als er sie allein im Damensalon hatte sitzen sehen, war er nicht mehr zu halten gewesen. Und bist du nicht willig, dann brauch' ich Gewalt.

Alfred Lepiorz. Der Fixniedlich war ein durchtriebener kleiner Gauner, dem auch mal ein großes Ding zuzutrauen war.

Albert Becker. Sein ehemaliger Kollege hatte, bevor er zum Krüppel geworden war, eine Affäre mit der Theuerkauf gehabt, in seinem jetzigen Zustand aber hatte sie ihn nicht haben wollen, was dazu geführt hatte, dass aus seiner Liebe Hass geworden war.

Einer von den vieren musste, während Anna Venzlaff gerade Schrippen geholt hatte, in den Damensalon getreten sein und die Theuerkauf entdeckt haben. Und unter irgendeinem Vorwand hatte er sie dann in die gute Stube gelockt und dort ermordet. Das wäre Woytasch am leichtesten gefallen. Wenn es Wissulke, Lepiorz oder Becker gewesen sein sollten, dann blieb ja die Frage, warum Woytasch nicht eingegriffen hatte. Schön, er konnte mit der Venzlaff weggegangen sein, um sich Zigaretten zu besorgen. Oder er war schon zum Bahnhof gefahren.

Maleike konnte sich keinen richtigen Reim auf alles machen, aber schließlich war er kein Kriminaler, sondern Friseur und Schauspieler. Wie auch immer, für ihn gab es nur einen möglichen Täter: Ludwig Woytasch. Und der war nicht zu überführen, raffiniert wie er war und mit allen Wassern gewaschen. Also würde alles an ihm hängenbleiben, an Louise Schulz beziehungsweise Louis Maleike.

Was ihn in diesem Augenblick aus dem Strudel seiner Verzweiflung riss, war der Anblick eines Picknickkorbes. Er stand auf einer Baustelle, wo man mehrere Bohlen über zwei Böcke gelegt hatte, um einen provisorischen Tisch zu haben. Maleike reimte sich die Sache so zusammen, dass Berliner hier bauten und am Sonntag früh nach Schmöckwitz gekommen waren, um nach dem Rechten zu sehen beziehungsweise selber Hand anzulegen. Aber im Augenblick war von den Leutchen nichts zu sehen. Vielleicht waren sie bei Nachbarn, um sich heißen Kaffee zu holen. Egal. Einen Zaun gab es noch nicht, und mit ein paar schnellen Schritten, mehr Sprüngen, war er am Korb und hatte den Deckel hochgerissen. Dort lagen so viele Stullen, dass es für eine halbe Kompanie gereicht hätte. Er nahm sich das heraus, was er mit der rechten Hand fassen konnte, in der linken hielt er ja seine Angelrute, und machte sich aus dem Staub. Im Wald setzte er sich dann nieder und frühstückte. Danach ging es ihm deutlich besser und er verspürte eine gewisse Abenteuerlust. Warum sollte er nicht in die Stadt fahren und sich einmal die Mordplakate ansehen, mit denen man nach ihm fahndete, das hieß, nicht nach ihm direkt, sondern nach der Friseuse Louise Schulz. Das war ein Kitzel, dem er schwer widerstehen konnte. Ein anderes Motiv, es zu wagen, kam hinzu: Die Sehnsucht nach seiner Mutter. Er wollte sie unbedingt noch einmal sehen, bevor sie starb. Und er musste ihr sagen, dass er kein Mörder war. Es durfte nicht sein, dass sie mit dem Gedanken starb, einen Mörder in die Welt gesetzt zu haben. Was ihn mitriss, war aber auch der Sinn für das Theatralische, das hatte er so im Blut: Am Totenbett der Mutter auf die Knie sinken und zu stammeln, dass er unschuldig sei. Auf der Bühne wäre das eine wunderbare Szene gewesen.

Wie auch immer, er konnte, obwohl er sich damit in Lebensgefahr begab, der Versuchung nicht widerstehen, zum Schmöckwitzer Anger zu laufen und dort auf einen Zug der Uferbahn zu warten. Am Fuße der Dorfkirche und schräg gegenüber der Feuerwache hatte sie ihre Endstation. Gerade waren Trieb- und Beiwagen aus Grünau angekommen, und einige Ausflügler stiegen aus, darunter auch zwei Angler. Maleike erschrak. Klar, man fuhr um diese Tageszeit, halb neun war es geworden, zum Angeln hinaus und kam nicht vom Angeln zurück. Aber wenn er seine Angelrute und den gestohlenen Rucksack jetzt ins Gebüsch warf und jemand sah ihn dabei, hatte er auf der Stelle einen Gendarmen am Hals. Also spielte er den Angler, der die Devise ›Der frühe Vogel fängt den Wurm‹ verinnerlicht hatte und schon wieder auf dem Heimweg war. Ohne allerdings auch nur einen einzigen Fisch aus dem Wasser gezogen zu haben.

Der Schaffner jedenfalls fragte ihn nicht und das Fahrgeld hatte er auch. Dass er es in Bernau einem Dienstmädchen aus dem abgestellten Einkaufskorb gestohlen hatte, sah man ihm nicht an.

So gelangte er problemlos nach Grünau, wo in die Görlitzer Bahn umzusteigen war. Zwar kam er mit ihr nicht in die Innenstadt, aber war er erst einmal am Görlitzer Bahnhof, also in Berlin S.O. 36, dann würde es schon eine Möglichkeit geben, zum St.-Hedwig-Krankenhaus zu kommen. Entweder er lief und fuhr mit der Straßenbahn. Ob er sich in die hineinwagen konnte, hing davon ab, inwieweit die Louise Schulz auf den Mordplakaten ihm ähnlich war. Schön, sie hatte Locken und er einen Stoppelbart, aber Stirn, Augen, Nase und Mund waren dieselben. *Abwarten.*

Der Zug dampfte heran und war nicht eben voll, so dass in seinem Abteil nur ein älteres Ehepaar saß, dumpfe Landleute. Er schlief, sie strickte, und beide hatten nicht das geringste Interesse an ihm und einer Konversation. Der Herr, der in Grünau ausgestiegen war, hatte seine Zeitung liegen lassen. Geradezu gierig griff Maleike danach. Er hoffte dabei auf eine einzige große Schlagzeile: ›Der Krieg ist zu Ende‹. War er aber nicht. Die Schlagzeilen waren eindeutig genug.

Fortdauer der Artillerieschlacht bei Reims.

Der Geschützkampf auf der Karsthochfläche.

Deutsche U-Boote in der Nähe von San Francisco?

Ein englisches Hospitalschiff auf eine Mine gelaufen.

38 Personen ertrunken, darunter 5 Ärzte.

Maleike blätterte weiter und hoffte, im Inneren des Blattes Nachrichten zu finden, die erfreulicher waren. Aber die gab es wohl in diesen Zeiten nicht. Die Brotration war abermals herabgesetzt worden. Auf Abschnitt Nr. 40 der Lebensmittelkarte gab es Dürrgemüse. In der Gitschiner Straße war der 62 Jahre alte Arbeiter Hermann Köppen von einem Logiergast mit vier Dolchstichen in die Brust lebensgefährlich verletzt worden. Auf der Chausseestraße war in der Nacht die Witwe Streich, auch sie 62 Jahre alt, von einem Straßenbahnwagen der Linie 25 gesprungen, dabei zu Fall gekommen, unter den Anhänger geraten und getötet worden.

Maleike fuhr zusammen. Hoffentlich hatte sein Vater nicht an der Kurbel der 25 gestanden.

Über die Suche nach der Frauenmörderin Louise Schulz war nichts zu finden. Das ließ ihn hoffen, dass die Sache bei den Berlinern schon in Vergessenheit geraten war. Bis er in Berlin angekommen war, las er die 1. Fortsetzung des Romans ›Matthias Senfs Verlöbnis‹ von Alice Berend. Der erste Satz lautete: ›Man zuckte dazu schweigend die Achseln.‹ Wie wahr, dachte Maleike, etwas anderes konnte man, so wie die Welt sich im Augenblick zeigte, ganz sicher nicht tun.

Als er auf dem Görlitzer Bahnhof ausstieg und sich langsam zum Ausgang bewegte, fürchtete er, an der Sperre von Polizisten oder Feldjägern kontrolliert zu werden, aber nur der Bahnbeamte, der die Fahrkarten zu kontrollieren hatte, zeigte Interesse an ihm. Da er den richtigen Fahrpreis entrichtet hatte, durfte er ohne Weiteres passieren. So stand er alsbald auf dem Spreewaldplatz. Sein erster Blick galt einer Litfaßsäule. Bald hatte er eine gefunden. Und tatsächlich klebte an ihr das Mordplakat mit seinem Konterfei, das heißt, dem der Louise Schulz. Hübsch sah sie aus.

»Die könnte ich glattweg heiraten«, murmelte Maleike.

»Die würde so 'n unrasierten Kerl wie dich bestimmt nicht neh'm!«, tönte es hinter ihm.

Maleike hatte den alten Süffel in seinem Rücken gar nicht bemerkt und machte, dass er weiterkam. Nun war er zwar Eingeborener und Sohn eines Wagenführers, aber es gab über hundert Straßenbahnlinien in und um Berlin, so dass er nicht aus dem Handgelenk sagen konnte, mit welcher Linie man vom Görlitzer Bahnhof zur Großen Hamburger Straße ins St.-Hedwig-Krankenhaus kam. Als er einen Zug der 63 an der Endstelle stehen sah, fiel ihm wieder ein, dass sie Richtung Norden fuhr und in die Nähe des Alexanderplatzes kam. Stieg er an der Andreasstraße aus, konnte er mit der 3, dem Großen Ring, bis zur Rosenthaler Straße fahren und von dort zum St.-Hedwig-Krankenhaus laufen.

Die Glocken der Emmaus-Kirche am Lausitzer Platz

begannen zu läuten. So würde es auch klingen, wenn man seine Mutter zu Grabe trug. Und er würde nicht dabei sein können. Er hatte plötzlich Tränen in den Augen. Warum war die Welt nur so, wie sie war, warum jagte man ihn wie einen Schwerverbrecher, obwohl er niemanden ermordet hatte, ja, mehr noch, sich geweigert hatte, in den Krieg zu ziehen und andere Menschen zu töten?

»Na, weenste, weil de nüscht jefangen hast?«

Maleike sah in das Gesicht eines nobel gekleideten Bankbeamten, der offensichtlich den Sonntagvormittag nutzen wollte, eine Männerbekanntschaft zu machen. Dass es ein Bankbeamter war, sagte ihm die Menschenkenntnis, die man im Frisiersalon erwarb. Maleike überlegte einen Augenblick. Wenn er mit dem Mann mitging und sich bei ihm versteckte …? Nein. Er lief zur Straßenbahn hinüber und schwang sich auf die hintere Plattform. Wenn er sich dort in die Ecke drückte, würde ihn kaum jemand erkennen. Die Plattformen der Berliner Straßenbahnen waren noch nicht verglast, so dass man wegen des Fahrtwindes sich abwenden und die Augen schließen konnte, ohne dadurch aufzufallen.

Es wurde abgeklingelt, sie fuhren los. Es ging unter der Hochbahn hindurch, über den Lausitzer Platz und hinein in die Waldemarstraße.

»Noch jemand ohne Fahrschein?«

Er erschrak, unter den Schaffnern gab es viele, die ihn kannten, denn oft hatte ihn sein Vater in den Betriebshof mitgenommen, und dort hatten ihn die Schaffner mit ihrem Galoppwechsler spielen lassen. Er konnte aufatmen. Angesprochen hatte ihn eine Frau, und Schaffnerinnen gab es erst, seit die Männer alle im Felde standen. Er zahlte und die Schaffnerin schenkte ihm keinerlei Beachtung. Auch sonst zeigte niemand irgendwelches Interesse an ihm.

So stieg er Andreasstraße aus, um auf die 3 zu warten. Erst in diesem Augenblick wurde ihm bewusst, dass der Große Ring die Stammlinie seines Vaters war. Sein erster Impuls war die Flucht, denn er hatte Angst, seinem Vater unter die Augen zu treten. Der hatte ihn schon verflucht, als er sich seiner Einberufung entzogen hatte und zur Louise Schulz geworden war, aber immerhin geschwiegen. Doch dass sein Sohn nun zum Mörder geworden war, das würde er nicht hinnehmen. Andererseits ... Wenn der Vater gelassen blieb, konnte er alles über den Zustand seiner Mutter erfahren, ohne sich der Gefahr auszusetzen, am Alexanderplatz und später im Krankenhaus erkannt und verhaftet zu werden.

Maleike versuchte zu rechnen. Er schätzte, dass die Linie 3 eine Streckenlänge von 20 Kilometern hatte und vielleicht eine Stunde für eine Runde brauchte. Dann mussten bei einem Abstand von 20 Minuten wie viele Züge unterwegs sein? Und das in beiden Richtungen. Er kam auf sechs Umläufe, war sich aber nicht sicher, da Kopfrechnen nicht zu seinen Stärken zählte. Immerhin waren seine Chancen, dem Vater zu begegnen, recht hoch. Doch auf den Plattformen der ersten drei Solotriebwagen, die an seiner Haltestelle Station machten, stand kein Max Maleike. Vielleicht hatte er an diesem Sonntag keinen Dienst, es konnte aber auch sein, dass er auf einer anderen Linie eingesetzt war. Es hieß also, geduldig zu warten. Aber das war leichter gesagt als getan, denn jemand, der so lange an einer Haltestelle stand und nicht einstieg, wenn eine Bahn vor seiner Nase hielt, fiel irgendwann auf. Es gab ja überall ältere Berliner, die stundenlang am Fenster hingen und alles, was vor ihrer Nase geschah, ganz genau verfolgten. Ging er aber einmal um das angrenzende Karree herum, verpasste er womöglich seinen Vater. Und er schreckte davor zurück, in die Wohnung seiner Eltern zu fahren oder gar seine Mutter im Krankenhaus zu besuchen, das war ihm ein zu großes Risiko.

Der nächste planmäßige Zug der Linie 3 rollte heran. Es war ein Triebwagen 1643 vom Typ Neu-Brandenburg, der bei der Großen Berliner Straßenbahn vielfach im Einsatz war. Zwar wies auch er zwei Drehgestelle, also vier Achsen, auf, war aber um einiges kürzer als die neunfenstrigen Maximum-Triebwagen.

An der Kurbel stand tatsächlich Max Maleike. Stämmig war er, ein Fels, und erinnerte mit seinem Bart und seiner Uniform, vor allem aber mit seinem wettergegerbten Gesicht an einen sturmerprobten Seemann. Kein Wunder, war er doch Tag für Tag ungeschützt Wind und Wetter ausgesetzt und hatte sogar dicken Hagelkörnern zu trotzen. Er erkannte seinen Sohn, ließ sich aber nichts anmerken.

Louis Maleike stieg ein und stellte sich gleich neben dem Einstieg dicht neben seinen Vater. Die Schaffnerin hielt sich auf der hinteren Plattform auf, was gut für ihn war, denn es waren einige Frauen und Männer eingestiegen und hatten im Innern des Wagens Platz genommen, so dass sie mit dem Abkassieren einige Zeit zu tun haben würde. Sie klingelte ab, und Maleike begann zu flüstern, denn mit dem

Fahrer zu sprechen, war streng verboten, wie auf einem Schild über dem Führerstand zu lesen war.

»Wie geht es Mutter?«

»Schlecht. Wie soll es ihr anders gehen, wenn sie liest, dass ihr Sohn ein Mörder ist.«

»Ich war es nicht, Vater!«

»Dann stell dich doch!«

»Du weißt doch, was dann …«

»So wird doch alles nur noch schlimmer.«

»Wenn der Krieg aus ist, dann …«

»… ist deine Mutter tot. Da drüben steht ein Schutzmann – zu dem gehst du jetzt!«

Max Maleike bremste hart.

13.

Montag, 16. April 1917

Fokko v. Falkenrehde hatte schon lange registriert, dass Berlin ein Pulverfass war, und nun schien dieses Pulverfass zu explodieren, denn die Massenstreiks gegen Hunger und Krieg hatten begonnen. Es hieß, dass nach erneuter Kürzung der Kartoffel- und Brotrationen in über dreihundert Betrieben die Arbeit niedergelegt worden sei und sich über 300 000 Arbeiterinnen und Arbeiter im Ausstand befinden sollten. Der Burgfrieden, den die Deutschen 1914 bei Kriegsbeginn miteinander geschlossen hatten, trug nicht mehr, und die Osterbotschaft Kaiser Wilhelm II., in der er ein neues Wahlrecht angekündigt hatte, war von den Liberalen und den Arbeiterparteien als halbherziger Schritt gewertet worden und hatte ihre Verbitterung nur stärker werden lassen.

»Unfassbar!«, rief Waldemar v. Breitling. »Ein Hundsfott, wer streikt, solange unsere Heere vor dem Feinde stehen! Wer in einem Rüstungsbetrieb streikt, sollte sofort ins Gefängnis geworfen werden.«

»Da kann er doch auch keine Granaten mehr drehen, sondern nur Fußmatten flechten«, gab Markwitz zu bedenken.

Fokko v. Falkenrehde zog ein Flugblatt hervor, das ihm Agitatoren der linksradikalen Spartakusgruppe auf dem

Alexanderplatz in die Hand gedrückt hatten, und hielt es seinem Vorgesetzten hin. »Nieder mit dem Krieg! Nieder mit der Regierung! Friede! Freiheit! Brot!«

Waldemar v. Breitling entriss es ihm, knüllte es zusammen und warf es in den Papierkorb. »Fehlt nur noch, dass sie Arbeiterräte gründen.«

»Bei Knorr soll es schon welche geben«, wusste Markwitz zu berichten.

»Ich sehe schon den Tag kommen, wo wir eine Kolonie Moskaus werden!«, rief Waldemar v. Breitling.

»Ja, man sollte schon anfangen, Russisch zu lernen«, sagte Fokko v. Falkenrehde mit dem größtmöglichen Ernst, den er an den Tag legen konnte. »Sspassiba. Prasstiti pashalussta.«

»Hören Sie auf mit dieser Barbarensprache!«, rief Waldemar v. Breitling, und das Ganze ekelte ihn derart an, dass er ausspuckte. Dabei löste sich ein Stück Graupe, das zwischen seinen Zähnen gesteckt hatte.

»Sie!« Markwitz gab sich empört. »Wenn das 'n Apfelkern war, der gehört in die Obstkernsammlung, damit Speiseöl draus gemacht wird.«

»Ja«, ergänzte Fokko v. Falkenrehde. »Bei Ihnen in Wilmersdorf gibt es dafür ja den Vaterländischen Frauen-Verein.«

Das war wiederum mit einem Ernst vorgetragen, bei dem sein Vorgesetzter nicht anders konnte, als zu schweigen. Solche Sammelaktionen gab es in der Tat in jeder Stadt, und überall hingen Plakate mit den Aufschriften: ›Pflanzt Sonnenblumen und Mohn. Ihr schafft dann Deutsches Öl und dient dem Vaterland!‹, ›Wollt Ihr Oel, dann sammelt

Bucheckern!‹ oder ›Sammelt die Obstkerne und schickt sie durch Eure Kinder in die Schule oder an die nächste Sammelstelle.‹ Es wurde sogar daran gedacht, das Fett aus Menschenhaaren zu verwerten, und errechnet, dass die Berliner Friseure wöchentlich an die dreitausend Kilogramm davon abschnitten.

Waldemar v. Breitling fasste sich an den Kopf und zog ein herausgerissenes Stück Zeitung aus der Tasche. »Wenn Sie mir nicht mit Ihrer Obstkernsammlung gekommen wären, hätte ich das glatt vergessen. Hier …« Er las vor, was ihm ein Vetter aus Breslau geschickt hatte. »Sammlung künstlicher Zähne durch die Zahnärzte. Die Breslauer Zahnärztliche Gesellschaft hat, wie amtlich mitgeteilt wird, mit Zustimmung des Kriegsamtes die Aufgabe übernommen, aus den Kreisen der Patienten die entbehrlichen Mengen von alten Zähnen, Gebissen, Kronen, Stiften und Brückenarbeiten zwecks Verwendung der darin enthaltenen Edelmetallmengen für Bedürfnisse der Landesverteidigung zu sammeln.«

»Bravo!«, rief Markwitz, zog sein Gebiss aus dem Mund und hielt es seinem Vorgesetzten hin. »Bitte, ick jehe jern als Ersta voran, aber dann kann ick nur noch nuscheln. Und wenn ick denn rufe: ›Schtehnbleim, ick schiesche!‹, versteht der Gauner det nich richtig und denkt, ick muss ma erst mal hinhocken und schei …«

»Danke, danke!«, rief Waldemar v. Breitling. »Das reicht!« Damit zog er seine Taschenuhr hervor und sagte, dass er Markwitz und Falkenrehde, wie alle anderen Herren seines Bereichs auch, um 9 Uhr zur Besprechung in seinem Zimmer erwarten würde. »In einer Stunde also.«

»Pardon, Majestät, in einer Stunde haben wir aber schon zehn«, sagte Markwitz.

»Wieso denn das?«

»Wegen der Sommerzeit. Alle Uhren sind eine Stunde vorzustellen.«

Ihr Vorgesetzter rauschte brummelnd hinaus und ließ die Tür geräuschvoll ins Schloss fallen. Fokko v. Falkenrehde und Markwitz konnten sich wieder ihrer Zeitung zuwenden. Die erste Seite des ›Berliner Tagesblattes‹ wurde wie immer von der Kriegsberichterstattung beherrscht. Die Schlagzeile lautete: ›Die Artillerieschlacht an der Aisne und in der Champagne‹. Berichtet wurde vom westlichen Kriegsschauplatz mit den Heeresgruppen Kronprinz Rupprecht, Deutscher Kronprinz und Herzog Albrecht, dem östlichen, südöstlichen und dem italienischen Kriegsschauplatz sowie der Mazedonischen Front.

»Überall nichts Neues«, fasste Fokko v. Falkenrehde die Berichte zusammen.

»Doch«, sagte Markwitz. »Rittmeister Freiherr v. Richthofen hat seinen vierundvierzigsten Gegner abgeschossen.«

»Schafft er fünfzig, werden sie einen Film über ihn drehen«, prophezeite Fokko v. Falkenrehde. Mehr als der Flieger interessierte ihn aber der Bericht über die Bluttat in der Gitschiner Straße, bei der die Kollegen auch noch keinen Erfolg zu vermelden hatten. »Das Opfer, der Pförtner Köppen, der, wie gemeldet, von einem bisher unbekannt gebliebenen Vizefeldwebel durch vier Dolchstiche schwer verletzt wurde, ist gestern mittag im Urbankrankenhause, ohne das Bewusstsein wiedererlangt zu haben, seinen Verletzungen erlegen. Auf die Ergreifung des flüchtigen Vizefeldwebels, der allein als Täter infrage kommt, sind 500 Mark Belohnung ausgesetzt worden.«

»Das hätten sie uns mal übertragen sollen«, sagte Markwitz. »Dann müssten wir uns nicht so abmühen wie mit dieser Theuerkauf.« Er selber hatte gerade seine Fantasie spielen lassen. »Am leichtesten hätten wir es aber hierbei: ›Große Schiebungen mit Hülsenfrüchten in den Provinzen Posen und Schlesien‹. Wenn die davon selba jejessen ham, hätten wa bloß hören und riechen müssen, Sie wissen doch: Jedes Böhnchen jibt 'n Tönchen.«

Fokko v. Falkenrehde schüttelte den Kopf. »Mein Gott, bei uns streiken die Menschen, weil sie am Verhungern sind, und dann das hier: ›Kiebitzeier für Hindenburg. Wie früher dem Altreichskanzler im Sachsenwalde von den Getreuen in Jever alljährlich die ersten Kiebitzeier gesandt wurden, so erhält während des Krieges auch Generalfeldmarschall Hindenburg aus Ostfriesland die ersten Kiebitzeier. In diesem Jahre wurden wieder 24 Kiebitzeier an ihn abgesandt, auch die Gemahlin des Feldmarschalls erhielt eine Eiergabe.‹«

»Meine Frau kriegt imma nur die Gabe *meiner* Eier«, brummte Markwitz.

Fokko v. Falkenrehde überhörte das und wandte sich der nächsten Meldung zu. »Ein schwerer Straßenbahnzusammenstoß, bei dem sieben Personen verletzt wurden, erfolgte gestern früh an der Ecke Koch- und Markgrafenstraße. Dort stieß ein Wagen der Linie 93 gegen einen Wagen der Siemens-Bahn mit solcher Heftigkeit an, dass die Fenster beider Wagen zersplitterten und vier Personen verletzt wurden.«

Markwitz schlug mit der Faust auf den Tisch. »Ich fahre im Dienst nicht mehr mit der Straßenbahn, ich verlange einen Dienstwagen!«

»Ich ein Pferd.« Fokko v. Falkenrehde war schon auf der Sportseite angekommen, auf der über das Buddenbock-Memorial in Mariendorf berichtet wurde. Gewonnen hatte die Hamburger Stute Bedelia Todd. Das musste er wissen, wollte er vor seinem Vater nicht als Ignorant dastehen. »Namen haben die Pferde: Estragon, Urfehde, Erlaucht, Blumenmädchen …«

Markwitz stöhnte wollüstig. »Die alle aufm Teller!« Pferdebuletten waren sein Lieblingsgericht.

Fokko v. Falkenrehde schüttelte sich. »Ach bitte, nicht so laut sprechen!«

»Was ist denn mit Ihnen?«

»Mit dem AKUSTIK verstehe ich Sie ganz vorzüglich.« Fokko v. Falkenrehde war bei den Anzeigen angekommen. »Bester elektrischer Hörapparat für Schwerhörige. Rein deutsches Fabrikat.«

»Dann kann ick Ihnen ja mal vorlesen, wer jewonnen hat.« Markwitz las ihm vor, was über den Fußball gemeldet wurde. »Die Berliner Verbands-Fußballspiele waren gestern von bestem Wetter und durch guten Besuch begünstigt, doch mussten die meisten Mannschaften mit vielem Ersatz antreten. Überraschungen blieben daher nicht aus. Hertha fertigte den Berliner Ballspielklub mit 5:1 ab. Viktoria schlug die Preußenelf mit 2:1. Union-Oberschöneweide fertigte Berolina mit 1:0 ab.«

»Es ist eine Zeit, in der wir alle abgefertigt werden«, fasste Fokko v. Falkenrehde mit dem Pathos eines großen Philosophen zusammen.

Ein Blick auf die Taschenuhr zeigte ihm, dass es sich gar nicht mehr lohnte, vor der Sitzung bei v. Breitling mit der Arbeit zu beginnen. Außerdem hatte er damit zu tun, über den Skandal nachzudenken, den Bettina beim Geburtstag ausgelöst hatte. Seine Mutter hatte das zwar witzig gefunden und ihrer künftigen Schwiegertochter das Talent zu einer großen Schauspielerin bescheinigt, und auch Onkel Ferdinand und Onkel Friedrich Wilhelm hatten gejuchzt, aber der Rest der Gesellschaft war schwer schockiert gewesen. Eine betrunkene Frau, unfassbar! Einige hatten von ihm gefordert, die Verlobung mit Bettina auf der Stelle zu lösen. Das hatte er mit heftigen Worten abgelehnt, doch so ganz sicher war er sich nach diesem Nachmittag nicht mehr, ob die Ehe mit Bettina wirklich das Nonplusultra war.

Markwitz, der von seinen Nöten wusste, kommentierte das auf seine Weise: »Geben Sie ’ne Anzeige uff: Tausche abjelegte Braut jegen ein Pfund Sauerkraut.«

Fokko v. Falkenrehde verzog das Gesicht. Ihm war nicht zum Lachen zumute. Eine kapriziöse Frau wie Bettina war eben zugleich Last und Lust, was sollte man da machen? Lieber ein Mütterchen am Herd auswählen und zusehen, dass Bettina mit Richard v. Grienerick glücklich wurde? Er kam zu keinem überzeugenden Schluss und war glücklich, dass sie zur morgendlichen Lagebesprechung aufbrechen mussten.

Waldemar v. Breitling kam nicht gleich zu den anliegenden Fällen, sondern suchte zuerst jemanden, der sich bereit erklärte, den Berliner Zahnärzten das nahezubringen, was sich die Breslauer Kollegen ausgedacht hatten. Das fing er so listig an, dass kein Geringerer als Ernst Gennat drauf hereinfiel.

»Wer von den Herren geht als Nächster zum Zahnarzt?«

Fokko v. Falkenrehde und Markwitz hüteten sich natürlich, den Arm zu heben, Gennat aber wusste ja von nichts. »Ich. Bei der vielen Torte, die ich esse …«

Waldemar v. Breitling strahlte und ging nun das durch, was auf seiner Agenda stand. Besonderes Lob wurde den Kollegen zuteil, die mit der Bluttat in der Gitschiner Straße befasst waren und kurz davorstanden, den Täter zur Strecke zu bringen. Auch andere hatten Erfolge zu melden.

»Nur bei Ihnen, meine Herren, geht es nicht voran!« Waldemar v. Breitling blickte tadelnd zu Fokko v. Falkenrehde und Hermann Markwitz hinüber. »Keine Spur vom Täter …«

»Von der Täterin«, korrigierte Fokko v. Falkenrehde seinen Vorgesetzten. »Louise Schulz … Sie bleibt wie vom Erdboden verschwunden. Wir werden daher unsere Bemühungen verstärken, die wahrscheinliche Tatwaffe aufzufinden, das Rasiermesser mit den Initialen I. B.«

»Das müsste doch ein Leichtes sein«, sagte Waldemar v. Breitling. »Wer hat schon einen Vornamen, der mit I beginnt?«

»Kant zum Beispiel«, antwortete Fokko v. Falkenrehde. »Immanuel. Aber der kann es ja kaum gewesen sein. Auch Innozenz nicht, der Papst. Bleiben uns alle die, die Ingulf,

Ingobert, Ibrahim, Ignatius, Ignaz, Irenäus, Isaac oder Ivo heißen und einen Nachnamen mit B wie Bertha haben … Wenn wir uns die Melderegister aller deutschen Städte ansehen, schaffen wir das bis 1930 mühelos.«

Waldemar v. Breitling grinste. »Wie sagen die alten Griechen: ›Der Anfang ist die Hälfte des Ganzen.‹ Also fangen Sie langsam mal an.«

Was blieb Fokko v. Falkenrehde und Markwitz weiter übrig, als das zu tun, was sie beide hassten: das Berliner Adressbuch in die Hand zu nehmen und mit dem Zeigefinger beim Nachnamen B Zeile für Zeile nach unten zu fahren. Die Sache schien aussichtslos zu sein.

»Das ist doch Unsinn, ich mach das nicht länger mit!«, rief Fokko v. Falkenrehde nach einer halben Stunde, in der sie keinen Mann gefunden hatten, der irgendwie interessant gewesen wäre. Wenn sie da nachhakten, wo ein Vorname mit einem I begann, stießen sie auf eine Ilse oder eine Ida. »Ich gehe jetzt!«

»Ick nich. Wenn mir befohlen wird, die Nadel im Heuhaufen zu suchen, dann suche ick sie auch«, sagte Markwitz.

Nach weiteren fünfzehn Minuten hatten sie dann Glück, denn es gab in der Schönhauser Allee, also gar nicht weit vom Tatort entfernt, einen Dr. Irenäus Bluhm, seines Zeichens Chirurg.

»Mensch!«, rief Markwitz. »Dann ist die Theuerkauf vielleicht gar nicht mit einem Rasiermesser, sondern mit einem Skalpell …!«

»Ja«, höhnte Fokko v. Falkenrehde. »Dieser invalide Friseur da, dieser Albert Becker, hat ein Rasiermesser mit einem Skalpell verwechselt! Mensch, der Mann hat zerschossene und amputierte Beine, ist aber kein Blinder!«

Markwitz schlug sich mit der flachen Hand vor die Stirn. »Klar: Dumm jeboren, nischt dazujelernt und den Rest vajessen.«

Aber auch Fokko v. Falkenrehde musste einen Denkfehler eingestehen. »Wir sind davon ausgegangen, dass der Täter das Rasiermesser mit dem I. B. mitgebracht hat, das ist aber Unsinn, das hat doch schon bei Woytasch im Salon gelegen, damit sind doch x Kunden rasiert worden. Also ist es pure Zeitverschwendung, nach einem Mann mit den Initialen I. B. zu suchen. Wer weiß, wo Woytasch sein Messer her hatte, wahrscheinlich irgendwo bei einer Zwangsversteigerung oder einer Auktion gekauft.«

»Es lebe die Sackgasse!«, rief Markwitz.

In diesem Moment wurde an die Tür geklopft, und ohne ihr »Ja, herein!« abzuwarten, stand Dr. Hoppe in ihrem Bureau. Sie wechselten ein paar unwesentliche Worte, dann kam der Chef zur Sache.

»Ich habe das Buch des Dienstmannes noch einmal unserem Schriftsachverständigen auf den Tisch gelegt und ihm gesagt, er soll sich die Eintragung mit dem durchgestrichenen Namen noch einmal ganz genau ansehen. Und wissen Sie, zu welchem Schluss er gekommen ist …?«

»Nee, woher?« Markwitz konnte sich in solchen Fällen nicht bremsen.

Dr. Hoppe musste erst einmal schlucken. »Er ist zu dem Schluss gekommen, dass die eine der beiden Frauen vor dem ›Frisiersalon Woytasch‹ noch angefangen hatte, ihren Namen zu schreiben, jedenfalls hat er unter dem Mikroskop einen großen und einen kleinen Buchstaben entdecken können.«

»Ja, Ve für Venzlaff«, fiel ihm Fokko v. Falkenrehde ins Wort. »Oder Lo für Louise.«

»Irrtum: Ka.«

Fokko v. Falkenrehde stöhnte auf. »Da jemanden zu finden – von Kabunke bis Kazulke –, dürfte ebenso unmöglich sein, wie den Herren I. B. zu ermitteln, dem das Rasiermesser bei Woytasch ursprünglich einmal gehört hat. Aber das hatten wir ja ohnehin schon wieder abgehakt.« Er berichtete Dr. Hoppe von ihrer abgebrochenen Suche nach Männern mit den besagten Initialen.

Dr. Hoppe gab ihm recht. »Wenn ich mir von einer Aktion Erfolg verspreche, dann von der Suche nach dieser Louise Schulz.«

»Und das mit dem Ka können wir vergessen?«, fragte Fokko v. Falkenrehde.

»Nein, wo denken Sie hin! Natürlich müssen Sie die Frau Venzlaff fragen, ob sie jemanden kennt, dessen Namen mit Ka anfängt.«

Fokko v. Falkenrehde merkte, dass seine Bemerkung, sich um das Ka nicht zu kümmern, amateurhaft gewesen war. Der Konflikt mit Bettina und die Tatsache, dass plötzlich alles wieder in der Schwebe war, hatten offenbar viel Kraft gefordert. Also machte er sich, kaum dass Dr. Hoppe ihr Zimmer verlassen hatte, mit Markwitz zusammen auf den Weg zu Anna Venzlaff.

Die überlegte lange und meinte dann, keine Frau zu kennen, deren Vor- oder Nachname mit Ka anfing.

»Ich kann mir das nur so erklären«, sagte sie schließlich, »dass Louise, die ja den Eintrag in das Dienstbuch vorgenommen hat, einen falschen Namen reinschreiben wollte. Kann sein: Karsch, das ist 'ne Stammkundin von uns, Maria Karsch, die wohnt hier gleich nebenan, Brunnenstraße 9.«

Das war die logischste Erklärung, wenn man davon absah, dass sich der Graphologe geirrt haben konnte.

Erich Billerbeck war mit seinen 48 Jahren zu alt, um an die Front geschickt zu werden, und außerdem litt er unter leichten epileptischen Anfällen. Derentwegen hatte er auch schon vor Jahren seinen Beruf als Kellner bei Kempinski & Co. in der Leipziger Straße aufgeben müssen, war aber nun, weil absoluter Mangel an Arbeitskräften herrschte, wieder zurückgeholt worden. Seit Jahren war er Witwer, kam aber auch allein ganz gut über die Runden. Hatte er seine Anfälle, kümmerte sich seine Untermieterin um ihn. Er wohnte in einem Hinterhaus der Lothringer Straße und hatte es nicht weit zum U-Bahnhof Schönhauser Tor, so dass er seinen Arbeitsplatz bequem erreichen konnte.

An diesem Montag hatte er erst um sieben Uhr abends dort zu sein, so dass er den Nachmittag nutzen konnte, ein wenig ums Karree zu gehen. Alles interessierte ihn, alles las er, denn je mehr er wusste, desto besser geriet die Konversation mit seinen Gästen und umso höher war das Trinkgeld.

Als er an der Litfaßsäule Ecke Prenzlauer Allee angekommen war, prallte er zurück, denn das Rasiermesser, das sie auf einem neuen Mordplakat abgebildet hatten, das kannte er, das war einmal sein eigenes gewesen. Ein Original Schulze Stosser mit den Initialen I. B. im Griff gab es ganz sicher nur einmal auf der Welt. Er trat näher heran und las, dass man mit diesem Messer einer Frau die Kehle durchgeschnitten hatte. Als er sich das bildlich vorstellte, erlitt er einen Krampfanfall. Kurz nach den ersten Zuckungen schwanden ihm die Sinne.

Als er aus seiner Bewusstlosigkeit erwachte, saß er auf der Treppe eines Tabakwarenladens. Dass Leute um ihn herumstanden, war ihm peinlich, und er suchte so schnell wie möglich, wieder auf die Beine zu kommen. Der Inhaber des Ladens fragte, ob er etwas für ihn tun könne.

»Ja, bitte, lassen Sie mich mit der Polizei telefonieren.«

Nach einigem Hin und Her war er mit dem Morddezernat am Alexanderplatz verbunden und konnte dem Kommissar alles erzählen.

»Das Rasiermesser mit dem I. B. auf dem Griff hat mal meinem Schwager gehört, dem Immanuel Billerbeck. Das ist ein Lehrer und Kantor in der Nähe von Bremen gewesen. Schwermütig war er aber, und hat sich mit seinem Rasiermesser die Pulsadern aufgeschnitten. Sie haben ihn aber noch retten können. Daraufhin hat mir meine Schwägerin das Messer geschenkt, und ich habe mich zehn Jahre lang rasiert damit. Bis es mir jemand geklaut hat, eine Frau, die ich mal eine Nacht bei mir hatte, nachdem mir die eigene weggestorben war. Die hat hier auch irgendwo in der Gegend gewohnt. An den Namen kann ich mich noch genau erinnern, eine Klara Kambz war das …«

Fokko v. Falkenrehde und Markwitz spähten durch die Schaufensterscheibe in den Salon Woytasch hinein und sahen, wie Anna Venzlaff gerade einer Kundin den Umhang abnahm. Sie beschlossen zu warten, bis die Kundin wieder draußen war. Auf ein paar Minuten mehr oder weniger kam es nicht an.

Als sie dann mit Anna Venzlaff allein waren, kam Fokko v. Falkenrehde nach ein paar einleitenden Floskeln auf das Rasiermesser mit den Initialen I. B. zu sprechen. Wie das wohl in den Herrensalon gekommen sein mochte?

»Ihr Mann, das heißt, Ihr Verlobter, der Ludwig Woytasch, kann es doch nicht neu im Großhandel gekauft haben, sonst gäbe es doch die Initialen nicht …?«

Anna Venzlaff überlegte einen Augenblick. »Nein, aber Ludwig hat vieles von unserer Ladeneinrichtung gebraucht gekauft, also bei Versteigerungen. Das Rasiermesser auch.«

»Sind Sie sich da ganz sicher?«, fragte Markwitz.

»Nein, aber … Ich war doch nicht dabei, wenn er bei den Auktionen was gekauft hat.«

Fokko v. Falkenrehde entschloss sich, direkter zu werden. »Ist er Ihnen eigentlich immer treu gewesen?«

Anna Venzlaff zögerte nicht lange mit einer Antwort. »Meistens jedenfalls.«

»Das heißt, nicht immer …?«

»Nein …«

»Wenn Sie uns mal ein paar Namen nennen könnten«, bat Fokko v. Falkenrehde.

»Ja …« Anna Venzlaff tat es, und der fünfte Name, der fiel, war Klara Kambz.

Fokko v. Falkenrehde und Markwitz nickten synchron und sahen sich gleichzeitig fragend an. Das erklärte, wie das fragliche Rasiermesser in den Salon Woytasch gekommen war, nicht aber, warum die Buchstaben Ka im Auftragsbuch des Dienstmannes standen.

»Warum haben Sie uns denn bei unserem ersten Besuch nicht gesagt, dass Sie noch einen Namen mit Ka vorne kennen, außer der Karsch?«, fragte Fokko v. Falkenrehde.

»Das habe ich glattweg vergessen!«, rief Anna Venzlaff. Dann fügte sie hinzu: »Ja, gar keine Frage, die Kambz war öfter hier zum Frisieren, als sie es auf Ludwig abgesehen hatte, und da hat Louise sie immer bedient.«

Fokko v. Falkenrehde nickte. Es konnte schon sein, dass Louise Schulz bei der Suche nach einem Namen auf den der Kambz gekommen war, einprägsam genug war er ja. Das war eine Version, mit der sich leben ließ, und es war sicherlich das Beste, vorerst nichts weiter zu unternehmen, sondern zu warten, bis man die Schulz gefasst hatte. Nur sie allein war in der Lage, die Angaben der Venzlaff zu bestätigen beziehungsweise zu widerlegen.

So verabschiedeten sie sich von Anna Venzlaff und traten wieder auf die Brunnenstraße hinaus.

»Was nun?«, fragte Markwitz, als sie am Rosenthaler Platz angekommen waren.

»Am besten, wir streiken auch«, antwortete Fokko v. Falkenrehde, ungewohnt lethargisch. Im Fall Hertha Theuerkauf kam er nicht voran, im Fall Bettina v. Teschendorff noch viel weniger. Am liebsten hätte er sich in den Zug gesetzt, wäre nach Ahlbeck gefahren, hätte sich in einer kleinen Pension einquartiert und dort von morgens bis abends geschlafen.

»Wir müssten uns diese Klara Kambz mal ansehen«, sagte Markwitz.

Fokko v. Falkenrehde hatte keine große Lust dazu. »Wozu denn das? Dass sie diesem Billerbeck das Rasiermesser geklaut und ihrem Ludwig geschenkt hat, ist doch eine Bagatelle und längst verjährt.«

»Trotzdem.« Markwitz ließ nicht locker. »Ick hab det so im Urin, det mit der wat is.«

»Warum haben Sie eigentlich mit Ihrem Wunderurin noch nie das Große Los gezogen?«, fragte Fokko v. Falkenrehde mit kaum verhohlener Aggressivität. Er wollte seine Ruhe haben, um über sich und Bettina nachzudenken, und keine Leute mehr befragen. Aber klar, was sein musste, das musste halt sein, und es wäre ihm sicherlich von Dr. Hoppe als Kunstfehler ausgelegt worden, wenn sie nicht mit dieser Klara Kambz wenigstens kurz gesprochen hätten. »Bekommen Sie mal heraus, wo die Dame wohnt, dann gehen wir hin.«

»Sehr wohl!« Markwitz führte die Kante der rechten Hand militärisch exakt an die Stirn und verschwand in der nächsten Telefonzelle. Nach fünf Minuten war er zurück und meldete: »Choriner Straße 4.«

»Danke! Rühren!« Fokko v. Falkenrehde erinnerte sich, dass die Choriner Straße in der Rosenthaler Vorstadt lag und fast von der Lothringer Straße abging, sie also nicht sehr weit zu laufen hatten. »Also: Auf in den Kampf, äh, auf zur Klara Kambz.«

Im Hause Choriner Straße 4 befand sich eine Molkerei, und im Keller des Vorderhauses wurde Butter und Sahne verkauft. Die Kuhställe befanden sich gleich hinten auf dem Hof. Über dem Torbogen war ein schmales, niedriges Fenster zu erkennen, das zu einer winzigen Wohnküche gehörte, in der ein Erwachsener kaum stehen konnte. Hier war Klara Kambz mit ihrem Baby zu Hause, dem kleinen Helmut.

Nachdem Fokko v. Falkenrehde und Markwitz eingetreten waren und sich vorgestellt hatten, mussten sie mit eingezogenen Köpfen in der Nähe der Tür stehenbleiben, denn es gab nur einen Stuhl und auf dem mussten sie die junge Mutter sitzen lassen, damit sie den kleinen Helmut schaukeln konnte.

Fokko v. Falkenrehde hatte auf den ersten Blick erfasst, dass Klara Kambz von sehr geringer Intelligenz war und die Grenze zur Debilität womöglich schon überschritten hatte. Ihr Gesicht war grobschlächtig und erinnerte an einen Neandertaler beziehungsweise eine Kuh, die man beim Grasen gestört hatte und die einen nun verwundert anstarrte, aber sie hatte einen vollendet geformten Körper. Dass sie Rasiermesser klaute und sich von jedem Kerl ein Kind anhängen ließ, schien Fokko v. Falkenrehde mehr als wahrscheinlich. Andererseits schien sie keineswegs verdorben zu sein, sondern war wohl mehr Opfer der Verhältnisse. Alles sah hier nach Armut aus und roch nach Armut.

»Ah, det ist der Kleene von Ludwig Woytasch!«, rief Markwitz.

Klara Kambz lachte schallend. »Ick weeß nich, wer et war.«

Fokko v. Falkenrehde hatte moralische Bedenken, die mangelnde Intelligenz der Frau auszunutzen und ihr tückische Fallen zu stellen, aber auf der anderen Seite ging es darum, einen Mord aufzuklären, und was wog da mehr? Das Letztere, entschied er. Darum fragte er sie, warum sie geholfen hatte, die Leiche der Hertha Theuerkauf im Reisekorb zum Stettiner Bahnhof schaffen zu lassen.

»Na, weil mir meine Freundin Anna det jesagt hat. Ick soll det machen mit dem Korb und mein' Nam'n rinschreiben.«

Fokko v. Falkenrehde und Markwitz waren für einen Augenblick etwas verwirrt, denn sie hatten nie und nimmer damit gerechnet, so schnell ans Ziel zu gelangen, ja, nicht einmal gewusst, auf welches Ziel sie eigentlich hinarbeiten sollten.

»... mit dem Reisekorb, in dem die Leiche drin war?«, wiederholte Fokko v. Falkenrehde.

»Von einer Leiche hab ick nüscht jewusst!«, rief Klara Kambz, und zwar so laut, dass der kleine Helmut zu weinen begann. »Ick muss dem ma die Brust je'm.«

Fokko v. Falkenrehde und Markwitz verließen für zehn Minuten die Wohnküche und gingen draußen auf der Choriner Straße auf und ab. Als Klara Kambz mit dem Stillen fertig war, klopfte sie von innen an die Fensterscheibe, und sie kehrten zurück. Was sie denn meine, wie die Leiche in den Korb gekommen sei, fragte sie Markwitz.

»Na, wie wohl? Aber mit dem Mord an die Theuerkaufen, mit dem hab ick nüscht zu tun. Det lass ick mir nicht anhängen. Davon hab ick nüscht jewusst. Da fragen Sie lieba mal die Anna. Die hat die Theuerkaufen umjebracht. Mit dem Woytaschen sein Rasiermessa. Vielleicht hat sie det ooch mit die Louise zusammen jemacht, weeß ick nich.«

»Und wie kommen Sie zu dieser Beschuldigung?«, fragte Fokko v. Falkenrehde.

»Ihr von de Pullizei kommt euch so klug vor – und dabei wissta doch jar nüscht. Die Anna Venzlaff, det is eene janz valogene und vakommene Person is det. Die heeßt ooch jar nich so, die heeßt in Wirklichkeit Anneliese Naumann und kommt aus Hamburg.«

14.

Montag, 16. April 1917

Bettina v. Teschendorff konnte an diesem Montag früher nach Hause fahren, denn in ihrer Fabrik hatte es eine Explosion gegeben, drei Frauen waren verletzt worden, und nun stand ein Teil des Gebäudes in Flammen. Als sie am Alexanderplatz von der Stadt- in die U-Bahn umsteigen wollte, lief sie, als sie einen Augenblick zum Polizeipräsidium hinüberblickte und intensiv an Fokko dachte, Leonore v. Falkenrehde in die Arme. Unwillkürlich zuckte sie zurück und war nahe daran, die Flucht zu ergreifen.

»Kind!« Ihre mögliche Schwiegermutter hielt sie am Ärmel fest. »Das gestern war doch wirklich keine Katastrophe.«

Bettina senkte den Blick und starrte auf das Straßenpflaster. »Doch, es ist mir furchtbar peinlich, dass ich so aus der Rolle gefallen bin. Aber ich war nun mal keinen Alkohol gewohnt und wusste nichts von dessen Folgen.«

»Sie wissen ja: Ich liebe Schauspielerinnen, und das war wirklich eine bühnenreife Leistung.«

Bettina blieb betrübt. »Ihr Sohn wird das anders sehen …«

»Er wird vieles anders sehen müssen, insbesondere, was uns Frauen betrifft. Wenn der Krieg vorbei ist, wird nichts mehr so sein, wie es war. Der Adel hat dann ausgedient, und das Muster von der Frau als Heimchen am Herd ebenso. Wir sind dann unser eigener Herr.«

»Wenn das man immer gut ist«, murmelte Bettina.

»Sie kommen mir vor wie ein Vogel, dem man die Freiheit geben will, der aber trotzdem in seinem Käfig sitzenbleibt«, warf ihr Leonore v. Falkenrehde vor.

»Ja«, musste Bettina zugeben. »Ich bin wirklich etwas durcheinander.«

»Kommen Sie, wir setzen uns einmal für ein Stündchen drüben ins Grand Hotel und reden ein bisschen miteinander.«

Bettina willigte zwar ein, hatte jedoch ein Aber vorzubringen. »Ich bin in meiner Arbeitskleidung.«

»Kind, es ist Krieg, und wir Frauen sind doch laut Hindenburg die Reservearmee an der Heimatfront – also müssen wir nicht so aussehen, als würden wir zum Ball gehen wollen.«

Das Grand Hotel lag vis-à-vis zum Stadtbahnhof Alexanderplatz an der Ecke Königstraße und entzückte die Berliner mit seiner kleinteilig verspielten Fassade im Stil der deutschen Renaissance. Leonore v. Falkenrehde kannte den Herrn an der Rezeption und der hatte nichts dagegen, dass sie sich bei einem Glas Mineralwasser in der Lounge niederließen, um zu plaudern. Themen gab es genug.

Immer mehr oppositionelle Frauen waren der USPD beigetreten, und Leonore v. Falkenrehde bewunderte Luise Zietz und Clara Zetkin. »Ich würde mich ja auch politisch betätigen, das ist doch viel reizvoller als das Theaterleben, aber mein Mann wäre dann sozusagen entehrt, das geht nicht. Aber vielleicht tendiere ich doch eher zu den Mehrheitssozialisten, bei denen ja jetzt Marie Juchacz, eine alte Bekannte von mir, eine immer wichtigere Rolle zu spielen beginnt.«

Vom Züricher Cabaret Voltaire ausgehend, begann der Dadaismus auf Europa überzugreifen, und Leonore v. Falkenrehde schwärmte von Sophie Taeuber und Hannah Höch. »Das ist Kunst gegen Krieg und Bürgertum.«

»Gehören wir nicht auch zum Bürgertum?«, fragte Bettina. »Ganz besonders meine Eltern. Soll ich denn gegen mich selber sein?«

»Ja, denn im Widerspruch liegt die Kraft.« Und sie zitierte aus Schillers ›Kassandra‹: »Nur der Irrtum ist das Leben, / Und das Wissen ist der Tod.«

»Wie soll ich das verstehen?«, fragte Bettina.

»Ich weiß, dass ich einmal sterben werde, aber ich rede mir ein, dass es ein ewiges Leben geben wird, und nur durch diesen Irrtum kann ich richtig leben. Ich weiß, dass ich den Menschen, den ich heute innig liebe, in spätestens zwanzig Jahren über haben werde und womöglich hasse, aber ich rede mir ein, dass es die ewige Liebe geben wird, und nur durch diesen Irrtum kann ich leben und lieben.« Und sie schloss mit zwei weiteren Zeilen aus der ›Kassandra‹: »Wer erfreute sich des Lebens, / Der in seine Tiefen blickt!«

Damit kamen sie endlich auch auf Fokko zu sprechen, und Bettina gestand seiner Mutter, nicht mehr genau zu wissen, ob sie zueinander passen würden und wirklich die Ehe eingehen sollten.

Leonore v. Falkenrehde lächelte. »Ja, es ist ein Wagnis, und wenn Theodor Fontane vom Krieg sagt, man wisse ja nie, wie die Kugeln fliegen, so sage ich von der Ehe: Man weiß nie genau, ob man das Spiel gewinnt oder mit einem Remis vorlieb nehmen muss oder gar verliert. Und im Übrigen: Keinen Mann gefunden zu haben, ist schlecht, aber immer noch besser, als wenn man einen schlechten Mann abbekommt. Und es gibt keine Prognose, denn sowohl das Herz als auch der Kopf können einen zum Narren halten.«

Bettina wurde sehr ernst. »Das klingt ja fast so, als ob Sie mich vor Ihrem Sohn warnen wollten …?«

»Ach …!« Leonore v. Falkenrehde stöhnte auf. »Mutter gegen Frau, wer soll die Siegerin sein? Tatsache ist, dass er ein guter Mensch ist, zu gut vielleicht, und ein bisschen zum Hamlettieren neigt, wie ich das immer nenne und über ihn spotte: ›Schnell entschlossen, zögerte er.‹ Ein bisschen mehr Marschall Vorwärts könnte er schon sein, den alten Blücher meine ich, und weniger der Prinz von Homburg. Sein Onkel Ferdinand sagt immer – entschuldigen Sie den derben Ausdruck, aber ich zitiere ja nur –, dass er einen kräftigen Tritt in den Hintern brauche. Das wäre Ihre Aufgabe, liebste Bettina. Sie müssten ihn so an die Kandarre nehmen wie die Mathilde Möhring bei Fontane ihren Juristen, dann brächte es Fokko wohl eines Tages zum Polizeipräsidenten, politisch rot genug gefärbt ist er ja, wenn wir – wie die Russen – auch mal eine Revolution haben werden, er sagt ja auch immer, 1848 sei noch zu vollenden.«

Bettina schloss die Augen. »Ich glaube, ich vertraue der Kraft des Irrtums und suche Ihren Sohn drüben im Präsidium auf.«

Fokko v. Falkenrehde und Hermann Markwitz liefen in höchstmöglichem Tempo in Richtung Brunnenstraße, um so schnell wie möglich im Frisiersalon Woytasch zu sein und mit Anna Venzlaff zu sprechen. Aber wie viel war die Aussage der Klara Kambz wirklich wert?

»Die ist doch geistig beschränkt und hat sich das alles nur ausgedacht«, sagte Markwitz, stellte dieses Urteil aber sogleich wieder in Frage. »Kann doch sein, oder?«

Fokko v. Falkenrehde stieß die Luft aus den Lungen. »Wir gehen ja immer von zwei Frauen als Täterinnen aus, siehe Angaben des Dienstmannes 116. Nun haben wir aber drei Frauen: Die Venzlaff, die flüchtige Louise Schulz und die Kambz, von der das Ka im Dienstbuch stammen könnte.«

»Wenn die Louise Schulz das mal nicht hingeschrieben hat, um uns auf die falsche Fährte zu locken«, gab Markwitz zu bedenken.

»Und wenn wir mit den besagten Frauen nicht völlig auf dem Holzweg sind«, fügte Fokko v. Falkenrehde hinzu.

»Wieso'n das?«

»Der Dienstmann Nummer 116 ist ein alter Mann mit einem schlechten Gedächtnis und halb blind dazu – der kann sich doch total geirrt haben.« Fokko v. Falkenrehde machte eine kleine Pause, weil sie an der Münzstraße angekommen waren und warten mussten, bis sie über die Kreuzung kamen. »Und irgendwie werde ich das Gefühl nicht los, dass alles doch ganz anders gewesen ist und der Ludwig Woytasch die Theuerkauf ermordet hat.«

Markwitz schüttelte den Kopf und wiederholte die Worte der Kambz: »Die Anna Venzlaff, det is eene janz valogene und vakommene Person is det. Die heeßt ooch jar nich so, die heeßt in Wirklichkeit Anneliese Naumann.«

Fokko v. Falkenrehde musste zugeben, dass er das vergessen hatte. »Richtig. Aber wenn einer unter falschem Namen irgendwo lebt, ist er doch besonders unauffällig und vermeidet alles, was Aufsehen erregen könnte.«

»Schon, aber …« Markwitz kam nicht auf die Worte ›spontan‹ und ›impulsiv‹ und suchte nach einem Ausweg. »Nu, ick meine, wenn et einem plötzlich so überkommt.«

Fokko v. Falkenrehde nickte. »Da mögen Sie recht haben, und die eigentliche Täterin ist ja diese Louise Schulz und nicht die Venzlaff. Die hat ihr ja nur bei der Beseitigung der Toten geholfen, die und wohl auch die Kambz.« Diese These schien ihm die plausibelste zu sein: Die Louise Schulz tötet die Theuerkauf, und erst die Venzlaff und dann die Kambz helfen ihr – aus Mitleid wie aus Zuneigung -, die Leiche beiseitezuschaffen, wobei sie sich nicht übermäßig intelligent anstellen.

Damit hatten sie den Rosenthaler Platz erreicht, kamen aber nicht weiter voran, denn in der Nähe musste eine Versammlung stattgefunden haben, und die streikenden Arbeiter zogen nun nach Hause oder aber in ihre Fabriken. Fokko v. Falkenrehde, höchst interessiert am Streikverlauf, sprach einen von ihnen an, einen untersetzten Mittzwanziger, der eine gewisse Ähnlichkeit mit Karl Liebknecht hatte. Wie es denn so aussähe?

»Ruhig is et zujegangen. Ville von uns war'n dajegen, det wa weitastreiken, die Redner aba dafür.« Streikmüde seien vor allem die Arbeiterinnen und Arbeiter in den Munitionsfabriken, die nicht organisiert waren, und sie würden wohl zur nächsten Schicht die Arbeit wieder aufnehmen. Viele hätten den freien Tag auch zu einem Ausflug genutzt und wären zum Angeln gefahren. Morgen würde es wohl keine Demonstrationszüge und keine Streiks mehr geben. »Die sind alle friedlich.«

Wie um seine Worte Lügen zu strafen, näherte sich nun von der Rosenthaler Straße her ein Trupp von Jugendlichen, die einen gewaltigen Lärm machten:.

»Die sind nich von uns«, erklärte der Arbeiter. »Det ist anarchistischer Pöbel.«

Es krachte und klirrte. Ohne dass es jemand verhindern konnte oder wollte, hatten die Jugendlichen einem Kolonialwarenhändler und einer Fleischerei die Schaufensterscheiben eingeworfen. Ehe Schutzleute eingreifen konnten, waren sie über alle Berge.

Fokko v. Falkenrehde registrierte die Ausschreitung mit großer Besorgnis. Wenn es in Berlin wirklich zu einer Revolution kommen sollte, würde der unpolitische Mob seine Chance nutzen und sich so richtig austoben.

Sie überquerten nun den Rosenthaler Platz und hatten mit ein paar Schritten den Frisiersalon Woytasch erreicht. An der Eingangstür zum Damensalon hing ein großes Schild: ›VORÜBERGEHEND GESCHLOSSEN‹.

»Hat se wohl Lunte jerochen«, sagte Markwitz.

»Sieht ganz so aus. Aber wie soll die Kambz sie so schnell informiert haben?« Fokko v. Falkenrehde bezweifelte, dass das möglich war. »Und warum sollte sie überhaupt, es schien doch fast so, als würde sie die Venzlaff ganz gerne in Schwierigkeiten sehen …?«

»Wieso denn das, die Anna ist doch ihre Freundin? Hat se doch selba jesagt.«

»Die Kambz ist doch mit Sicherheit nicht ganz zurechnungsfähig!«, rief Fokko v. Falkenrehde. »Und offensichtlich ist ihr Verhältnis zur Venzlaff ziemlich ambivalent.«

»Ambi … wat?«, fragte Markwitz.

»Doppelwertig, zwiespältig, widersprüchlich. Ich bin ja kein Seelendoktor, aber so etwas soll es ja geben: Man liebt und hasst einen Menschen gleichermaßen, mal so, mal so.«

»Aha.« Markwitz hatte einige Mühe, das auch nur halbwegs zu begreifen. »Da wird man alt wie 'ne Kuh und lernt immer noch dazu.«

Fokko v. Falkenrehde betrachtete das Schild an der Ladentür. »Was mag wohl ›VORÜBERGEHEND‹ meinen: Eine Stunde, einen Tag?«

»Wenn ick hier am Frisiersalon vorübergehe, dauert det keene zehn Sekunden«, sagte Markwitz. »Wie lange wollen wir denn hier warten und uns die Beene in'n Bauch stehen?«

»Eine Viertelstunde müssten wir wohl«, antwortete Fokko v. Falkenrehde.

Als die um war, machten sie sich auf den Rückweg ins Büro, zumal ihnen eine Mieterin des Hauses Brunnenstraße 4 mitgeteilt hatte, dass sie Anna Venzlaff in eine Kraftdroschke habe steigen sehen und gehört hatte, dass es zum Stettiner Bahnhof gehen sollte.

»Das sieht ja ganz nach Flucht aus«, sagte Fokko v. Falkenrehde. »Aber wir können doch nicht an jedem Bahnhof zwischen Berlin und Stettin, aber auch Stralsund und

Rostock einen Kollegen hinstellen und den gucken lassen, wo sie wieder aussteigt.«

»Vielleicht war die Louise Schulz ihre Geliebte, und sie treffen sich jetzt, um nach Amerika zu gehen«, mutmaßte Markwitz.

»Ja, in die Vereinigten Staaten!« Fokko v. Falkenrehde hätte sich fast an den Kopf gefasst. »Zu unseren Kriegsgegnern.«

Markwitz konnte gerade noch vermeiden, »Sie Schlaumeier!« zu murmeln. »Es gibt ja auch noch Südamerika, ich meine: Argentinien, Mexiko und so.«

Fokko v. Falkenrehde kam nicht mehr dazu, den Kollegen ein wenig zu korrigieren, denn an der Ecke Münz- und Dragonerstraße sah er seine Mutter und Bettina vor einem Schaufenster stehen. Am liebsten hätte er die Flucht ergriffen, doch die beiden Damen hatten ihn schon entdeckt. So gab es kein Zurück mehr. Wie sollte er sich Bettina gegenüber verhalten? Als der, der immer noch pikiert war und auf Distanz zu ihr ging, oder der, der alles verzieh? Er konnte sich nicht entscheiden. Doch da flog sie auch schon auf ihn zu und ließ ihm keine andere Wahl, als sie aufzufangen.

»Ist alles wieder gut?«, flüsterte sie.

»Ja«, gab er zurück und küsste sie. »Aber nur, weil du es bist.«

Seine Mutter schmunzelte. »So etwas sieht man auf jeder Bühne gerne: Zwei Liebende finden wieder zueinander zurück, das Rasiermesser ist vergessen.«

»Bei uns nicht«, wandte Markwitz ein.

»In der Tat«, ergänzte Fokko v. Falkenrehde ihn. »Wir

wissen immer noch nicht, wer es im Falle Hertha Theuerkauf zweckentfremdet hat, und unsere wichtigste Zeugin ist uns auch noch abhanden gekommen.« Er berichtete vom plötzlichen Verschwinden der Anna Venzlaff.

»Das heißt, dass du jetzt nicht vom Dienst abtreten kannst?«, fragte seine Mutter.

»Nein, leider Gottes nicht, wir müssen erst noch mit Dr. Hoppe beraten, ob wir ein Signalement herausgeben sollen oder einfach nur abwarten.«

»Schade …« Bettina kuschelte sich eng an ihn. »Es hätte noch so ein schöner Abend werden können.«

»Wird alles nachgeholt, mein Schatz.«

Fokko v. Falkenrehde war glücklich, dass die Episode ›Bettina fällt aus der Rolle‹ so ausgegangen war und sie wieder zueinandergefunden hatten. Er konnte sich keine bessere Gattin wünschen.

So war er sehr entspannt, als sie Dr. Hoppe gegenübersaßen und Bericht erstatteten. Vorher hatten sie mit mehreren Anrufen herausgefunden, dass es in Hamburg wirklich eine Anneliese Naumann gegeben hatte, die aber seit 1914 als vermisst gemeldet war, und dass in Berlin nirgendwo eine Anna Venzlaff registriert war.

»Hm …«, machte der Oberregierungsrat. »Dann hat also diese Klara Kambz in diesem Punkte die Wahrheit gesagt, obwohl ich Ihnen an sich darin recht geben würde, dass man bei ihr ein wenig an Dalldorf denken muss, ohne gleich zu sagen, dass die Gute in eine Irrenanstalt einzuweisen wäre. Ja, wie ist das alles zu gewichten …? Aber im Augenblick würde ich voll und ganz Ihrer These zustimmen …« Er blickte auf den Bogen, auf dem Fokko v. Falkenrehde ihm alles aufgeschrieben hatte, und konstatierte: »Louise Schulz tötet die Theuerkauf, und erst die Venzlaff und dann die Kambz helfen ihr – aus Mitleid wie aus Zuneigung–, die Leiche beiseitezuschaffen, wobei sie sich nicht übermäßig intelligent anstellen.«

Fokko v. Falkenrehde setzte an, sich zu erheben. »Dann werden wir warten müssen, bis wir beider Damen irgendwie habhaft werden, der Venzlaff und der Louise Schulz.«

Dr. Hoppe stand auf, um die beiden zur Tür zu bringen. »Sie beziehen Posten vor dem Salon Woytasch und warten dort auf die Venzlaff. Kommt sie, dann bleibt es bei unserer Hypothese, kommt sie nicht, ist alles ganz anders gewesen.«

Fokko v. Falkenrehde und Hermann Markwitz zogen ab, nicht übermäßig glücklich, dass ihr Feierabend heute ausfiel. Markwitz hatte mit seiner Frau zum Geburtstag eines Vetters gehen wollen, und Fokko v. Falkenrehde musste die Versöhnung mit Bettina auf eine andere Nacht verschieben.

Wieder vor dem Hause Brunnenstraße 4 angekommen, grauste ihnen davor, hier bis Mitternacht zu stehen und zu warten, und so beschlossen sie, sich nach jeweils einer Stunde in ein Lokal am Weinbergsweg zu setzen und bei einem Glas Bier für ein paar Minuten auszuruhen und wieder etwas aufzuwärmen.

»Ist sie geflüchtet, wird sie sowieso nicht mehr wiederkommen, und wenn sie wiederkommt, wird sie nicht gleich wieder abziehen«, sagte Fokko v. Falkenrehde.

Und sie sollten richtig spekuliert haben, denn als sie

vierzig Minuten vor Mitternacht am Frisiersalon Woytasch standen und durch einen Spalt in der Jalousie in den Damensalon spähten, sahen sie hinten auf dem Korridor einen matten Lichtstrahl. Offensichtlich war jemand in der guten Stube und hatte die Lampe angeknipst. Markwitz klopfte laut und vernehmlich gegen die Jalousie. Zuerst rührte sich nichts, dann aber schrie Anna Venzlaff von drinnen, was der Unsinn denn solle und gleich würde sie die Polizei rufen.

»Die ist schon da!«, ließ sich Markwitz vernehmen. »Machen Sie bitte mal auf!«

Sie gingen zur Haustür und warteten, bis die Venzlaff aufgeschlossen hatte.

»Das ist nett von Ihnen, Frau Naumann«, sagte Fokko v. Falkenrehde. »Sie sind doch Anneliese Naumann?«

Der Überraschungscoup gelang. Die Friseuse wich einen Schritt zurück. »Ja, warum?«

»Na, weil Sie hier immer als Anna Venzlaff auftreten!«

»Das ist mein Künstlername.«

»Ich glaube, Sie haben uns eine ganze Menge zu erzählen«, sagte Fokko v. Falkenrehde. »Sie begleiten uns dazu bitte ins Präsidium.«

Anna Venzlaff – Markwitz und Fokko v. Falkenrehde sprachen sie weiterhin mit diesem Namen an – holte sich ihren Mantel und folgte ihnen. Weit war es nicht bis zum Alexanderplatz, und als der neue Tag gerade begonnen hatte, saßen sie im Vernehmungszimmer.

Anna Venzlaff gab ohne Weiteres zu, unter falschem Namen und ohne Anmeldung in Berlin zu leben. »Man sucht mich noch aus meiner Hamburger Zeit, da soll ich einem Mann was weggenommen haben.«

»Beischlafdiebstahl?«, fragte Fokko v. Falkenrehde.

»Ach, er wollte nicht bezahlen!«

Fokko v. Falkenrehde war zu müde, um eine klare Strategie entwickeln zu können. »Das wäre also abgehakt und interessiert uns auch nur am Rande, das können unsere Kollegen weiterverfolgen. Wir sind zu Ihnen gekommen, um mit Ihnen über den Mord an Hertha Theuerkauf zu reden und Sie zu fragen ...« Jetzt hatte er den Faden verloren und blickte hilfesuchend zu seinem Begleiter hinüber.

Markwitz sprang sofort an. »Kennen Sie eine Klara Kambz?«

»Natürlich kenne ich eine Klara Kambz, das ist eine Kundin von mir. Die hat nur leider einen kleinen Webfehler im Gehirn und redet öfter fürchterlichen Unsinn. Eigentlich gehört sie nach Dalldorf in die Anstalt, aber mit ihrem kleinen Kind, da zögern alle, sie einzuweisen.«

»Hm ...«, Fokko v. Falkenrehde nickte, denn im Hinblick auf die geistigen Defizite der Kambz war er derselben Meinung. »Klara Kambz ist der Meinung, Sie hätten die Theuerkauf ermordet ...«

Anna Venzlaff tippte sich mit dem Zeigefinger der rechten Hand gegen die Stirn. »Ich sage Ihnen doch: Die hat nicht mehr alle!«

»Aber wie kommt es, dass im Auftragsbuch des Dienstmannes, der den Korb mit der Leiche angenommen hat, vor dem ›Frisiersalon Woytasch‹ ein Name steht, der mit Ka anfängt ...?«, fragte Fokko v. Falkenrehde.

Die Venzlaff runzelte die Stirn. »Wie soll ich das verstehen?«

»So, wie et jemeint is!«, rief Markwitz, der ins Bett wollte und immer ungeduldiger wurde. »Det die Kambz dabei war, als Sie und die Louise Schulz die Leiche im Korb verstaut haben.«

»Ach, Unsinn!«, rief Anna Venzlaff. »Wieso soll die dabei gewesen sein?«

»Weil die ersten beiden Buchstaben ihres Nachnamens im Dienstbuch stehen!« Auch Fokko v. Falkenrehde hatte nicht mehr die besten Nerven.

Anna Venzlaff winkte ab. »Da hat die Louise den ersten besten Namen genommen, der ihr eingefallen ist.«

»Und warum sagt uns Klara Kambz, dass Sie die Mörderin sind?«

Die Venzlaff rang die Hände. »Weil sie spinnt!«

Fokko v. Falkenrehde wollte zum Schluss kommen. »Sie bleiben also bei Ihrer Version, dass Louise Schulz die Theuerkauf getötet hat und Sie ihr nur bei der Beseitigung der Leiche geholfen haben?«

Anna Venzlaff nickte. »Ja, und die Kambz hat damit überhaupt nichts zu tun.«

15.

Dienstag, 17. April 1917

Fokko v. Falkenrehde und Hermann Markwitz hatten in der vergangenen Nacht wegen der Vernehmung Anna Venzlaffs nur vier Stunden Schlaf bekommen und trugen nun ihre Müdigkeit wie einen Verdienstorden zur Schau. Waldemar v. Breitling lobte sie und freute sich, dass sie endlich das an Pflichterfüllung und Aufopferung an den Tag legten, was er an der Heimatfront von jedem seiner Untergebenen verlangte.

»Ich hätte meine Hängematte mitbringen sollen«, sagte Markwitz. »Zwischen dem Fensterkreuz und dem Aktenschrank hinten könnte man die gut spannen.«

»Und wenn Sie schaukeln, kriege ich Ihre zwei Zentner ins Gesicht, nee, da lege ich mein Veto ein.«

Den Kopf auf die Schreibtischplatte zu legen und wirklich zu schlafen, wagten sie nicht, denn wenn Dr. Hoppe plötzlich im Zimmer stand und das sah, war es mit ihrem Kredit vorerst vorbei. Also versuchten sie, sich mit der Lektüre des ›Berliner Tageblattes‹ wachzuhalten.

Wie in jeder Morgenausgabe galt die große Schlagzeile oben auf der ersten Seite dem Krieg. Heute lautete sie: ›Die große Infanterieschlacht an der Aisne‹. »An der Aisne hat der große französische Durchbruchstoß mit weitgestecktem Ziel nach zehntägigem Massenfeuer begonnen«, las Markwitz laut vor. »Auf der 40 Kilometer breiten Angriffsfront ist der erbitterte Kampf um unsere vorderste Stellung im Gange.«

»Wann nimmt das bloß einmal ein Ende«, murmelte Fokko v. Falkenrehde. »Wahrscheinlich erst, wenn die Amerikaner eingreifen.«

»Ja, mit ihren Indianern«, sagte Markwitz. »Wenn die mit Pfeil und Bogen und ihren Tomahawks antreten.«

»Warten wir's ab.« Fokko v. Falkenrehde hatte eine Ahnung von den Möglichkeiten der Vereinigten Staaten und oft fragte er sich, ob es nicht klüger war, nach Ende des Krieges in die USA auszuwandern anstatt im Todeskampf des alten Europa mit unterzugehen. Auf seinen Adelstitel konnte er verzichten, und gute Kriminale brauchten sie auch drüben.

Markwitz hatte ein neues Thema entdeckt. »Der Kaiser hat der Fürsorge für hirnverletzte Krieger 10 000 Mark gestiftet und dabei zum Ausdruck gebracht, dass durch die Spende die segenversprechende vaterländische Arbeit der Fürsorge gefördert werden solle.«

»Hirnverletzt sind wohl weniger die Krieger als die herrschende Klasse«, murmelte Fokko v. Falkenrehde. »Diesen Krieg gegen die ganze restliche Welt vom Zaune zu brechen, das war doch hirnrissig. Meinen Sie, Markwitz, dass Sie eine Chance hätten, wenn Sie allein gegen Hertha BSC antreten?«

»Wenn ich 'n Maschinengewehr hätte und die keens, dann schon.«

Fokko v. Falkenrehde fand das Terrain, auf das er sich begeben hatte, dann doch zu gefährlich und kam zu einer anderen Meldung. »Ist das nicht schön: Der Magistrat der

Stadt Berlin gewährt auch im Monat Mai Kindern bis zum vollendeten zweiten Lebensjahr je ein Pfund Haferflocken.«

»Pech für Sie, dass Sie noch keens haben«, merkte Markwitz an.

Nächstes Thema war die Bluttat in der Gitschiner Straße. Dort war der Täter gefasst worden. Fokko v. Falkenrehde las mit spürbarer Begeisterung laut vor, was darüber berichtet wurde. »Der gestern verhaftete Täter ist, wie nun festgestellt worden ist, weder Vizefeldwebel noch überhaupt Soldat. Es handelt sich auch nicht um eine im sexuellen Blutrausch verübte Tat, als die sie der Verhaftete darstellen will, sondern höchstwahrscheinlich um einen sehr wohlüberlegten Raubmord. Wir erfahren über die Persönlichkeit des Verhafteten noch folgende Einzelheiten: Sch. ist ein ehemaliger Fürsorgezögling, der schon wiederholt wegen Betrügereien und Zechprellerei bestraft worden ist. Er ist von Beruf Zuschneider und jetzt 36 Jahre alt. Vor längerer Zeit erregten seine Streiche, die er unter dem Namen eines Hauptmanns v. Knobelsdorff und anderen adligen Namen verübte, einiges Aufsehen.«

»Welche Streiche sind denn unter dem Namen v. Falkenrehde verübt worden?«, fragte Markwitz.

Darauf vermochte Fokko v. Falkenrehde keine Antwort mehr zu geben, denn Dr. Hoppe stand in der Tür und schwenkte ein graues Blatt Papier.

»Eben von einer Telefonistin notiert worden, meine Herren, die Sensation des Tages!«

Fokko v. Falkenrehde war wie elektrisiert. »Wie, Wilhelm hat abgedankt?«

Dr. Hoppe verdrehte die Augen. »Herr von und zu, ich muss doch bitten! Nein …« Er überflog noch einmal das, was auf dem Blatt Papier stand. »Aus einem Lazarett an der Westfront ist uns telegrafiert worden, dass … Also: Ludwig Woytasch liegt dort schwer verletzt und hat, um seine Seele zu entlasten, das Geständnis abgelegt, der Theuerkauf mit seinem Rasiermesser die Kehle durchtrennt zu haben.«

»Tusch!«, rief Markwitz und schlug mit dem Brieföffner gegen seinen Kaffeetopf.

Fokko v. Falkenrehde konnte es nicht fassen. »Das ist ja wie eine kopernikanische Wende!«

Dr. Hoppe schloss die Tür und nahm auf dem Besucherstuhl Platz, den ihm Markwitz eilfertig zurechtgerückt hatte. »Und da haben Sie sich nun heute Nacht so viel Mühe mit der Venzlaff gegeben …«

»Mensch, hat die uns uff de Schippe jenomm'n!« Markwitz stieß die Luft aus der Lunge.

»Das hat sie alles getan, um ihren Ludwig zu retten«, sagte Fokko v. Falkenrehde. »Woytasch hat die Theuerkauf ermordet, warum auch immer, und sie kommt hinzu. Sie stecken die Leiche in den Reisekorb, das Blut wird aufgewischt, Woytasch macht sich auf zur Front. Anna Venzlaff holt sich Louise Schulz zur Hilfe, um den Korb zum Stettiner Bahnhof zu schaffen.«

»Nun gut …« Dr. Hoppe hatte aufmerksam zugehört, kam aber nun mit einem gewichtigen Einwand. »Und warum ist die Louise Schulz dann so schnell verschwunden?«

»Na, weil die Venzlaff sie anschließend umjebracht

hat!«, rief Markwitz. »Um sie hinterher als Täterin hinzustellen und jeden Verdacht von ihrem Ludwig abzulenken.«

»Ja, das wird es sein«, sagte Dr. Hoppe. »Dann sollten Sie sich die Venzlaff noch einmal vornehmen und versuchen, sie auf kleiner Flamme gar zu kochen.«

»Bei der wer'n wa auf Granit beißen«, befürchtete Markwitz.

»Das glaube ich auch.« Fokko v. Falkenrehde äußerte die Überzeugung, dass der Venzlaff nur mit harten Fakten beizukommen sei. »Aber ich sehe da keinerlei Chance.«

Dr. Hoppe erhob sich. »Gleichviel, wir haben ja nun den Täter und sind damit keinerlei Kritik mehr ausgesetzt.«

»Soll denn nun die Fahndung nach Louise Schulz abgeblasen werden?«, fragte Fokko v. Falkenrehde.

Der Oberregierungsrat blieb stehen und überlegte einen Augenblick. »Hm … Als Mörderin muss ja nun nicht mehr nach ihr gesucht werden, sondern – wenn die Hypothese von Herrn Markwitz richtig ist – als Ermordete. Also lassen wir die Mordplakate da, wo sie hängen.«

»Und was machen wir mit der Venzlaff?«, fragte Fokko v. Falkenrehde.

»Vorerst nichts. Es ist ja zur Zeit noch eine Gleichung mit zu vielen Unbekannten: Stirbt Woytasch im Lazarett oder kommt er zurück nach Berlin? Was wird er uns an Einzelheiten mitzuteilen haben? Ist Louise Schulz tot oder nur untergetaucht, weil man sie als Mörderin sucht? Stellt sie sich, wenn sie noch am Leben ist, wo nun feststeht, dass Woytasch es war?«

Damit verabschiedete sich Dr. Hoppe wieder, und

Fokko v. Falkenrehde und Markwitz wussten nicht so recht, was sie jetzt anderes machen sollten als zu warten.

Fokko v. Falkenrehde erinnerte sich an das, was seine Mutter immer sagte: »Wer warten kann, zu dem kommt alles.«

Markwitz lachte. »So'n Quatsch! Ich warte schon seit zwanzig Jahren auf das große Los, aba nüscht is.«

Und was nun geschah, war auch keine rechte Verifizierung der These, dass langes Warten zur Zielerreichung führte, denn es waren, seit er seine Mutter zitiert hatte, keine zwei Minuten vergangen, da wurde beherzt an ihre Bureautür geklopft, und auf Markwitz' markiges »Herein!« erschienen ein Bollejunge und ein Bollemädchen in der Tür.

»Nanu?«, staunte Markwitz. »Wat machst du denn hier, du suchst doch nicht etwa 'ne Treppe …?«

Das Bollemädchen grinste, denn sie wusste genau, was der Kriminalbeamte meinte und was die Berliner zu dieser Jahreszeit gerne sangen: ›Wenn die Bollemeechen uff die Treppen seechen, und die Pennebacken in die Ecken kacken, dann is Frühling in Berlin.‹

»Was wollt ihr beiden Hübschen denn von uns?«, fragte Fokko v. Falkenrehde.

»Unsere Belohnung woll'n wa abholen«, antwortete der Junge so kess, wie man es von ihm erwartete.

»Was denn für eine Belohnung?«

»Na, dafür, det eena die findet, die die Olle aus'e Lottumstraße umjebracht hat …«

»… mit 'm Rasiermessa, wo zwee Buchstaben druff sind, een I und een B«, ergänzte das Mädchen.

»Mit ditte hier.«

Der Milchjunge fasste in seine Hosentasche und förderte ein Rasiermesser zutage, das Fokko v. Falkenrehde auf den ersten Blick als eines der Marke Schulze Stosser erkannte. Die Initialen I. B. auf dem Griff waren unschwer zu übersehen.

Markwitz lachte. »Det haste deim Vata jeklaut und det I. B. schnell selba rinjeschnitzt!«

»Sie, ick zeije Ihnen jleich an wegen Beleidigung!«

Fokko v. Falkenrehde wartete, bis der Junge das Rasiermesser auf seinen Schreibtisch gelegt hatte, und holte dann seine Lupe aus der Schublade, um es genauer zu betrachten. In den Vertiefungen der in den Griff geschnitzten Buchstaben hatte sich schon eine Menge Schmutz abgelagert und die Ränder waren nicht so scharfkantig, wie sie es hätten sein müssen, wenn der Junge vor Kurzem am Werke gewesen wäre.

»Also echt«, sagte Fokko v. Falkenrehde. »Und nun sagt uns mal, wo ihr das Messer gefunden habt.«

»Bei uns uff dem eenen Wagen, wo die Achse kaputt war. Und der hat die janze Zeit inne Werkstatt jestanden, denn ville Mülch ham wa ja nich mehr auszufahr'n.«

»Janz hinten inne Ecke hat et jelegen und keener hat et jefunden. Und heite, als wir beede nu …«

»Psst!«, machte der Junge.

Fokko v. Falkenrehde grinste. »Brav, ihr beiden. Die Polizei sagt euch herzlichen Dank, und jetzt schreiben wir mal eure Namen auf, damit ihr nachher was von der Belohnung abbekommt, wenn wir mit Hilfe des Messer denjenigen gefasst haben, der den Mord im Frisiersalon Woytasch begangen hat.«

Die beiden strahlten, nachdem sie Namen und Anschriften hinterlassen hatten, Markwitz hatte aber noch eine nicht ganz uninteressante Frage an sie.

»Fahrt ihr denn die Brunnenstraße lang?«

»Ja, machen wa.«

»Und wann ist der Wagen kaputtjegangen, wo ihr det Messa drin jefunden habt?«

Die beiden rechneten und überlegten und kamen dann zu dem Ergebnis, dass es an einem Freitag gewesen sein musste, Freitag, dem 16. März.

Markwitz nickte. Vom Datum her konnte es also stimmen, dass jemand, wer auch immer, das Rasiermesser schnell gesäubert und dann, auf der Suche nach einem sicheren Versteck, in den Milchwagen geworfen hatte.

Als die beiden von Bolle gegangen waren, unterrichtete Fokko v. Falkenrehde Oberregierungsrat Dr. Hoppe vom Auffinden des Tatwerkzeugs, während Markwitz das Rasiermesser zu ihren Spezialisten brachte. Vor morgen Mittag könne er aber mit keinem Ergebnis rechnen, wurde ihm gesagt.

Mittwoch, 18. April

Irgendwie fassungslos las Fokko v. Falkenrehde die Zeitungsanzeigen. Da wurde eine Normalität des Lebens vorgetäuscht, die es so seit drei Jahren nicht mehr gab. Für die Damen offerierte N. Israel in Berlin C Spandauer Straße 16 und Königstraße 11-14 Schoßblusen aus farbig bedrucktem Schleierstoff für 21.00 und für 23.00 Mark. Bei Schoß musste er sofort an Geschoss denken. In Naumann's Pelzhaus konnte man seine Pelzsachen und Teppiche konservieren lassen. In Johannisthal suchte ein Baugrundstück seinen Käufer.

»Wollen Sie nicht in Johannisthal bauen?«, fragte er Markwitz.

»Nee, nich so dicht am Flugplatz, wenn da mal eena abstürzt und bei mir uff'm Kaffeetisch landet …«

»Wie ist es mit einem Aufenthalt im Sanatorium Dr. Ernst Rosenberg in Bad Neuenahr?«

Markwitz lachte. »Det Sanatorium Polizeipräsidium am Alexanderplatz reicht mir vollkommen aus.«

»Und wie wär's mal mit einem neuen Gemälde überm Bett?«, fragte Fokko v. Falkenrehde. »Hier: Gemälde höchsten Ranges, von A wie Achenbach bis Z wie Zügel, von Zügel. Große Kunstausstellung A. Dahlheim, Kochstraße.«

»Wat macht die Kunst?«, fragte Markwitz. »Die Kunst jeht Wassa saufen.«

Fokko v. Falkenrehde konnte noch immer kein Ende finden. »Aber hier ist was für Sie: Naturwein-Versteigerung der Königlichen Bayerischen Hofkellerei Würzburg.«

»Ick hätte mein‹ Natursekt zu versteigern«, entgegnete Markwitz, wobei er seinen Urin meinte. »Wenn Sie dafür eenen wüssten …?«

Fokko v. Falkenrehde ignorierte die Frage. »Richards Diele, Friedrich-, Ecke Französische Straße, verbunden mit erstklassigem Weinrestaurant. Vornehmstes Kaffeegedeck.«

»Wat is ’n ein unvornehmes Kaffeegedeck?«, fragte Markwitz, um sich gleich selber die Antwort zu geben. »Wahrscheinlich eens mit anjestoßene Tassen und Muckefuck drin, also wie bei uns.«

»Juwelen-Gelegenheitskäufe, Margraf & Co. Haben Sie Juwelen zu verkaufen?«

»Nur meine Frau und meine Kinder, aba det is ja vaboten.«

»Ausländische Zinsscheine und Wertpapiere auch feindlicher Staaten kauft zu konstantesten Kursen Bankhaus Rosenbaum & Wolf, Hamburg 11. Wollen Sie nicht endlich Ihre englischen Papiere verkaufen, Herr Kriminaler?«

»Ick habe ’ne alte Rechnung von der englischen Gasanstalt anna Gitschiner Straße – wat die wohl bringt?«

In einem anderen Inserat wurden Bankbeamte gesucht. »Mensch, Markwitz, da bewerbe ich mich, denn …«

Fokko v. Falkenrehde kam nicht mehr dazu, seinen Satz zu beenden, denn in diesem Augenblick wurde laut und frech an die Tür geklopft und in der Tür stand, ohne ihr »Herein!« abgewartet zu haben, kein Geringerer als Ludwig Woytasch. Ihnen verschlug es die Sprache.

»Da bin ich«, sagte Ludwig Woytasch in die entstandene Stille hinein. »Auferstanden von den Toten. Aber mich nimmt wohl keiner hier zur Kenntnis …?«

»Doch, doch!« Fokko v. Falkenrehde sprang auf, Ludwig Woytasch die Hand zu geben und ihm einen Stuhl zurechtzurücken. Er war so fassungslos, dass seine erste Frage ziemlich sinnlos war. »Man hat Sie also aus dem Lazarett nach Hause entlassen …?«

»Wie man sieht.« Ludwig Woytasch war zwar noch

ziemlich schwach auf der Brust, aber gab schon wieder den Gernegroß.

»Nun wollen Sie also ein umfassendes Geständnis ablegen?«, fragte Markwitz.

»Ich habe nichts abzulegen«, entgegnete Ludwig Woytasch. »Außer meinen Mantel.« Das tat er dann auch in aufreizender Langsamkeit und hing ihn an den Garderobenständer.

»Aus dem Lazarett ist uns aber Ihr Geständnis übermittelt worden«, hielt ihm Fokko v. Falkenrehde vor.

»Da hatte ich vierzig Fieber«, erklärte Ludwig Woytasch und setzte sich. »Vierzig Fieber«, wiederholte er. »Und da fantasiert ja wohl jeder.«

Fokko v. Falkenrehde wusste, dass er gegen dieses Argument keine Chance hatte, und versuchte es mit einem vorsichtigen Flankenangriff. »Aber ausgerechnet die Hertha Theuerkauf und die Kehle mit einem Rasiermesser durchtrennt – wie in Wirklichkeit …«

»Als das passiert ist, habe ich schon im Zug an die Front gesessen«, sagte Ludwig Woytasch und hustete erst einmal anhaltend.

Fokko v. Falkenrehde stand auf, um das Fenster zu öffnen. Möglicherweise lief der Kerl mit einer offenen Tbc herum, elend genug sah er ja aus.

»Sie sind ja bestens informiert«, sagte Markwitz, der keine Angst vor irgendwelchen Bazillen hatte.

»Ab und zu ist ja auch mal 'ne Zeitung an die Front gekommen«, erwiderte Ludwig Woytasch. »Und natürlich hat mir ja meine Verlobte auch geschrieben, was bei uns im Salon passiert ist. Die Theuerkauf … Zugegeben, ich habe sie gehasst, aber so einen Tod – nee! Jetzt ist ja auch das Rasiermesser gefunden worden, mit dem sie …« Er schüttelte sich. »Waren denn Fingerabdrücke drauf?«

Markwitz stöhnte auf. »Nee, nich mal die von Ihnen, allet fein säuberlich abjewischt. Nur 'n bisschen Blut in den Ritzen.«

Fokko v. Falkenrehde überlegte. Dass Ludwig Woytasch der Täter war, hatte er nie ganz ausgeschlossen, aber auch nicht für sehr wahrscheinlich gehalten. Dass er zur Tatzeit schon im Zug gesessen hatte, konnte stimmen, war auch noch nicht völlig abgesichert. Vielleicht war sein Zug erst später abgelassen worden und nicht schon um acht Uhr, der vermutlichen Tatzeit. Sie hatten das einen Assistenten überprüfen lassen, aber der hatte nichts Schriftliches gefunden, sondern nur Auskünfte von Beamten des Kriegsministeriums eingeholt. Ludwig Woytasch hatte zwar auf der Liste gestanden, ob er aber wirklich in den Zug gestiegen war und dieser pünktlich den Bahnhof verlassen hatte, wusste niemand mit Sicherheit zu sagen. Sie hatten das auch nicht weiter verfolgt, war für sie doch Louise Schulz die Täterin.

»Ich war es nicht«, sagte Ludwig Woytasch, den zunehmend die Kräfte verließen. »Aber einer muss es doch gewesen sein. Mit Sicherheit aber keine Frau. Frauen und Rasiermesser, das passt doch nicht zusammen.«

»Wir haben aber Zeugenaussagen, dass zwei Frauen den Reisekorb mit der Leiche der Theuerkauf nach Stettin aufgegeben haben«, wandte Markwitz ein. »Und eine davon war Ihre Friseuse, die Louise Schulz.«

Ludwig Woytasch schüttelte den Kopf. »Die Louise, nee, eher der Louis …«

»Wie meinen Sie das?«, fragte Fokko v. Falkenrehde.

»Wie ich das meine …?« Ludwig Woytasch hatte es schwer, sich zu konzentrieren, zu schwach war er noch. »Meine Verlobte hat mir ja alles erzählt, wie sie ins Zimmer gekommen ist und die Louise da neben der Ermordeten gekniet hat. Das kennen Sie ja alles … Anna und ich haben noch mal alles besprochen und meinen beide, dass …« Er zögerte fortzufahren. »Jedenfalls, wie ich schon gesagt habe: Frauen und Rasiermesser, das passt doch nicht zusammen.«

»Sie meinen also …?«, fragte Fokko v. Falkenrehde.

»Ja, das meinen wir, dass unsere Louise in Wahrheit ein Mann gewesen ist.«

Markwitz nickte, wenn auch etwas skeptisch. »Ja, und darum haben wir sie auch noch nicht gekriegt, weil sie jetzt als Mann herumläuft.«

Fokko v. Falkenrehde sah darin noch keinen Beweis für Ludwig Woytaschs These. »Worauf stützen Sie denn Ihre Annahme?«

»Weil … Sie hat immer nur mit Frauen rumpoussiert«, antwortete Ludwig Woytasch.

»Ich bitte Sie!«, rief Fokko v. Falkenrehde. »Es soll etliche Frauen geben, die nur Frauen lieben.«

»Ja, aber als ich mit Louise mal allein im Salon war und ihr in den Schritt gefasst habe, da ist das so komisch gewesen …«

Markwitz konnte sich ein Grinsen nicht verkneifen. »Det wird ihr Keuschheitsgürtel jewesen sein.«

Fokko v. Falkenrehde wusste nicht, was er von der ganzen Sache halten sollte. Er kam sich vor wie jemand, der andere bei einem Spiel beobachtete, dessen Sinn und Regeln er nicht durchschaute. Er versuchte, seine Gedanken zu ordnen. Die Friseuse Louise Schulz sollte ein Mann gewesen sein … Hm. Vielleicht ein zierlicher Mann mit schauspielerischem Talent. Wenig Bartwuchs, vergleichsweise hohe Stimme, eine Perücke. Aber … Ja, das war der Knackpunkt: Dieser Mann musste doch auch Friseur gewesen sein, sonst hätten doch Woytasch und die Venzlaff – beziehungsweise die Kundinnen – längst ihre Konsequenzen gezogen. Er fragte Ludwig Woytasch danach.

»Ja, da haben Sie recht, das muss einer von unserer Innung gewesen sein, immer tadellose Arbeit, nie hat sich eine Frau beschwert.«

Fokko v. Falkenrehde nickte. Dann war also nicht mehr nach einer Friseuse Louise Schulz zu fahnden, sondern nach einem Friseur namens … Ja, wie wohl? Vielleicht bekam man das heraus, wenn man sich bei der Innung erkundigte. Allzu viele Friseure zwischen zwanzig und dreißig Jahren, die nicht im Felde standen, durfte es in Berlin nicht geben.

16.

Donnerstag, 19. April 1917

Louis Maleike war nach dem Zwischenfall mit seinem Vater sozusagen aus der Umlaufbahn geworfen worden, denn nachdem der gerufen hatte: »Da drüben steht ein Schutzmann – zu dem gehst du jetzt!«, war er von der Plattform gesprungen und in eine der nach Norden abgehenden Straßen gelaufen. Der Schutzmann, von dem Max Maleike gesprochen hatte, war zwar erstaunt gewesen, dass es da jemand so eilig hatte, war aber nicht auf die Idee gekommen, ihm zu folgen. In eine Bahn zu steigen, hatte Louis Maleike an diesem Tage nicht mehr gewagt, und war gelaufen, so weit ihn die Füße tragen wollten, nun in Richtung Nordwest, also gegen den Uhrzeigersinn. Nachdem er in Glienicke (Nordbahn) um ein Haar einem Feldjäger in die Arme gelaufen war, beschloss er, sich in eine ältere Landfrau zu verwandeln, denn Bäuerinnen fielen hier im nördlichen und noch sehr ländlichen Berliner Umland viel weniger auf als herumstreunende Männer seines Alters. Passende Kleidung fand sich in einem Gehöft bei Blankenfelde. Dass er keine Perücke hatte, war nicht so schlimm, ein schöner alter Topfhut und ein um den Hals geschlungenes Tuch taten es auch. In Rosenthal und Lübars fand er Unterkunft in Scheunen und Wochenendhäuschen. Er wusste aber, dass dies keine dauerhafte Lösung war, denn je mehr es auf Pfingsten und den Sommer zuging, herrschte hier draußen zu viel Betrieb und die Gefahr, dass ihn jemand entdeckte und den Gendarm herbeirief, wurde ihm zu groß. Vielleicht war es besser, wenn er in die Stadt zurückkehrte und sich bei seinen Eltern in der Sophienstraße oben auf dem Dachboden versteckte, bis der Krieg zu Ende war und sie den Mann erwischten, der die Theuerkauf wirklich ermordet hatte. Was ihn aber an diesem Donnerstag in die Stadt zog, war der Wunsch, seine Mutter zu sehen. Er ließ sich nicht unterdrücken. Louis Maleike war ein Mensch des Theaters und ein sehr theatralischer Mensch, das hieß, er hing zwanghaft an der einen Szene fest, die er unbedingt spielen wollte: Der verlorene Sohn am Totenbett seiner Mutter. Dagegen war mit reiner Vernunft nicht anzukommen. So machte er sich am Morgen auf, um im zweiten Anlauf das St.-Hedwig-Krankenhaus zu erreichen. Ein Plan war schnell gemacht: Durch das Fließtal bis zum Bahnhof Hermsdorf und von dort mit dem Zug zum Stettiner Bahnhof.

In der Nähe des Hermsdorfer Bahnhofs angekommen, verlangsamte er seine Schritte, um kurz an das Früher zu denken … Vor dem Krieg, vor 1914. In Hermsdorf war immer etwas los gewesen, und wie oft war er hier gewesen, im Kremser bei Herrenpartien, zu Schützen- und Erntefesten. Mal im Bellevue, mal im Kaiserhof oder im Paradiesgarten, meistens aber im Waldschlösschen. Fröhlich hatten die schwarz-weiß-roten Fahnen vom Kassenhäuschen geweht. Zwei Dutzend Aushilfskellner waren auf frisch aufgeschütteten Kieswegen durch den Garten geflitzt, um die Bestellungen der Gäste aufzunehmen. Die Militärkapelle in der Konzertmuschel, fünfzig Mann stark, hatte aufgespielt.

Aus und vorbei. Die Männer, die hier getanzt hatten, lagen im Schützengraben oder auf dem Friedhof, ihre Frauen schufteten in den Munitionsfabriken. Maleike standen die Tränen in den Augen.

»Na, meine Süße, hat dein Liebster dich verlassen?«

Maleike fuhr herum. Hinter ihm stand ein Rentier, dem man ansah, dass er auf ein amouröses Abenteuer aus war. Elegant war er, fast schon ein wenig schmierig, vielleicht hatte er einst als Oberkellner in einem der Hermsdorfer Etablissements sein Geld verdient.

»Ein Liebster?«, fragte Maleike und lachte. »Meine dreie, die ick jrade habe, sind alle ab an die Front.«

»Dann kann ich Sie ja zu einer Tasse Kaffee einladen.« Der Mann machte eine kleine Verbeugung.

»Nein, danke.« Maleike fand das dann doch zu gefährlich. Vielleicht hätte er doch lieber Mann bleiben sollen, denn wenn ihn dann eine Witwe oder eine sonst wie einsame Frau angesprochen und mitgenommen hätte, wäre das vielleicht die große Chance gewesen, ungeschoren über die nächsten Wochen zu kommen. Aber so …

Der Mann ließ nicht locker. »Dann darf ich Sie vielleicht ein Stückchen begleiten?«

»Nein, Sie dürfen nicht!«

Dies nun hatte Maleike in seinem Zorn mit nicht verstellter Stimme gesprochen, und der verhinderte Galan war ein Stück zurückgefahren. Sein Gesicht zeigte den Ausdruck höchster Verwunderung, und irgendwie sagte ihm sein Instinkt, dass hier etwas nicht mit rechten Dingen zuging. Kopfschüttelnd ging er weiter, und Maleike wusste, was die Stunde geschlagen hatte, als der Mann hundert Meter weiter einen Schutzmann ansprach und in seine Richtung deutete.

Maleike hastete zum Bahnhof. Das lange Kleid hinderte ihn daran, richtig loszulaufen. Vor ihm lag das Empfangsgebäude aus gelbem Backstein, im Wesentlichen eine hohe Wand mit einem Tunnelmund. Maleike konnte sich nicht entscheiden: Sollte er durch diesen Tunnel laufen und versuchen, den Zug noch zu erreichen, der gerade aus Richtung Oranienburg eingelaufen war, oder lieber nach rechts ausweichen und über den Bahndamm fliehen? Er entschied sich schließlich für die dritte Möglichkeit: Über Damm und Güterbahnhof zu laufen und den Zug von der falschen Seite zu entern.

Aber der Dorfgendarm war hinter ihm her, verstärkt durch zwei Soldaten, die er offenbar angesprochen und informiert hatte, dass ein fragwürdiges Subjekt zu fangen sei, wahrscheinlich ein Fahnenflüchtiger, der sich als Bäuerin verkleidet hatte. Womöglich hatte der Rentier auch die Mörderin Louise Schulze wiedererkannt.

Maleike wusste jedenfalls, dass es in diesem Augenblick um alles ging, und er war auch bereit, alles zu wagen. Ein Pfiff vom Lokführer, kräftige Auspuffschläge, der Zug nach Berlin fuhr gerade an. Schaffte es Maleike, noch auf das umlaufende Trittbrett eines der Abteilwagen zu springen, war er gerettet, schaffte er es nicht, geriet er unter die Räder oder in die Fänge der preußischen Justiz.

Er raffte den Rock, hetzte über Schienen und Schotter, erreichte den Zug, der immer mehr an Fahrt aufnahm, schnellte in die Höhe und griff mit den Händen nach den Haltestangen oben neben den Abteiltüren wie ein Ertrinkender nach einem Rettungsring. Beim nächsten Herzschlag musste sich entscheiden, ob er sie zu fassen bekam und sich aufs Trittbrett schwingen konnte.

Max Maleike stand in der Küche und pellte Kartoffeln. Gern hätte er sie anschließend in Scheiben geschnitten und knusprig braun gebraten, doch dazu fehlten ihm Öl und Speck. Bratkartoffeln mit Spiegelei ging also nicht, aber auch Pellkartoffeln mit Hering konnte er nicht auf den Tisch bringen, denn woher den Hering nehmen? Er musste durch eine Art künstlicher Leberwurst ersetzt werden, die er nach einem Rezept seiner Mutter aus Mehl und Majoran hergestellt hatte. Immerhin mussten sie nicht verhungern. Seit seine Frau schwer erkrankt war, hatte er das Einholen, das Kochen und das Putzen übernommen. Sein Schichtdienst ließ es zu. Heute hatte er erst am frühen Nachmittag auf seinem Betriebshof zu sein.

Martha Maleike, von Hause aus Näherin, war erst gestern aus dem St.-Hedwig-Krankenhaus entlassen worden, das gleich bei ihnen um die Ecke lag. Man hatte ihr die Gallenblase und eine Geschwulst in der Bauchhöhle entfernt, doch es ging ihr noch immer schlecht, und die Ärzte vermuteten bei ihr weitere Tumore im Körper, ohne die aber lokalisiert zu haben. Man war sich sicher, dass sie den Sommer nicht mehr erleben würde, hatte sie aber im Glauben gelassen, alles sei jetzt überstanden.

Max Maleike wollte seiner Frau gerade ihren Teller mit

Pellkartoffeln und künstlicher Leberwurst ans Bett bringen, als heftig am Klingelzug gerissen wurde. Sein Herzschlag setzte aus, denn seit der Szene mit seinem Sohn auf dem Triebwagen vorn fürchtete er, dass die Polizei auftauchen würde, um die Wohnung zu durchsuchen. Es war aber nur Gerda Wischinski, ihre Portiersfrau, die zwei Stockwerke unter ihnen wohnte. Mit ihr lagen sie in Fehde, seit sie hier in der Sophienstraße 16 eingezogen waren, und sie keifte auch schon los, kaum dass er die Tür geöffnet hatte.

»Nehm'n Se gefällichst mal Ihre Fußmatte rin, wenn ick hier draußen wischen will!«

»Können Sie die nicht einfach an die Wand stellen?«, fragte Max Maleike.

»Nee, an die Wand stellen könnt' ick nur Ihnen!« Sie sah ihn herausfordernd an. »Nu, also … Tempo!«

Er wusste, dass sie zum Hauseigentümer rennen und Theater machen würde, wenn er nicht nachgab. Also gab er nach, denn jetzt, wo seine Frau sterbenskrank war, auf die Straße gesetzt zu werden, wäre eine Katastrophe gewesen.

Endlich kamen sie zum Essen, aber seine Frau stocherte nur in den Pellkartoffeln herum und probierte auch nur zögernd seine Leberwurst.

»Du isst ja wirklich nur wie ein Spatz, Martha.«

»Ick hab noch immer keenen Appetit nich.«

Er wollte ihr Mut machen. »Wird schon wer'n mit de Mutter Beer'n, / mit de Mutter Horn isset ooch jewor'n …«

»… nur Mutter Schmitten hat jelitten, / der ham se dreimal in't Holzbeen jeschnitten«, ergänzte seine Frau das kleine Gedicht. »Und ick bin nu die Mutter Schmitten, aba bei mir wart der Bauch und nich det Holzbeen.«

Sie war eine einfache Frau, die vom Leben nie viel erwartet hatte und deshalb ihr Elend ohne großes Jammern ertrug. Alles war eben so, wie es war, sie konnte es nicht ändern, und vielleicht konnte sie sich sogar verbessern, wenn sie starb, fromm genug war sie ja, um in den Himmel zu kommen. Aber wenn sie betete, dann weniger für sich und ihre Genesung, sondern für ihren Sohn, dass der kein Mörder war.

Max Maleike sah auf die große Standuhr. Er hatte sie nie gemocht, denn der hin und her schwingende Perpendikel hatte etwas Unerbittliches für ihn. Die Zeit ließ sich nicht aufhalten. Erst würde seine Frau sterben, dann er. Vielleicht an einem Herzschlag, wenn ein Mensch unter seinen Triebwagen geraten war. Und das konnte schon heute Abend der Fall sein, denn die Leute wurden immer mehr zu Schlafwandlern. Ohne sich um die herannahenden Bahnen zu kümmern, liefen sie über die Fahrbahn. Da konnte er noch so wie ein Wahnsinniger bimmeln. Er schreckte hoch.

»War da was, Martha?«

»Nee, wat soll da jewesen sein?«

»Es hat doch geklopft …?«

Jetzt kam sie ihm mit einem alten Berliner Kurzgedicht. »Ick sitz an'n Tisch und esse Klops, / mit eenmal kloppt's. / Ick kieke, staune, wundre mir / und kieke immer uff de Tür. / Nanu, denk ick, ick denk, nanu, / erst war se uff, jetzt isse zu? / Ick jehe raus und kieke, / und wer steht draußen – icke.« Sie strahlte wie ein Kind, weil sie das noch zusammengebracht hatte.

Max Maleike lauschte. »Da! Wieder. Es hat an unserer Wohnungstür geklopft.«

Seine Frau winkte ab. »Det wird die Wischinski'n mit ihr'm Schrubber sin.«

»Nee, da is jemand an'a Tür.« Vorsichtig stand er auf, trat auf den Korridor hinaus, schlich sich lautlos zur Wohnungstür und spähte durch das Guckloch ins Treppenhaus. Draußen stand eine Bauersfrau. Er zog die Tür auf, um zu wissen, was los war. Als er die Bäuerin in Gänze vor Augen hatte, fuhr er zurück. »Mensch, Louis!«

»Psst!«, machte sein Sohn und drängte ihn zur Seite, um in den Korridor zu gelangen.

Max Maleike versuchte ihn aufzuhalten. »Geh wieder, du bringst uns ja alle in Teufelsküche.«

»Ich will Mutter sehen!« An der Pförtnerloge des Krankenhauses hatten sie ihm gesagt, dass seine Mutter schon entlassen worden sei.

»Na, schön …«

Max Maleike gab nach und sah zu, wie Louis zum Bett der Mutter stürzte, auf die Knie fiel, ihre Hände umfasste und sie auf die Wangen küsste.

»O Gott!« Max Maleike verdrehte die Augen. Er hasste alles Theatralische. Andererseits war es auch rührend, aber … Er stöhnte auf. Was nun?

Fokko v. Falkenrehde und Hermann Markwitz warteten, dass es endlich Feierabend wurde. »Immer auf der Stelle zu treten, macht müder als ausdauerndes Laufen«, hatte Fokko v. Falkenrehde einmal formuliert, und im Falle Hertha Theuerkauf ging und ging es nicht voran. Da hatten sie sich nun über das Geständnis von Ludwig Woytasch gefreut, und prompt hatte er es widerrufen. »Wenn du denkst, du hast'n, springt er aus'm Kasten«, hatte Markwitz gereimt. Ob es sich um einen Täter oder eine Täterin handelte, war auch noch nicht klar, denn noch immer wusste keiner ganz genau, ob im Salon Woytasch nun eine Frau oder ein als Frau verkleideter Mann gearbeitet hatte. Ab und zu kam aus Berlin und dem Umland eine Meldung, dass man eine verdächtige Person beobachtet habe, aber die Nachforschungen waren bislang alle vergeblich gewesen. Und so wichtig war den Leute in diesen Jahren die Frage wirklich nicht, wer die Theuerkauf getötet hatte, man hatte ganz andere Sorgen und genügend Tote in der eigenen Familie und im Freundeskreis.

Wie schlimm es um das deutsche Kaiserreich bestellt war, ließ sich aus einem Beschluss der Charlottenburger Stadtverordnetenversammlung entnehmen, den Fokko v. Falkenrehde im ›Berliner Tageblatt‹ abgedruckt fand: ›Der Reichsmilitärfiskus hat jetzt die Enteignung der kupfernen Dachbestandteile und der kupfernen Blitzableiteranlagen an den Gebäuden in Charlottenburg und die Ablieferung derselben binnen Kurzem angeordnet. Da Ersatzmetalle, wie Zink, nicht freigegeben, verzinktes Eisenblech auch nicht zu beschaffen ist, außerdem aber auch die nötigen Facharbeiter fehlen, entstehen für die Hausbesitzer die größten Schwierigkeiten.‹

Aber nicht deswegen sollten 6 000 Kinder aufs Land

verschickt werden, der Grund war, dass man sie nicht verhungern und verkommen lassen wollte.

Es gab auch etwas zum Schmunzeln. Da hatte die Hochstaplerin und Lebedame Anni Sanneck wieder zugeschlagen, sich als Freundin eines Großfürsten mit einem Vermögen von 200 000 Mark auf einer holländischen Bank ausgegeben und eine Wohnung mit dreizehn Zimmern gemietet und mit wertvollen Möbeln ausstatten lassen.

Markwitz war inzwischen bei der 4. Fortsetzung von Alice Berends Roman ›Matthias Senfs Verlöbnis‹ angekommen. Die Sätze, in denen es ums Essen und Trinken ging, las er laut: »Helenes Aufmerksamkeit war jetzt einem Schälchen voll Joghurt zugewandt, in das sie mit Hingebung verzuckerten Zimt stäubte … Herr Senf war gerade damit beschäftigt, vierzig Jodtropfen in ein Glas Madeira zu träufeln …« Weiter kam er nicht, denn in diesem Augenblick wurde nicht gerade schüchtern an ihre Bureautür geklopft.

»Das werden die beiden sein«, sagte Fokko v. Falkenrehde, ehe er sein »Herein!« ertönen ließ. »Mit Joghurt und Madeira.«

In der Tür erschien aber eine Frau vom Typ, den die Berliner eine ›Klaffke‹ nannten: Nassforsch, gewöhnlich und mit einem Schandmaul ausgestattet, das nie stillstehen wollte. Ohne dass sie dazu aufgefordert worden war, begann sie loszulegen:

»Ick heiße Gerda Wischinski und bin die Portjesche inne Sophienstraße, Sophienstraße 16. Und da wohnen ooch die Maleikes. Sie jeht näh'n, jetz isse aba krank, und er steht uff da Elektrischen vorne anne Kurbel. Die ham nun een' Sohn, den Louis. Een Name is det! Und so'n Waschlappen issa ooch, nich anne Front wollta. Jetz issa wieda bei seine kranke Mutta uffjetaucht – als Bauersfrau verkleidet. Und wissen Se, wat ick jehört habe, als ick bei die anne Tür jelauscht habe?«

Fokko v. Falkenrehde biss sich auf die Zunge, um nicht zu antworten: »Ihre eigene Schand«, denn er war längst hellhörig geworden. So fürchterlich Frauen wie diese Wischinski auch waren, man konnte bei der kriminalpolizeilichen Arbeit kaum auf sie verzichten. Er gab sich bewusst überfreundlich. »Na, was haben Sie gehört?«

»Da isset um den Mord da an die Frau jegangen, die da in dem Korb drinjelegen hat, in Stettin ...«

»Ja, wir hören ...« Fokko v. Falkenrehde und Markwitz waren nun ganz Ohr.

»Er hat jeschwor'n, detta't nich jewesen is, aber die beeden Alten ham ihm nich jegloobt. Die Maleike'n hat ihm anjefleht, detta sich stell'n soll, der Alte will ihn aba bei sich vastecken.«

Fokko v. Falkenrehde zweifelte keinen Augenblick daran, dass das die heiße Spur war, auf die sie so lange gewartet hatten. Er bedankte sich bei Gerda Wischinski und bat sie zu warten, vielleicht bekamen sie für eine Stunde einen der raren Dienstwagen und konnten auf der Stelle in die Sophienstraße fahren, weit war es ja nicht. Er lief zu Dr. Hoppe, berichtete ihm von der Aussage der Portiersfrau und saß fünf Minuten später mit ihr und Markwitz in einem altertümlichen Kraftwagen und ließ sich zur Sophienstraße kutschieren.

Sie fuhren die Memhard-, die Münz- und die Weinmeisterstraße entlang und hatten in nicht einmal zehn Minuten ihr Ziel erreicht. Frau Wischinski wurde gebeten, sich in ihre Wohnung zu begeben und dort zu verbleiben, sie stiegen in die zweite Etage zu den Maleikes hinauf. Fokko v. Falkenrehde klopfte an die Tür, Markwitz stand zu seiner Sicherung zwei Meter hinter ihm am Treppengeländer.

»Ja, was ist?«, kam von drinnen die Stimme eines älteren Mannes.

Fokko v. Falkenrehde zögerte einen Augenblick mit der Antwort. Sagte er, dass sie Kriminale seien, bestand die Gefahr, dass der Sohn, sollte er wirklich in der Wohnung sein, über den Balkon zu fliehen suchte. Schon mancher Verbrecher war das Fallrohr hinuntergeklettert. So sagte er, dass er zum Ablesen des Gaszählers gekommen sei. Erst als die Tür aufgezogen wurde und ihm ein stämmiger Mann in Straßenbahneruniform gegenüberstand, gab er sich als Kriminaler zu erkennen. »Wir hätten Sie gern einmal einen Augenblick gesprochen. Sie sind Herr Maleike?«

»Ja.«

Der Mann trat zur Seite und schien völlig willenlos zu sein. Aus der Küche drangen Stimmen. Eine Frau schrie etwas, ein anderer Mann antwortete, dass sie sich nicht aufregen solle.

»Das ist Ihr Sohn?«, fragte Fokko v. Falkenrehde.

Der Straßenbahner nickte wortlos.

Fokko v. Falkenrehde drehte sich zur Seite, um Blickkontakt zu Markwitz aufzunehmen. Sollten sie die Küche stürmen oder aber den Vater hineinschicken und warten, bis Louis Maleike herauskam? Keiner wusste ja, ob und wie er bewaffnet war.

»Jeh'n wa man rin«, sagte Markwitz.

»Gut.« Fokko v. Falkenrehde bat Max Maleike, die Küchentür zu öffnen und seinem Sohn zu sagen, dass sie ihn zu sprechen wünschten.

»Ja.«

Louis Maleike war gerade dabei, sich ein Ei in die Pfanne zu schlagen. Als sein Vater ihm sagte, dass zwei Kriminale ihn sprechen wollten, reagierte er blitzschnell und warf Markwitz das rohe Hühnerei ins Gesicht. Kein tödliches Geschoss, aber eines, das diesen für entscheidende Sekunden außer Gefecht setzte. Fokko v. Falkenrehde bekam einige Eiweißspritzer in die Augen und sah zunächst nichts mehr, als er sich die glibberige Masse mit einem Reflex aus dem Gesicht wischen wollte. Schon war Louis Maleike ins Treppenhaus geschlüpft. Wohl in der Annahme, dass unten auf der Straße weitere Polizisten Posten bezogen hatten, schnellte er nach oben. Fokko v. Falkenrehde sprang ihm hinterher. Steile Treppen ging es hinauf. Fokko v. Falkenrehde behielt den Anschluss, denn Maleike war zwar behender als er, aber durch die Hosen seines Vaters, die ihm viel zu groß waren, erheblich gehandicapt. Sie kamen zum Dachboden. Die Tür stand offen. Als Maleike hindurchgeschlüpft war, schlug er sie so schnell und heftig zu, dass Fokko v. Falkenrehde mit der Stirn gegen die Stahlkante prallte und einen Schmerzensschrei nicht unterdrücken konnte. Er brauchte einige Sekunden, bis er die Tür wieder aufgestoßen hatte. Er sah am Ende des riesigen Raumes Maleike auf eine Leiter zueilen. Nasses Bettzeug und Leibwäsche hing an langen Leinen, und Fokko v. Falkenrehde verfing sich mehrmals in ihnen. Aber auch Maleike kam nicht richtig voran, denn immer wieder rutschte ihm die Hose runter und ließ ihn straucheln. Maleikes Vorsprung schmolz mit jedem Atemzug. Jetzt aber hatte er die Leiter erreicht und war dabei, in affenartiger Geschwindigkeit hinaufzuklettern. Gerade hatte er die Luke aufgestoßen und nach hinten geklappt und war dabei, sich auf das Flachdach zu schwingen, als Fokko v. Falkenrehde ihn am rechten Fuß packen konnte, am Schuh. Doch als er Maleike vom Dach ziehen wollte, hatte er nur noch den Schuh in der Hand. Er warf ihn weg und kletterte vollends nach oben. Es hatte irgendwann geregnet und ein Film aus Nässe und Staub lag auf Ziegeln und Dachpappe. Es war rutschig, doch Maleike hetzte ohne Zögern Richtung Große Hamburger Straße. Fokko v. Falkenrehde hielt einen Augenblick inne, um auf Markwitz zu warten. Doch der kam nicht. Aber auch Maleike hatte abgestoppt, denn ein Schornsteinfegermeister und sein Lehrling standen ihm im Wege. Sie waren gerade aus einer Dachluke getreten, um ihrer Arbeit nachzugehen.

»Den Mann da aufhalten!«, schrie Fokko v. Falkenrehde.

Louis Maleike fuhr herum und suchte nach einem Ausweg. Er hatte nur noch eine Chance: Eine Dachluke, die vielleicht fünf Meter von ihm entfernt war, aufzureißen und auf den darunterliegenden Dachboden zu springen. Aber die Luke ließ sich von außen nicht öffnen, er musste erst mit der Schuhspitze das Glas zertreten, um an den Hebel zu gelangen. Das dauerte, und schon war Fokko v.

Falkenrehde heran. Er packte Maleike. Doch der wehrte sich. Beide rutschten weg und gerieten auf die schräg abfallenden Ziegel. Fokko v. Falkenrehde fühlte sich wie eine Kohlrübe auf einer Rutsche. Unaufhaltsam ging es auf den Abgrund zu, auf den Tod …

17.

Freitag, 20. April 1917

Gewiss, die Zeiten waren lausig, aber die Fronten waren fern und Luftangriffe auf die Zivilbevölkerung gab es noch nicht, und wenn die Berliner gewusst hätten, was ihnen und ihren Nachkommen im und nach dem nächsten Krieg noch alles blühen würde, sie hätten im Jahre 1917 jubelnd die Arme in die Höhe gerissen und sich auf den bevorstehenden Kohlrübenwinter gefreut. Es gab sogar Menschen, die mit den herrschenden Verhältnissen eher zufrieden waren, denn weniger Ordnung hieß für sie weniger Bedrohung, das bedeutete, sie konnten ihren dunklen Geschäften nachgehen, ohne dass ihnen sofort ein Schupo oder ein Kriminaler im Nacken saß. Serienmörder wie Karl Großmann, die Bestie vom Schlesischen Bahnhof, nutzten diesen anomischen Zustand der Gesellschaft, um Dutzende von Frauen umzubringen, aber auch ganz gewöhnliche Kriminelle wie Alfred Lepiorz fühlten sich viel wohler als vor 1914. Fragte man ihn, welchen Beruf er habe, antwortete er zumeist, er sei Totschläger. Wenn sein Gegenüber dann zurückschreckte, fügte er grinsend hinzu: »Na, ick tue meine Zeit totschlagen.« Das stimmte nur bedingt und diente zum Teil auch dazu, die anderen zu täuschen, denn in Wirklichkeit hätte er sagen müssen, dass er sich als kleiner Ganove über Wasser hielt, als Hehler und Stehler, aber das brauchte er ja nun wirklich keinem Menschen auf die Nase zu binden. Wie ein Tier, das auf Futtersuche war, streifte er durch die Stadt und lauerte auf eine günstige Gelegenheit, etwas mitgehen zu lassen. In letzter Zeit, wo die Preise für Kupfer und andere Metalle wegen deren Knappheit mächtig angezogen hatten, war er auf alles aus, was sich abschrauben und verhökern ließ. Taschendiebstähle brachten nicht mehr viel. Nicht dass sein Geschick nachgelassen hätte, aber es waren eben lausige Zeiten. Gestern hatte er auf der Bahnhof Börse einem gut situiert erscheinenden Herrn die goldene Uhr stehlen wollen, vom Körper weg, das konnte er, an der Kette aber hatte nur ein Stück Messing gehangen, die Uhr lag wohl schon in der Pfandleihe.

Da Alfred Lepiorz gut gekleidet war, eine Aktentasche trug und aussah wie ein Versicherungsagent, ein Rechtsanwalt oder ein Gerichtsvollzieher, wurde ihm nirgendwo mit Misstrauen begegnet.

In der Rathausstraße blieb er stehen, denn in einem Schaufenster waren mehrere Seiten des ›Berliner Tageblattes‹ ausgehängt. Am meisten interessierten ihn die Todesanzeigen, denn wenn die Leute auf dem Friedhof waren, konnte man ungestört bei ihnen einbrechen. Heute aber gab es keine, dafür wurde lang und breit über das Eisenbahnunglück bei Augsburg berichtet. Schrecklich! Er schüttelte sich, als er halblaut las, was der Korrespondent telegrafisch durchgegeben hatte.

»... ein wüstes Trümmerchaos ... Die Entzündung von Gasbehältern in einigen zertrümmerten Wagen rief bei verschiedenen Passagieren Brandwunden hervor ... Der Oberlokomotivführer Obermeir des Schnellzuges, dem der linke

Arm abgequetscht wurde, will infolge starken Nebels und heftigen Schneefalls das Haltesignal nicht bemerkt haben. Der Heizer der Schnellzuglokomotive konnte bis jetzt nicht gefunden werden. Die Verletzten wiesen schreckliche Wunden auf. Mehreren Toten waren die Köpfe abgetrennt und die Eingeweide bloßgelegt …«

Alfred Lepiorz ging weiter und hielt nun Ausschau nach großen Bürogebäuden, deren Pförtnerlogen wegen des allgegenwärtigen Personalmangels nicht mehr besetzt waren. Da kam er dann besser hinein und konnte als harmloser Besucher durch die Flure streifen. Irgendwann fand sich immer ein Bureau, dessen Insasse schnell einmal auf die Toilette gegangen war und vergessen hatte abzuschließen. In mancher Schreibtischschublade fand sich dann ein Portemonnaie oder ein Gegenstand, der sich verscherbeln ließ. Das reichte von Taschenuhren über kleine Messer bis zu aus irgendwelchen Gründen vom Finger gestreiften Ringen.

Er brauchte dringend Bargeld, um sich etwas zu essen zu kaufen, denn gefrühstückt hatte er noch nicht. Als er vor dem Schaufenster einer Buchhandlung stand, fiel ihm ein Trick ein, den er in München von einem Italiener gelernt hatte. Er trat ein, begrüßte den Buchhändler mit einem freundlichen »Guten Morgen«, legte seine Aktentasche auf einen Stapel von nicht eben billigen Atlanten und ging dann prüfend an den Regalen vorbei. »Kann ich Ihnen behilflich sein?«, fragte der Buchhändler.

»Nein, danke, ich suche selbst. Etwas Juristisches …«

Als er nichts finden konnte, nahm er seine Aktentasche wieder hoch, klemmte sie, als sei sie zum Tragen in der

Hand zu schwer, unter den Arm, grüßte den Buchhändler mit erlesener Freundlichkeit und verließ den Laden wieder. Der Inhaber merkte nicht, dass zwischen Aktentasche und Mantel einer seiner schönen Atlanten verborgen war. Alfred Lepiorz trug ihn in ein Antiquariat und machte ihn zu Geld. Nun konnte er in ein Café gehen und ausgiebig frühstücken, soweit das ohne Lebensmittelmarken möglich war.

Fokko v. Falkenrehde litt unter dem, was man achtzig Jahre später ein posttraumatisches Belastungssyndrom nennen sollte, das heißt, immer wieder sah er sich unaufhaltsam das steile Ziegeldach in der Sophienstraße hinunterrutschen. Zusammen mit Louis Maleike. Der eine versuchte, sich am anderen festzuhalten, und einige Sekunden lang hatten sie sich umschlungen wie ein Liebespaar. Mit ihrer gemeinsamen Masse hatten sie das Schneegitter ohne großen Widerstand niedergewalzt und wären zwanzig Meter in die Tiefe und damit in den sicheren Tod gestürzt, wenn es im vierten Stock keinen Balkon gegeben hätte. Direkt unter der Dachrinne war er gelegen, und da die Hausfrau gerade beim Frühjahrsputz gewesen war und alle ihre Bettdecken zum Lüften ausgebreitet hatte, waren sie mit ein paar Prellungen und Verstauchungen davongekommen. Nicht einmal eine Rippe hatten sie sich angebrochen. »Haste Glück, machste dick«, hatte Markwitz die Sache kommentiert. Dr. Hoppe hatte Louis Maleike ins Polizeikrankenhaus bringen lassen und Fokko v. Falkenrehde geraten, vom Dienst abzutreten und sich von seinem Hausarzt untersuchen zu lassen, das Verhör des Tatverdächtigen hätte Zeit. Der Arzt hatte Fokko v. Falkenrehde Baldriantropfen verschrieben, und Bettina war am Abend zu ihm geeilt, um ihm über seinen Schock hinwegzuhelfen.

Am nächsten Morgen aber hatte es Fokko v. Falkenrehde nicht mehr zu Hause gehalten und er war zum Alexanderplatz geeilt, um sich Maleike vorzuknöpfen. Als er den jungen Mann jetzt vor sich sah, fühlte er sich mit ihm verbunden wie mit einem jüngeren Bruder oder einem alten Freund. Ihm einen Mord nachzuweisen und aufs Schafott zu bringen, erschien ihm unmöglich. Am liebsten wäre er geflohen und hätte Markwitz das Ganze überlassen, aber das ging wohl schlecht. Mit großer Kraftanstrengung zwang er sich, seine Rolle als Kriminaler zu spielen.

»Nehmen Sie Platz, Herr Maleike.« Und obwohl das, weiß Gott, nicht üblich war, drückte er dem mutmaßlichen Mörder der Theuerkauf die Hand.

»Danke.« Louis Maleike war dankbar für diese Freundlichkeit, schien aber zu wissen, dass er keine Chance mehr hatte.

Fokko v. Falkenrehde nickte Markwitz zu, die Vernehmung zu übernehmen, er selbst fühlte sich zu schwach dazu. Nein, nicht zu schwach, aber er war zu sehr Partei, stand innerlich zu sehr auf der Seite Maleikes.

Markwitz machte sich die Sache einfach, aber es war der einzig richtige Einstieg. »Erzählen Sie mal, Herr Maleike, wie det an dem Morgen war, wo die Theuerkauf …?«

Louis Maleike zuckte mit den Schultern. »Da ist nicht viel zu erzählen … Ich sollte die alte Frau Kammermeier und ihre Enkelin zu Hause frisieren, Lothringer Straße 48, und bin auch hin. Da können Sie beide fragen. Und als ich zurückkomme, sehe ich die Frau Theuerkauf in der guten Stube liegen … und alles voller Blut.«

Jetzt hakte Fokko v. Falkenrehde ein. »Und da sind Sie nicht auf die Straße gestürzt und haben nach einem Schutzmann gerufen …?«

»Nein.«

»Und warum nicht?« Natürlich wusste Fokko v. Falkenrehde den Grund, aber für das Protokoll war es wichtig, dass der Beschuldigte das selber ausführte.

»Weil ich ja fahnenflüchtig war«, erklärte Maleike mit schwacher Stimme und fügte, als er den Kopf gesenkt hatte, noch die beiden Worte »und bin« hinzu. »Soll ich Ihnen auch sagen, warum?«

Fokko v. Falkenrehde winkte ab. »Das kann ich mir denken.«

»Nein, können Sie nicht: Weil ich Schauspieler werden wollte, ein großer Schauspieler, und nicht im Schützengraben krepieren!«

Markwitz lachte. »Na, die Rolle der Louise Schulz haben Sie ja mit Bravour gespielt.«

»Daran habe ich gar nicht gedacht …«

»An was haben Sie denn gedacht, als Sie die Theuerkauf da in ihrer Blutlache haben liegen sehen …?«

»An nichts …«

»Unsinn!«, rief Markwitz. »Sonst wären Sie doch nicht auf der Stelle abgehauen? Sie müssen doch jedacht ham, det war der …!«

»Der Woytasch, ja!«, rief Maleike. »Ja. Und dass der mir das in die Schuhe schieben will.«

»Ihnen als Frau?« Markwitz guckte mehr als ungläubig.

»Meinen Sie, eine Frau schafft das nicht?«, fragte Maleike. »Es gibt viele Frauen, die sind kräftiger als ich.«

»Aber wer sollte die Theuerkauf ausgerechnet im Salon Woytasch auf diese grausame Art und Weise aus der Welt schaffen?«, wollte Fokko v. Falkenrehde wissen.

»Na, Woytasch selber.« Maleike blieb dabei. »Der hatte eine furchtbare Wut auf die Theuerkauf. Zwischen denen muss früher mal einiges gewesen sein.«

Fokko v. Falkenrehde rang die Hände. »Aber Woytasch kann nicht der Täter sein, der hat zur Tatzeit nachweislich im Zug gesessen.«

»Aber warum soll ich es denn gewesen sein?« Maleike flehte die beiden Kriminalen geradezu an, ihm ein mögliches Motiv zu nennen.

»Warum Sie …?« Markwitz hatte als Erster eine Antwort parat. »Weil Frau Theuerkauf kein Kostverächter war und es auf Sie abgesehen hatte. Ein Griff an Ihren Busen – und: Alles, was sie hatte, war Watte!«

Fokko v. Falkenrehde hatte Markwitz noch nie so gut erlebt. »Natürlich, Frau Theuerkauf war drauf und dran, Sie zu entlarven, Herr Maleike, das heißt, das Fräulein Louise Schulz entlarven, und das mussten Sie auf alle Fälle verhindern.«

»Über Leichen wäre ich nie gegangen!«, beteuerte Maleike mit einigem Pathos.

»Das ist ja komisch«, murmelte Markwitz.

»Wieso ist das komisch?«

»Weil Sie ja schon ein Geständnis abgelegt haben.«

Maleike erweckte den Eindruck, ihm nicht folgen zu können. »Wem gegenüber soll ich ein Geständnis abgelegt haben?«

Markwitz warf einen fragenden Blick zu Fokko v. Falkenrehde hinüber, denn er hatte Zweifel daran, ob es opportun war, Maleike über die Aussage von Anna Venzlaff zu informieren. »Soll ich …?«

Fokko v. Falkenrehde nickte. »Ja, machen Sie ruhig.«

Markwitz trug nun vor, was Anna Venzlaff zu Protokoll gegeben hatte und was man am Alexanderplatz bis jetzt für die Wahrheit hielt.

»Frau Venzlaff kommt vom Bahnhof zurück, wohin sie ihren Mann gebracht hat, und findet Sie mit Frau Theuerkauf in ihrer guten Stube. Hertha Theuerkauf liegt auf dem Fußboden, ihr Gesicht ist blutüberströmt, Sie knien neben ihr, das Rasiermesser noch in der Hand, und sagen …« Er schlug in der Akte nach, um die fragliche Stelle zu finden. »… und sagen: ›Entschuldigen Sie, Frau Venzlaff, ich konnte nicht anders. Sie hat mich bedrängt, und da musste ich mich wehren.‹ Frau Venzlaff ist erschüttert, aber Frau Venzlaff liebt Sie wie eine eigene Tochter und will Ihnen helfen.«

Maleike konnte nicht mehr an sich halten und rief, dass das doch alles hanebüchener Unsinn sei.

»Bitte, lassen Sie Herrn Markwitz ausreden!« Es klang harscher, als es Fokko v. Falkenrehde gemeint hatte.

Markwitz hielt sich streng an das vorliegende Protokoll. »Während Frau Venzlaff nach Fassung ringt, bleibt Fräulein Schulz ruhig und gefasst und sagt: ›Was geschehen ist, ist nun mal geschehen, so leid es mir tut. Aber die Polizei rufen werde ich nicht.‹ Sie will die Leiche allein fortschaffen, aber bei Frau Venzlaff siegt das Mitgefühl und sie bietet ihre Hilfe an. Beide schaffen es, die Leiche der Theuerkauf in einem Reisekorb zu verstauen und am Stettiner Bahnhof nach Stettin aufzugeben. Das gelingt auch, und Louise Schulz macht sich danach aus dem Staube.«

Jetzt war Maleike nahe daran, in Tränen auszubrechen. »Ich hab's ja kommen sehen, alles so kommen sehen.«

Fokko v. Falkenrehde hätte ihn am liebsten wie einen guten alten Freund in den Arm genommen und getröstet. Aus kriminalistischer Sicht war klar, dass er auf alle Fälle die schlechteren Karten gegenüber der Venzlaff hatte, denn im Gegensatz zu ihr hatte er kein Szenario anzubieten, das in sich schlüssig war. Er konnte den Spieß auch nicht einfach umdrehen und sagen: Die Venzlaff war es und ich habe sie bei der Tat überrascht, denn er war es ja, der abgetaucht war. Und absolut sicher war ja auch, dass zwei Frauen den Reisekorb aufgegeben hatten: Die Venzlaff und Louise Schulz alias Louis Maleike.

»Was nun?«, fragte Markwitz.

Fokko v. Falkenrehde überlegte einen Augenblick. »Am besten, wir bringen Herrn Maleike einmal mit Frau Venzlaff im Salon Woytasch zusammen. Lokaltermin also.«

»Termine im Lokal sind mir am liebsten«, sagte Markwitz. »Besonders, wenn mir der Herr Oberregierungsrat mein Bier bezahlt.«

Dr. Hoppe war in Kenntnis gesetzt worden, hatte aber leider keine Zeit, selbst zum Lokaltermin zu kommen.

»Tut mir leid, meine Herren«, erklärte er Markwitz

und Fokko v. Falkenrehde. »Ich muss zu einer Sitzung des Magistrats. Aber ich habe hier etwas sehr Interessantes für Sie …« Es war ein Schreiben, in der Ludwig Woytaschs Kompanieführer an Eides Statt erklärte, der Mann habe am 15. März 1917 im Zug an die Front gesessen, und dieser Zug habe um 7 Uhr 07 Berlin verlassen. »Ein zwischenzeitliches Verlassen desselben im Berliner Stadtgebiet und der näheren Umgebung desselben ist völlig ausgeschlossen.«

»Wenn er keinen Doppelgänger hat, können wir ihn als Mörder also streichen«, sagte Markwitz ein wenig vorlaut.

»So ist es.« Dr. Hoppe stand auf, um seine beiden Besucher zur Tür zu leiten. »Ihre Aufgabe ist es nun, mit aller geistiger Kraft unsere Hypothese zu falsifizieren. Nicht wahr, Herr Markwitz …« Das war eine kleine Retourkutsche.

»Wer kommt aus der Pfalz?«, fragte Markwitz.

»Falsifizieren gleich widerlegen, als falsch entlarven. Sie sollen sich also alle Mühe geben, unsere Annahme zu widerlegen, dass Louis Maleike der Täter ist. Erst wenn Ihnen dies misslungen ist, können wir beruhigt der Staatsanwaltschaft unsere Ergebnisse vorlegen.«

Die Sache so anzugehen, war Fokko v. Falkenrehde sehr recht, denn irgendwie hing sein Herz an diesem Louis Maleike. Aber Gegenüberstellungen waren ihm ein Graus. Jeden Augenblick war damit zu rechnen, dass einer die Beherrschung verlor und sich auf den anderen stürzte, um ihn zu erwürgen. Außerdem waren die im Vorteil, die über besondere schauspielerische Fähigkeiten verfügten.

Nun, in diesem Falle war das ja Maleike, und es konnte ihm nur recht sein.

Louis Maleike wurde aus seiner Zelle geholt, und unter Begleitung von zwei Schutzpolizisten ging es auf der Ladefläche eines Mannschaftswagens zur Brunnenstraße. Da bei Maleike Fluchtgefahr bestand, waren ihm Handschellen angelegt worden. Vor dem Frisiersalon Woytasch angekommen, hatte er Angst, mit den Händen auf dem Rücken auf die Straße zu springen, und einer der Schupos musste ihn an den Hüften packen und wie eine Statue herunterheben und auf dem Pflaster absetzen. Im Nu hatten sich zwanzig bis dreißig Menschen versammelt, um zu gaffen. Rufe wurden laut.

»Der da soll se umjebracht ham!«

»Jleich 'n Kopp kürza machen!«

Anna Venzlaff stand schon an der Tür und war dabei, das handgemalte Schild ›VORÜBERGEHEND GESCHLOSSEN‹ anzubringen. Fokko v. Falkenrehde trat ein wenig zur Seite, um besser verfolgen zu können, wie sie und Maleike sich bei ihrer ersten Begegnung seit dem 15. März verhalten würden. Es war eine erstaunliche Szene. Anna Venzlaff stürzte zu Maleike und umarmte ihn mütterlich.

»Na, da biste ja wieder, meine Kleene! Nee, mein Kleena muss ick ja jetzt sagen! Ach, nu ham sie dich doch jekriegt! Mensch, wenn ick jewusst hätte, das du 'n Mann bist.« Sie küsste ihn.

Maleike wollte sie abschütteln, schaffte dies aber nicht, da er seine Hände nicht einsetzen konnte. So wand er sich so lange wie eine Schlange, bis Markwitz die Venzlaff an den Oberarmen packte und von ihm wegzog. Die Menge klatschte Beifall, und man beeilte sich, in den Frisiersalon zu kommen und die Tür hinter sich zuzuschlagen. Maleike wurde zur guten Stube geleitet, und Fokko v. Falkenrehde gab Weisung, ihm die Handschellen abzunehmen.

»So … Jetzt brauchen wir nur noch eine Leiche …« Fokko v. Falkenrehde überlegte. »Die spielen Sie mal bitte, Herr Markwitz.«

»Det hat mir jrade noch zu mein'm Jlück jefehlt«, murmelte der Kriminaloberwachtmeister, kniete sich dann aber doch auf den Boden und streckte sich so aus, wie Hertha Theuerkauf dort aller Wahrscheinlichkeit nach als Leiche gelegen hatte. »Und wo nehmen wa det Blut her?«

»Vielleicht hat Frau Venzlaff rote Tinte«, warf einer der Schutzmänner ein.

»Jetzt ist aber gut!«, rief Fokko v. Falkenrehde. »Wir spielen hier nicht Theater, sondern … Es geht um einen Mord.« Gegen seinen Willen hatte er so gesprochen, wie er es als Kind Tag für Tag auf dem Kasernenhof gehört hatte, und erschrak darüber, noch mehr aber über die Wirkung, die er damit erzielte, denn schlagartig waren alle ruhig, auch Markwitz. »So, Frau Venzlaff, nun demonstrieren Sie uns bitte einmal, wie es gewesen ist, als Sie am 15. März morgens in Ihre Wohnstube gekommen sind …«

»Ja, gerne, aber dazu muss sich Louise, muss sich Herr Maleike erst neben die Leiche knien und 'n Rasiermesser in die Hand nehmen.«

»Ich habe kein Rasiermesser in der Hand gehabt, und ich habe nicht neben der Leiche gekniet!«, schrie Louis Maleike. »Als ich hier reingekommen bin, war kein anderer da. Die Theuerkauf hat am Boden gelegen, und ich bin sofort wieder raus, nichts weiter.«

»Du lügst!«, kreischte Anna Venzlaff, nun auch echauffiert.

»Nein, Sie lügen!«, gab Maleike zurück.

Wenn die Schutzleute sie nicht gepackt und festgehalten hätten, wären sie aufeinander losgegangen. So blieb es dabei, dass sie sich nur unflätig beschimpften.

Markwitz stand auf und klopfte sich den Staub vom Mantel. »Wenn Leichen sprechen könnten, det wäre schön, wa …?«

»So ist es«, sagte Fokko v. Falkenrehde, benommen von allem.

In dieser Sekunde hatte er noch nicht die geringste Ahnung vom wirklichen Tathergang.

18.

DER FALL HERTHA THEUERKAUF – WAS WIRKLICH GESCHAH

Dienstag, 6. März 1917, bis Mittwoch, 14. März 1917

Klara Kambz ist verzweifelt. Der kleine Helmut will trinken, doch ihre Brüste sind leer und sie hat kein Geld, Milch zu kaufen, wenn es denn überhaupt noch welche zu kaufen gibt. An den Erzeuger des Kindes kann sie sich nicht wenden, denn sie weiß nicht, wer es ist. Vielleicht Ludwig Woytasch, vielleicht auch nicht. In der Zeit, die ihr die Hebamme ausgerechnet hat, war sie mit drei Kerlen im Bett gewesen. Das war das Einzige an Spaß und Lust, was in diesen Zeiten noch zu haben war, und kostenlos dazu. Manchmal zahlte sogar einer dafür, dass sie für ihn die Beine breit machte. Bei ihr schrien sie vor Lust, ein paar Wochen später schrien sie, weil sie mit einem Bauchschuss am Verrecken waren.

Aber seit ihr einer den kleinen Helmut angedreht hatte, fickte keiner mehr mit ihr. Die beiden, die mit ihr nach oben gekommen waren, hatten sich vor ihrem dicken Bauch geekelt, und nach der Geburt war irgendetwas nicht richtig ausgeheilt, und sie schrie vor Schmerzen, wenn einer auf ihr lag und zu rammeln begann. Als sie das ihrer Freundin Anna erzählt hatte, war die zu ihr ins Bett geschlüpft und hatte begonnen, sie zu streicheln, überall, und ihre Brüste erst zu küssen und dann mit der Zungenspitze um die Nippel zu fahren. Da hatte sie ebenso vor Lust geschrien wie früher, als Erich, Karl oder Ludwig in sie eingedrungen waren. Es ging also auch ohne Männer.

Trotzdem: sie fühlt sich furchtbar elend. Woytasch ist nicht gefallen, wie sie es klammheimlich erhofft hat, Ludwig wird auf Urlaub kommen, und dann wird Anna sie fallen lassen. Sie ist zwar nach außen hin seine Verlobte, aber er hält sie wie ein Zuhälter seine Nutte. Hörig ist sie ihm, verfallen, da kann keiner was gegen machen.

Klara Kambz denkt immer wieder daran, sich das Leben zu nehmen, mit dem Baby zusammen. Ein paar Sekunden, dann ist alles aus und vorbei und sie ist erlöst von aller Not. Und dem kleinen Helmut bleibt all das Elend erspart, das die Welt für ihn bereithält. Aber Klara Kambz kann sich nicht entscheiden, wie sie aus dem Leben scheiden will. Ins Wasser zu gehen, wäre gut, aber ein bisschen schwimmen kann sie schon, und das Baby zu ertränken, würde sie nicht übers Herz bringen. Sich vor die Stadtbahn zu werfen, zieht sie auch in Erwägung, aber sie hat Angst davor, dass sie dabei nicht tot geht, sondern ihr nur Arme oder Beine abgefahren werden. Dasselbe kann ihr blühen, wenn sie aufs Dach steigt und mit dem Baby im Arm in die Tiefe springt. Manch einer hat das schon überlebt, aber dann für den Rest seiner Tage gelähmt im Rollstuhl gesessen. Bliebe noch Rattengift. Aber sie will nicht sterben wie eine Ratte.

Wenn sie nur etwas Geld hätte! Mit Geld ließ sich alles regeln. Doch sie hat nur Schulden. Das bisschen, was sie beim Putzen verdient, ist schnell ausgegeben, nur für Brot und Kohlrüben und ein paar Anziehsachen.

Gerade ist sie dabei, ihr Kleingeld zu zählen, siebzig Pfennige hat sie noch im Portemonnaie, da kommt Anna sie besuchen und stöhnt ihr was vor.

»Der Frisiersalon wirft nichts mehr ab, eigentlich bin ich pleite und müsste das Geschäft aufgeben, aber Ludwig schreibt mir jede Woche von der Front, dass ich den Salon unter allen Umständen halten muss. Wenn ich das nicht schaffe, schreibt er, bin ich eine so schlechte Geschäftsfrau, dass er sich eine andere zum Heiraten suchen muss, eine reiche Frau.«

Klara Kambz lacht. »Ja, die Theuerkauf! Die wirft ja mit dem Geld nur so um sich, die müsste man mal so richtig ausnehmen.«

»Nicht nur das«, sagt Anna Venzlaff, und in diesem Augenblick hat das Böse, das in jedem Menschen schlummert, Oberhand über sie gewonnen. »Man müsste sie auch gleich … Zwei Fliegen mit einer Klappe.« Bringen sie die Theuerkauf um, kann sie mit deren Geld den Frisiersalon retten und ist gleichzeitig die Konkurrentin los. Zwar weiß sie, dass Woytasch und die Theuerkauf noch ein Hühnchen miteinander zu rupfen haben und sich geradezu hassen, aber oft genug hat sie erlebt, dass Leidenschaft daraus wird, wenn zwei sich derartig anfauchen.

Der Gedanke ist geboren, und er nistet sich in ihren Köpfen ein wie ein aggressives Krebsgeschwür. Jeden Tag wird ihre Planung konkreter. Sie halten es für das Beste, die Theuerkauf morgens in den Frisiersalon zu locken und dann hinten in der guten Stube umzubringen.

»Aber die Louise ist doch immerzu da«, kommt Klara Kambz mit einem Einwand, der nicht so schnell vom Tisch zu wischen ist.

Anna Venzlaff überlegt eine Weile. »Dann müssen wir warten, bis sie irgendwann weggeht und jemanden zu Hause frisiert.«

»Und womit willst du die Theuerkaufen kaltmachen?«, fragt Klara Kambz.

Diesmal braucht Anna Venzlaff nicht so lange nachzudenken. »Bei mir im Vertiko liegt ein Revolver, den mir Ludwig dagelassen hat.«

Klara Kambz ist etwas skeptisch. »Weißt du denn, wie so 'n Ding funktioniert?«

»Nee, aber da fahr'n wir Sonntag mal in'n Wald raus und machen Schießübungen.«

Am Sonntagmorgen sitzen sie im Zug und fahren nach Rahnsdorf. Der Revolver liegt im Kinderwagen, und Klara Kambz hat Angst, dass das Ding losgeht und den kleinen Helmut trifft. Aber nichts passiert. Außer dass die Waffe im Bahnhof Rahnsdorf fast aus dem Kinderwagen fällt, als sie den die Treppe hinuntertragen. Schnell ist im Wald nördlich der Bahnstrecke eine kleine Senke gefunden, in der sie es wagen können. Doch Anna Venzlaff gelingt es nicht, auf einen Meter Entfernung eine Buche zu treffen, die Kugel fetzt nur ein wenig Rinde vom Stamm.

»Gott, wie willste da der Theuerkaufen ihren Kopf treffen!«, ruft Klara Kambz.

Anna Venzlaff ritzt mit einer herumliegenden Scherbe ein Gesicht in die Rinde einer Buche und versucht es erneut. Diesmal trifft sie wenigstens das rechte Ohr.

»Als Kunstschütze im Zirkus kannste nich ufftreten«, kommentiert Klara Kambz den zweiten Versuch.

Einen dritten gibt es nicht, denn zum einen beginnt der kleine Helmut fürchterlich zu schreien, und zum anderen haben nur zwei Kugeln in der Revolvertrommel gesteckt. Anna Venzlaff will den Revolver wegwerfen, doch Klara Kambz gibt zu bedenken, dass man dafür beim Trödler noch einiges Geld bekommen würde.

»Mag ja sein«, sagt Anna Venzlaff. »Aber wenn wir die Hertha umgebracht haben, darf keiner 'ne Waffe bei uns finden.«

Damit vergräbt sie den Revolver im Berliner Stadtforst, und sie gehen noch ein Stückchen am Fredersdorfer Mühlenfließ spazieren, ehe sie zurückfahren.

»Müssen wa uns wat anderet einfallen lassen«, sagt Klara Kambz.

Das tun sie dann auch und üben abends, wenn die letzte Kundin gegangen ist, hinten in der guten Stube. Anna Venzlaff hat sich zu diesem Zweck eine Büste Kaiser Wilhelm II. besorgt. Wenn die Theuerkauf nichtsahnend auf ihrem Stuhl sitzt und nach ihrer Kaffeetasse greift, soll die eine, Klara, ihr eine Schlinge um den Hals werfen und ihr die andere, Anna, mit einem Rasiermesser die Kehle durchschneiden.

Bald sitzt jeder Handgriff, da kommt Ludwig Woytasch überraschend für ein paar Tage nach Hause, und sie müssen ihren Plan erst einmal verschieben.

Am 14. März aber, spätabends, klingelt Anna Venzlaff bei Klara Kambz, denn am nächsten Morgen scheint die Konstellation so günstig zu sein wie so schnell nicht wieder.

»Die Theuerkauf kommt ganz früh als erste Kundin und die Louise frisiert eine alte Frau bei sich zu Hause, da haben wir eine gute Stunde Zeit.«

»Und Ludwig?«, fragt Klara Kambz.

»Den bringe ich vorher zum Bahnhof, der muss zurück an die Front.«

Donnerstag, 15. März 1917

Früh um 6 Uhr bringt Anna Venzlaff Ludwig Woytasch zum Bahnhof. Erst fließen die Tränen, dann wird Woytasch geschäftlich.

»Du weißt doch: Wenn du mit dem Laden pleitegehst, ist es aus mit uns!«

»Ja«, haucht Anna Venzlaff. »Ich werde alles tun, um …«

Die Lokomotive pfeift anhaltend, und man versteht sein eigenes Wort nicht mehr. Der Zug rollt aus dem Bahnhof, sie winkt Ludwig hinterher. Einerseits hofft sie, dass er heil nach Hause zurückkehrt, andererseits aber auch, dass er im Schützengraben stirbt.

Um 7 Uhr 45 ist sie zurück in der Brunnenstraße und trifft im Hausflur auf Louise Schulz, die sich auf den Weg macht, um die Witwe Johanna Kammermeier und deren Enkelin zu Hause zu frisieren. Bis zur Lothringer Straße 48 ist es nicht weit, aber reichlich eine Stunde wird Louise Schulz schon brauchen. Dass die junge Friseuse ein Mann ist, ahnt Anna Venzlaff nicht im Mindesten, obwohl sie zu

Klara Kambz öfter gesagt hat, dass ihre Louise eine knabenhafte Figur habe.

Louise Schulz beziehungsweise Louis Maleike kann und wird sie und Klara Kambz nicht stören, und so geht Anna Venzlaff in den Damensalon, um auf Hertha Theuerkauf zu warten. Man hat am Abend zuvor abgesprochen, dass sie als Erste an die Reihe kommt, noch vor Öffnung des Salons.

Pünktlich um 7 Uhr 55 steht Hertha Theuerkauf vor der Tür, und Anna Venzlaff lässt sie eintreten, ohne aber die Jalousie vor dem Schaufenster hochzuziehen. Man begrüßt sich freundschaftlich, fast überschwänglich.

»Nehmen Sie doch Platz, liebe Frau Theuerkauf.« Anna Venzlaff rückt ihr einen Stuhl zurecht.

In diesem Augenblick klingelt es an der Wohnungstür. Anna Venzlaff tut erstaunt und bittet um Verzeihung, dass sie schnell einmal nachsehen müsse, wer das wohl sei.

Hertha Theuerkauf lacht. »Hoffentlich nicht der Ludwig.«

Es ist Klara Kambz, genau wie abgesprochen. Den kleinen Helmut hat sie zu einer Nachbarin gebracht. Anna Venzlaff tut so, als würde sie dieser frühe Besuch eher ärgern als erfreuen.

»Du weißt doch, dass ich schon Kundschaft habe! Aber schön, wo du schon mal da bist, kannst du auch reinkommen.« Sie bringt Klara Kambz in ihre gute Stube und fragt dann Hertha Theuerkauf, ob die nicht Lust hätte, mit ihr und ihrer Freundin zusammen eine Tasse Kaffee zu trinken, bevor es mit dem Frisieren losginge.

»Ja, gerne, aber eine Tasse nur für uns drei alle?« Hertha Theuerkauf hat gute Laune heute. Ohne Bedenken folgt sie Anna Venzlaff ins Hinterzimmer und setzt sich, nachdem sie Klara Kambz guten Morgen gesagt hat, auf den Stuhl, den man für sie vorgesehen hat.

Anna Venzlaff kommt mit der Kaffeekanne und gießt ein, man plaudert noch etwa fünf Minuten miteinander, dann, es ist 8 Uhr 10 geworden, sagt Klara Kambz, dass sie auf die Toilette müsse, tritt hinter die Theuerkauf, zieht eine Schublade auf, nimmt ein Stück Wäscheleine heraus und schlingt sie ihrem Opfer um den Hals. Wie bei all ihren Proben, hat Anna Venzlaff inzwischen das Rasiermesser aus ihrer Handtasche gerissen und stürzt auf die Theuerkauf zu, um ihr die Kehle zu durchtrennen. Doch der erste Schnitt verletzt sie nur an der Wange, und dann geschieht das, womit sie bei ihren Proben nicht gerechnet hatten: die Theuerkauf setzt sich zur Wehr und kämpft mit aller Kraft um ihr Leben. Sie springt auf, reißt den Tisch um und springt zur Tür, um über den Korridor zu entkommen. Doch Anna Venzlaff hat vorher heimlich abgeschlossen. Schon sind ihre Mörderinnen heran, packen sie und werfen sie aufs Sofa. Anna Venzlaff bekommt das Rasiermesser zu fassen, das auf den Fußboden gefallen war, und setzt zum zweiten Schnitt an. Der soll absolut tödlich sein, doch die Klinge schlitzt nur die Rückenlehne des Sofas auf. Klara Kambz versucht, der Theuerkauf die Bluse aufzureißen, um an den Brustbeutel zu kommen, in dem immer viele Scheine stecken, ihr Zigarettenetui, durch das sie Schnüre gezogen hat.

»Mein Geld bekommt ihr nicht!«, schreit die Theuerkauf und kann sich noch einmal befreien. Jetzt stürzt sie zum Fenster, um auf den Hof zu gelangen und um Hilfe zu rufen.

»Du Aas bleibst hier!«, schreit die Venzlaff, umklammert ihr Opfer und reißt es zu Boden. Hertha Theuerkauf schlägt mit dem Kopf gegen den Kachelofen und ist für einen Augenblick benommen. Wie im Rausch fallen Klara Kambz und Anna Venzlaff über sie her. Die eine schlägt mit einem Schürhaken auf sie ein, die andere wütet mit dem Rasiermesser. Endlich ist die Theuerkauf tot. Die beiden Mörderinnen sinken erschöpft auf ihre Stühle.

Doch keine zwei Minuten sitzen sie da, als an der Wohnungstür geschlossen wird.

Anna Venzlaff springt auf und erstarrt. »Die Louise ist zurück!« Mindestens eine halbe Stunde zu früh. Sie haben keine Zeit mehr, die Leiche beiseite zu schaffen. Der Reisekorb, den sie für diesen Zweck gekauft haben, steht noch im Keller. Es schießt Anna durch den Kopf, auch noch Louise zu töten. Ja, eine andere Möglichkeit gibt es nicht, den Kopf aus der Schlinge zu ziehen. »Komm, wir locken sie in die Falle und dann …« Sie zieht Klara Kambz aus dem Wohnzimmer, und beide schlüpfen in den Frisiersalon. Die Tür zur guten Stube steht offen, und wenn Louise die Tote sieht, wird sie erst einmal hingehen und sehen, was mit der Theuerkauf ist und ob man ihr noch helfen kann. Diesen Augenblick will Anna Venzlaff nutzen, sich mit Klara Kambz auf die zierliche Friseuse werfen und sie für immer zum Schweigen bringen.

Doch ihr Plan geht nicht auf, denn Louise Schulz respektive Louis Maleike tritt nicht ins Zimmer, sondern sieht die Leiche nur vom Korridor aus am Boden liegen und ergreift sofort die Flucht. Die beiden Mörderinnen haben keine Chance, noch einzugreifen.

»Was nun?«, jammert Klara Kambz.

»Schnell die Leiche fortschaffen und alles aufwischen!« Schon läuft Anna Venzlaff in den Keller, um den Reisekorb zu holen. Sie ziehen der Theuerkauf alte Kleider an, damit man sie nicht sofort identifizieren kann, wenn man sie finden sollte. Vorher reißen sie ihr das Zigarettenetui vom Körper.

»Scheibenkleister!«, wütet Anna Venzlaff, als sie nur fünfzehn Mark und die Wohnungsschlüssel entdecken. »Mit denen müssen wir heute abend zu ihr nach Hause.«

Sie zwängen die Theuerkauf in den Reisekorb, decken sie ab und schleppen den Korb in den Keller. Niemand beobachtet sie. Dann säubern sie das Zimmer, so gut es in der Eile geht. Der Schnitt im Sofa wird mit einer Decke kaschiert. Sie setzen sich hin und tun so, als würden sie seit Stunden friedlich dasitzen und Kaffee trinken. Die Polizei kann kommen.

»Wir sagen denen, dass hier nichts gewesen ist, aber die Louise schon öfter solche Wahnanfälle gehabt hat.«

Doch die Polizei kommt nicht, auch Louise lässt sich nicht mehr sehen. Sie verstehen das alles nicht. Es wird 9 Uhr, Anna Venzlaff muss den Frisiersalon aufschließen und Klara Kambz nach Hause eilen, um sich um ihr Baby zu kümmern. Sie verabreden sich für 6 Uhr abends. Dann müssen sie sehen, dass sie die Leiche loswerden. Danach wollen sie in die Wohnung der Theuerkauf in der Lottumstraße. Mit einem Kuss verabschieden sie sich voneinander. Beide denken sie nicht daran, dass die Theuerkauf mit ihrem Hund gekommen ist, dem Pollo. Anna Venzlaff sieht das Tier auch nicht, als sie auf die Straße läuft, um zu überlegen, wie sie das Rasiermesser loswerden kann. Das ist ihr gerade noch eingefallen. In den Gulli werfen will sie es nicht. Da könnte es irgendwie in einem Sieb hängenbleiben, direkt vor ihrem Salon. Wohin damit? Sie gerät in Panik, als könnte jeder vorbeieilende Mensch diesem Rasiermesser ansehen, dass mit ihm vor ein paar Minuten die Kehle einer Frau durchtrennt worden ist. Sie hat das Gefühl, ein Stück glühendes Eisen in der Hand zu haben. Ohne sich lange zu besinnen, wirft sie es in einen Milchwagen, der am Rinnstein steht. Irgendwann wird es einer finden, aber dann ist das Fahrzeug schon sonst wo angekommen.

Der Tag vergeht wie jeder andere, und zur verabredeten Stunde ist Klara Kambz wieder in der Brunnenstraße. Den kleinen Helmut hat sie zu einer Cousine gebracht. »Du, ick hab 'n neuen Kerl an'ne Angel, kannste nich mal …?«

Sie gehen in die gute Stube, essen eine Stulle mit künstlicher Leberwurst, trinken ihren Muckefuck und fragen sich, was mit Louise ist.

»Das kann uns doch egal sein«, sagt Anna Venzlaff. »*Sie* ist die Mörderin.« Sie realisieren, dass ihnen gar nichts Besseres passieren konnte. Wenn wirklich ein Kriminaler bei ihnen auftauchen sollte, dann können sie alles auf Louise schieben.

»Wat is nu mit die Leiche?«, fragt Klara Kambz.

Anna Venzlaff hat sich das schon überlegt. »Wir gehen zum Stettiner und lassen den Reisekorb von einem Dienstmann abholen.« Der Stettiner, das ist der Fernbahnhof gleich um die Ecke. Weil das am einfachsten ist, soll der Korb nach Stettin gehen. Wenn ihn dort niemand abholt, denken sie, werden ihn die Bahnleute irgendwann auf einen Müllwagen werfen. »Wir dürfen nur nicht unseren Namen und unsere Adresse angeben.«

Trotzdem setzt Klara Kambz nachher an, ihren richtigen Namen in das Auftragsbuch des Dienstmannes Nr. 116 zu schreiben. Als Anna Venzlaff das sieht, reißt sie ihr den Kopierstift aus der Hand und streicht das Ka wieder durch, das die Freundin schon hingeschrieben hat. Sie begleiten den Dienstmann, der an der Leiche der Theuerkauf schwer zu schleppen hat, zurück zum Bahnhof und kaufen für 2,70 Mark eine Fahrkarte IV. Klasse nach Stettin. Für den Transport des Reisekorbs sind noch einmal 2 Mark zu zahlen.

Als das erledigt ist, trinken sie noch einmal Kaffee und laufen, als es richtig dunkel geworden ist, zur Lottumstraße 23. Sie gelangen ungesehen in die Wohnung der Theuerkauf und durchwühlen alles, um Geld zu finden. 150 Mark sind es, viel weniger als erwartet, aber immerhin etwas. Zwei Sparbücher mit horrenden Summen gibt es, aber mit denen zur Kasse zu gehen und etwas abzuheben, trauen sie sich nicht. Sie nehmen noch Wäsche, Kleider, zwei Mäntel und einige Kleinigkeiten mit, um sie später unter der Hand zu verkaufen, wenn Gras über die Sache gewachsen ist. Versteckt wird das alles bei Klara Kambz in der Wohnung, auf dem Hängeboden.

Es wird Mitternacht, als Klara Kambz ihren Sohn von der Cousine abholt und Anna Venzlaff wieder in der Brunnenstraße zurück ist. Sie schaut sicherheitshalber in den Herrensalon, aber von Louise gibt es noch immer keine Spur. Beruhigt geht sie in ihre gute Stube und bereitet sich auf dem Sofa ihr Nachtlager. Dass sie und ihre Freundin hier am Morgen die Theuerkauf quasi abgeschlachtet haben, stört sie nicht. Was Ludwig so von der Front erzählt hatte, dagegen war das, was sie gemacht haben, nur eine Kleinigkeit. Wer sich darüber aufregte, sollte sich nur nicht so haben.

19.

Montag, 23. April 1917

Es machte Fokko v. Falkenrehde wütend, dass da vor rund fünf Wochen etwas geschehen war, das sich nicht mehr rekonstruieren ließ. Was sich im Salon Woytasch abgespielt hatte, war offenbar versunken in die Ewigkeit, und zwar für immer. Es löste sich auf wie Rauch, und niemand konnte den Rauch zurückholen und aus ihm und dem verkohlten Rest wieder ein Stück frisches Holz werden lassen. Er kam sich vor wie ein Archäologe, der auch nicht genau wissen konnte, was sich damals während der Schlacht um Troja abgespielt hatte. Was bei Homer Dichtung und was Wahrheit war, ließ sich nicht exakt ermitteln. Und ebenso war es bei Anna Venzlaff. Es gab das wirklich Gewesene, der Theuerkauf war wirklich die Kehle durchgeschnitten worden, aber es hatte keine Kamera im Hinterzimmer der Venzlaff gestanden und alles aufgenommen. Ein dokumentarischer Film darüber hätte ihm zwar nichts über die Gedanken und Motive der Agierenden verraten, aber er hätte wenigstens gewusst, wer Hertha Theuerkauf getötet hatte.

Er suchte sich mit der Lektüre des ›Berliner Tageblattes‹ abzulenken. Die fette Überschrift ›Heftiger Feuerkampf an der Arras-Front‹ war auch nicht dazu angetan, ihn fröhlicher zu stimmen. Und sonst? Über einen ›wucherischen Kettenhandel mit Maschinen‹ wurde berichtet, über schwere Lawinenunfälle in den Alpen und das Eintreffen von 21 Matrosen des Kreuzers ›Möwe‹ in Berlin. ›Admiral v. Lenz bewillkommnete die Abordnung mit herzlichen Worten.‹ Bewillkommnete … Fokko v. Falkenrehde konnte über dieses Deutsch nur den Kopf schütteln. In der Budapester Straße war ein Straßenbahnwagen der Linie 52 entgleist und gegen einen Gaskandelaber geprallt, worauf sich das ausströmende Gas entzündet und den Motorwagen in Brand gesetzt hatte.

»Wenn de Pech hast, verlierste det Wassa aus de Kiepe«, sagte Markwitz, als Fokko v. Falkenrehde ihm die Meldung vorgelesen hatte.

In Charlottenburg war ein Kunstmaler verhaftet worden, der zahllose Einbrüche begangen hatte. »Er stieg über die Zäune in die Vorgärten ein, kletterte an den Regengossen und Mauerverzierungen auf die Balkone und öffnete Türen und Fenster so gewandt, dass er niemanden im Schlafe störte und ungestört alle Behältnisse ausplündern konnte.«

»Ick vermisse seit jestern meine Manschettenknöppe«, sagte Markwitz. »Vielleicht issa ooch bei mir jewesen.«

Am spektakulärsten aber war das, was sich nebenan in der Gemeinde Neukölln ereignet hatte. ›Revolverkampf mit einem Verbrecher. Von Kriminalbeamten erschossen.‹ Den erfahrenen und mehrfach vorbestraften 23-jährigen ›Geldschrankeinbrecher‹ Max Ritter, Künstlername Eckstein, hatte es erwischt. »Als die Beamten eindrangen, trat ihnen Ritter mit mehreren Revolvern, die er schussfertig auf dem Tische liegen hatte, entgegen und gab mehrere Schüsse auf sie ab. Einer der Beamten, der Kriminalschutzmann Thimm, wurde an der rechten Kopfseite und der rechten Hand von den Kugeln getroffen, aber nicht lebensgefährlich verletzt. Die Kriminalbeamten machten nun von ihren Waffen Gebrauch und streckten schließlich den Verbrecher nieder. Mehrere Kugeln, die ihm in Kopf und Brust gedrungen waren, führten seinen Tod herbei.«

Markwitz seufzte. »Schade, det mir det nicht passiert ist, ick hätte ooch jerne 'n paar Tage dienstfrei wie der Thimm in Rixdorf.«

Fokko v. Falkenrehde hielt es nun für angebracht, sich dienstlichen Aktivitäten zuzuwenden, und ging noch einmal alle Aktenstücke durch, die sich im Fall Theuerkauf angehäuft hatten. »Da steh' ich nun, ich armer Tor! / Und bin so klug als wie zuvor.«

»Sie sitzen doch«, sagte Markwitz. »Joethe passt ooch nich imma.«

Fokko v. Falkenrehde dachte laut. »Ich würde ja gerne glauben, dass Maleike es war, aber warum hat der Dienstmann dann von zwei Frauen gesprochen?«

»Vielleicht ... war er besoffen und hat allet doppelt jesehen«, sagte Markwitz.

»Nein, das mit den beiden Frauen ist eine Prämisse!«, betonte Fokko v. Falkenrehde. »Aber wenn es wirklich zwei Frauen waren, dann kann der Dienstmann doch nur den verkleideten Maleike und die Anna Venzlaff gesehen haben – und darauf kann ich mir nun wirklich keinen Reim machen. Oder aber die Anna Venzlaff und die Kambz.«

»Einspruch!«, rief Markwitz. »Dann hätte doch die Kambz die Venzlaff nicht so madiggemacht, als wir wegen dem Rasiermesser bei ihr waren.«

»Wegen *des* Rasiermessers«, korrigierte Fokko v. Falkenrehde ihn. »Aber da haben Sie natürlich recht, die beiden können gar nicht kordial sein.«

Markwitz stimmte ihm zu, obwohl er nicht wusste, was mit kordial gemeint war. »Für mich steht fest, dass sich der Dienstmann geirrt hat und der Woytasch die Theuerkauf umgebracht hat. Die Venzlaff hat ihm dann jeholfen, die Leiche wegzuschaffen.«

»Aber es gilt doch als sicher, dass Woytasch schon lange im Zug gesessen hat, als …«

»Ach!« Markwitz machte eine abwertende Handbewegung. »Eine Krähe hackt doch der anderen keen Ooje aus, besonders wenn die beiden vonne Soldaten sind, alte Kameraden. Det wird `n falschet Alibi sint.«

»Sicher ist nur, dass nichts sicher ist«, fand Fokko v. Falkenrehde.

»Ich sehe allet direkt vor mir wie im Walhalla-Theater uff de Bühne«, sagte Markwitz und schloss die Augen. »Die Theuerkauf weiß, det der Woytasch irgendwo noch 'ne Leiche im Keller hat, und darum bringt er ihr …, nee, sie um. Mit seinem Rasiermesser. Das hat er ja jelernt, wie man damit umjeht. Die Venzlaff kommt dazu, sieht det – und beide stopfen die Theuerkauf in den Reisekorb. Dann bringt sie Woytasch wieder zum Bahnhof, und der fährt nu mit dem nächsten Zug zur Front. Zum Wegschaffen von dem Korb schnappt sie sich nu 'ne Freundin, und da würde ick ma uff die Kambz tippen, siehe det Ka im Buch von unsam Dienstmann.«

»Und der Maleike?«, fragte Fokko v. Falkenrehde.

»Der sieht die tote Theuerkauf und haut ab, weil er

denken tut, det sie ihm den Mord inne Schuhe schieben werden. Und außerdem hatta Angst wegen seine Fahnenflucht.«

Fokko v. Falkenrehde nickte. Diese Version war ihm mehr recht, denn damit war Maleike aus dem Schneider. Blieb nur die Fahnenflucht, aber vielleicht hatten sich die Verhältnisse bald so verändert, dass der junge Mann keine Strafe mehr zu befürchten hatte.

Markwitz stand auf, um auf die Toilette zu gehen. Als er von seiner Sitzung zurückkam, hatte er eine interessante Neuigkeit zu vermelden.

»Det Rasiermessa mit dem I. B. uff'm Griff ham se bei uns aus'm Bureau jeklaut!«

Fokko v. Falkenrehde maß dem keine besondere Bedeutung zu und lachte nur. »Das wird der Woytasch gewesen sein, der wird sich mit seinem neuen Rasiermesser immer geschnitten haben.«

Louis Maleike hockte auf seiner Pritsche und starrte durch das vergitterte Fenster in den grauen Himmel. So trübe der Tag war, so trübe waren auch seine Aussichten, noch einmal in seinem Leben ein freier Mensch zu sein. Die Tatsache, dass er noch immer hinter Gittern saß, war ihm Beweis genug, dass ihn die Kriminalbeamten wie auch der Untersuchungsrichter für den Mörder der Theuerkauf hielten. Wäre er ein Außenstehender gewesen, hätte er das auch getan, denn alles sprach ja gegen ihn. Alles, das hieß, die Aussage der Venzlaff und seine eigene überstürzte Flucht. Dass die in seiner Fahnenflucht begründet war, hielten alle für eine Schutzbehauptung. Mit der Fahnenflucht, das mochte ja in Vergessenheit geraten, wenn der Krieg zu Ende war und es womöglich keinen Kaiser mehr gab, aber ein Mord blieb ein Mord, und da gab die Gesellschaft kein Pardon. Der Galgen war ihm sicher. Nun, einmal war er dem Tod ja schon von der Schippe gesprungen, als er in der Sophienstraße mit dem Kriminalbeamten zusammen vom Dach gefallen und auf dem darunterliegenden Balkon gelandet war, warum sollte ihm das nicht ein zweites Mal gelingen.

Er wusste genau, dass er nur noch eine Chance hatte, wenn er ins Ausland ging, am besten nach Südamerika, wo es ja viele deutsche Kolonien geben sollte. Aber hier aus dem Polizeigefängnis konnte er unmöglich entweichen, auch nicht später aus seiner Zelle, wenn sie ihn zum Tode verurteilt hatten. Eine Fluchtmöglichkeit hatte er nur, wenn es ihm gelang, in ein Krankenhaus zu kommen. Sicher, da würde man ihn auch bewachen, aber ein Krankenhaus war keine Strafanstalt und Möglichkeiten gab es immer, wenn man nur findig war. Das wusste er sowohl aus Filmen wie aus der Zeitung. Also musste er nur so krank werden und so dicht am Sterben sein, dass sie ihn fortschafften, aber wozu war er Vollblutschauspieler. Nach einigem Nachdenken hatte er eine Idee …

Wenn er sich sein Hemd zerriss und aus den Streifen einen Strick drehte, konnte er sich am Fensterkreuz aufhängen. Jedenfalls so tun, als ob. Riss der Strick wie vorgesehen, knallte er auf den Boden und spielte, wenn der Wärter herbeieilte, den Sterbenden. Ein bisschen Blut würde schon fließen müssen, das hatte er in Kauf zu nehmen.

Was passierte aber, wenn der Strick nicht riss und er wirklich …? Das war halt sein Risiko.

Alfred Lepiorz streifte durch die Straßen und suchte nach einer Gelegenheit, etwas mitgehen zu lassen. Aber es war kein guter Tag heute, das fühlte er. Die Leute hatten selber nichts in den Geldbeuteln, und keiner war so dumm, etwas unbewacht auf der Straße stehenzulassen. Aber er hatte ja immer noch das Rasiermesser zu verhökern, das ihm im Polizeipräsidium sozusagen in den Schoß gefallen war. Es hatte einfach so auf einem Tisch gelegen, bei offen stehender Tür. »Dümmer als die Polizei erlaubt«, hatte er gemurmelt. Es handelte sich um ein Original Schulze Stosser, wie er schnell erkannt hatte, und diese Dinger waren nicht gerade billig. Gott, der Gerechte, die Herrn Beamten, diese Sesselfurzer und Kissenpuper alle, waren zu faul, sich morgens zu Hause zu rasieren, und taten das erst im Dienst. Klar, ihr Bart wuchs ja auch, wenn sie im Polizeipräsidium hockten und Däumchen drehten. Oder anständigen Leuten wie ihm das Leben schwer machten. Dass er sich, der Fixniedlich, wie ihn alle nannten, in die Höhle des Löwen getraut hatte, machte ihn stolz und glücklich. Das sollte ihm von seinen Kumpanen erst einmal einer nachmachen, die hatten doch sofort die Hosen voll, wenn sie einen Blauen oder einen Kriminalen sahen.

Alfred Lepiorz war so berauscht von sich und seiner Tat, dass er fast gegen eine Litfaßsäule gelaufen wäre. Im letzten Augenblick prallte er zurück – um gleich darauf die Augen aufzureißen, denn das, was ihn dort von einem Mordplakat anstarrte, war das Rasiermesser, das er vor einer halben Stunde geklaut hatte, das Rasiermesser mit den Initialen I.B. Das gab's doch nicht, das warf doch den stärksten Eskimo vom Schlitten! Und jetzt fiel es ihm auch wie Schuppen von den Augen: Das hing doch alles mit dem Mord im Frisiersalon Woytasch zusammen, mit diesem Messer hatten sie der Hertha Theuerkauf die Kehle durchgeschnitten. Gott, der Gerechte, was war er für ein Blödian, er hätte doch auch eher drauf kommen können! Sie hatten in der Gegend viel darüber geredet, wer es denn hätte gewesen sein können. Die Louise vom Friseurladen, die sich ja nun als Mann entpuppt hatte, der Woytasch, der ein Schubiak war, oder die Anna Venzlaff selber, die auch nicht gerade wie eine Nonne gelebt hatte.

Wer von denen auch immer vor Gericht kam, sie würden es schwerer haben, ihn oder sie zum Tode zu verurteilen, wenn das Tatwerkzeug nicht auf dem Richtertisch lag. Also, sagte sich Alfred Lepiorz, mussten die Venzlaff und der Woytasch ein erhebliches Interesse daran haben, dass das Rasiermesser mit den Initialen I.B. im Griff spurlos verschwand. Es verschwinden zu lassen, dazu war er gerne bereit, fragte sich nur, was sie dafür zahlten. Es schien doch noch ein schöner Tag zu werden.

20.

Montag, 23. April 1917

Anna Venzlaff hatte nach dem Verschwinden von Louis beziehungsweise Louise noch keine neue Kraft eingestellt. Das, was an Arbeit anfiel, schaffte sie auch alleine, und vor allem brauchte sie keinen Lohn mehr zu zahlen, was Woytasch freute. Nach längerem Hin und Her hatte er ihr zugestanden, von 13 bis 14 Uhr Mittagspause zu machen. Zwar nutzte er die fast jeden Tag, um mit ihr eine schnelle Nummer zu schieben, aber heute hatte sie ihre Regel, und er saß in irgendeiner Kneipe und prahlte damit, wie er die französische Armee an den Rand einer Niederlage gebracht hatte.

Statt Woytasch zu Willen zu sein, saß sie heute mit Klara Kambz in ihrer guten Stube und trank eine Tasse echten Kaffee. Den hatte Woytasch irgendwo organisiert, das konnte er ja. Klara Kambz hatte ein paar Stücken selbstgebackenen Napfkuchens mitgebracht. So ließ es sich leben. Sie redeten über dieses und jenes, verloren aber kein Wort mehr über Hertha Theuerkauf. Auch das Thema Louis Maleike wurde nur am Rande abgehandelt.

»Ob einer nun vor Verdun von einer Granate zerrissen wird oder in Berlin am Galgen baumelt, ist doch nun piepwurschtegal, tot issa auf alle Fälle – und durch uns beide hat er ’nen viel schöneren Tod gehabt.«

Mit diesen Worten Anna Venzlaffs war die Sache erledigt. Mitleid mit Männern wie Maleike zu haben, war eine Sache von frommen Betschwestern, aber nichts für sie. Dazu war das Leben zu hart. Umbringen oder umgebracht werden.

Und was die Theuerkauf anging, so galt für die genau dasselbe. Das war ein Aas auf der Bassgeige, die hatte nichts anderes verdient. Hochnäsig war sie immer gewesen und hatte nie was abgegeben.

»Die sollte mir zweihundert Mark borgen, damit ich Ludwig zeigen kann, wie tüchtig ich bin, aber hat sie nicht. Hätte sie, dann wäre sie jetzt nicht tot, also ist es ihre Schuld.«

Anna Venzlaff war also mit sich vollkommen im Reinen, und Klara Kambz, die dicht an der Grenze des Schwachsinns lebte, begriff nicht so recht, was eigentlich passiert war. Sie machte das, was Anna sagte, und damit war es auch in Ordnung. Und außerdem hatte sie die Theuerkauf nicht umgebracht, um für sich einen Vorteil zu haben, nein, sie hatte es ausschließlich für ihr Kind getan, für ihren kleinen Helmut.

Anna Venzlaff hatte die Illustrierten mitgebracht, die im Salon für ihre Kundinnen auslagen, so dass sie nun gucken konnten, wie sich die Kaiserin und die Hofdamen kleideten. Vielleicht konnte man sich bei der Schneiderin in der Lothringer Straße etwas nähen lassen, was gerade Mode war. Ein bisschen was hatte ihnen die Theuerkauf ja hinterlassen. Noch durften sie es allerdings nicht ausgeben, da hatte Anna ihre Hand drauf.

Klara Kambz hatte gerade einen wunderschönen Hut gefunden und war dabei, ihre Freundin zu beknien, das

Geld doch schon herauszurücken, da wurde an der Wohnungstür geklingelt.

»Das wird der Ludwig sein!«

Anna Venzlaff eilte auf den Korridor, um Woytasch einzulassen. Doch draußen stand Alfred Lepiorz, der Fixniedlich, den sie ungern in ihrer Nähe sah, da man immer höllisch aufpassen musste, dass er einem nicht das Kissen unterm Hintern klaute, ohne dass man es merkte. So wie er grinste, stand nichts Gutes zu erwarten.

»Kann ich mal reinkommen?« Er tat geheimnisvoll und sah sich nach allen Seiten um. »Es muss ja nicht jeder mitkriegen, was ich von Ihnen will.«

Anna Venzlaff hob die Hand. »Hau ab, sonst ...!« Diese kleine Ratte glaubte doch nicht etwa, dass sie mit ihm ins Bett ging.

Alfred Lepiorz machte eine kleine Verbeugung. »Danke, dass Sie mir das zutrauen, aber nee, ick bin wegen einer janz anderen Sache hier ...« Er begann zu flüstern: »Ick hab det Rasiermesser, mit dem ... Det mit dem I. B. druff.«

Anna Venzlaff konnte nur ungläubig gucken. »Das haben die doch auf der Polizei, die Kriminalen ...?«

»Ich war im Polizeipräsidium, und da habe ich es mitgehen lassen.« Alfred Lepiorz wusste, dass das eine Leistung war, auf die er zu Recht stolz sein konnte. »Sie können es aber gerne haben. Sagen wir, für ... zweihundert Mark.« Er zog es aus der Innentasche seines Mantels und hielt es ihr hin.

Anna Venzlaff schluckte. Zweihundert Mark, das war eine Menge Geld, mehr, als ihre Beute ausmachte. Aber was nutzte ihr das Geld, wenn sie gehängt wurde. Gab es keine Tatwaffe, dann hatte sie vor Gericht die größeren Chancen, sollten sie und Klara wirklich angeklagt werden, das war ihr klar. Von daher hätte sie das Messer schon gerne gehabt, doch was war, wenn alles eine Finte war und Alfred Lepiorz mit den Kriminalen unter einer Decke steckte? Sie durfte also an dem Messer als Tatwaffe keinerlei Interesse zeigen, sondern höchstens als Werkzeug für den Herrensalon.

»Kommen Sie, Lepiorz«, sagte sie schließlich. »Das ist doch ein x-beliebiges Messer, in das Sie das I. B. geschnitzt haben, so dass es so aussieht wie das auf dem Mordplakat. Das ist doch unmöglich das aus unserm Herrensalon, mit dem der Maleike die arme Theuerkauf ermordet hat. Aber mein Verlobter kann es sicher gebrauchen, wenn wir den Herrensalon wieder aufmachen, und ich gebe Ihnen gern zwanzig Mark dafür. Ansonsten kann ich ja auch im Polizeipräsidium anrufen und …«

Alfred Lepiorz überlegte nicht lange. »Gut, wenn Sie fünfzig Mark sagen, dann …«

»Dreißig.«

Schließlich einigten sie sich auf 35 Mark, und Alfred Lepiorz zog wieder ab, während Anna Venzlaff zurück zu ihrer Freundin ging und das Rasiermesser auf den Kaffeetisch legte.

»Jetzt müssen wir es aber so verschwinden lassen, dass es keiner mehr findet.«

Klara Kambz befeuchtete den Zeigefinger ihrer rechten Hand, um damit die letzten Kuchenkrümel vom Teller zu nehmen. »Dann lass dir mal wat einfallen.«

Louis Maleike war ein begnadeter Schauspieler und Louis Maleike war ein hübscher Kerl. Im Polizeigefängnis hatte er den gescheiterten Selbstmörder so gekonnt gespielt, dass sie ihn ins Städtische Krankenhaus am Friedrichshain geschafft hatten. Sein Strick war gerissen, und schon halb tot, war er mit dem Kopf auf den Boden geschlagen, hatte geblutet, keine Luft mehr bekommen und sich nicht mehr rühren können. Die Ärzte waren nicht in der Lage, eine Diagnose zu stellen. Das Krankheitsbild war uneinheitlich und kein Lehrbuch half da weiter, zumal der Patient auch noch unter epileptischen Anfällen zu leiden hatte. Wie konnten sie auch wissen, dass Maleike all das simulierte, was er in den letzten zehn Jahren bei seiner Mutter und etlichen Anverwandten erlebt hatte.

Auch Schwester Marie durchschaute ihn nicht, dazu war sie zu unerfahren, es konnte aber auch sein, dass die Liebe sie blind machte. Mit ihren fast fünfundzwanzig Jahren litt sie immer mehr unter dem, was alle Torschlusspanik nannten, das heißt, sie hatte bis heute keinen abbekommen, denn die Männer, die zu ihr gepasst hätten, standen im Felde oder waren schon gefallen. Was Wunder, dass sie sich da auf Maleike stürzte. Er war ihr Traummann, und es war Liebe auf den ersten Blick. Aus der Zeitung wusste sie, wessen man ihn verdächtigte, aber ihr Gefühl sagte ihr, dass er unschuldig war.

Maleike, der die Gabe hatte, das aufzufangen, was andere fühlten und dachten, das, was in unsichtbaren Wellen zu ihm drang, Maleike war gerührt von allem und nicht gewillt, seinen Trieb zu zügeln. Was hatte er in seiner Zeit als Louise Schulz darunter gelitten, keine Frau mehr berühren zu dürfen. Nun aber. Er umschlang Marie, und seine Küsse waren so heiß, dass sie laut stöhnen musste.

»Pssst!«, machte er, denn draußen vor dem Zimmer stand ein Schupo, um Obacht auf ihn zu geben. Es war kein übliches Krankenzimmer, in das sie ihn gebracht hatten, sondern eine schnell ausgeräumte Besenkammer, denn man konnte ja keinem Patienten zumuten, mit einem Mörder in einem Raum zu liegen.

»Nicht zu stürmisch!« Marie drängte ihn zurück, als er nun auch alles wollte. »Du übernimmst dich!«

Maleike ließ von ihr ab. Nicht nur, weil es ihm den Status des Todkranken gekostet hätte, wenn man ihn hier beim Koitieren erwischte, sondern weil ihm eben eine Idee gekommen war ... Wenn er nun Marie dazu bringen konnte, ihm zur Flucht zu verhelfen ... Es war irgendwie verwerflich, sie so zu benutzen, aber nachher ließ sich ja alles wiedergutmachen. Nachher, wenn der Krieg zu Ende war und sich seine Unschuld im Falle Hertha Theuerkauf herausgestellt hatte.

»Du musst mir helfen!«, flüsterte er Marie ins Ohr. »Ich schwöre dir, dass ich kein Mörder bin. Die Polizei wird nie dahinterkommen, wer es war, ich aber weiß es, und ich kann ihn zur Strecke bringen, wenn ich wieder draußen bin. Pass mal auf ...« Er schilderte der Krankenschwester, was er vorhatte ...

... und drei Minuten später lag Marie Rosenplüter gefesselt auf dem Bett und hatte eine riesiges Pflaster auf dem Mund, während Maleike in Schwesterntracht auf den Flur trat und dem Schupo vor der Tür freundlich zunickte. Unbehelligt gelangte er zum Treppenhaus und stand wenig später auf der Landsberger Allee. Bis zur Brunnenstraße, in die er wollte, war es zu Fuß doch ein wenig zu weit, so dass er lieber die Straßenbahn nahm. Ein paar Zehnpfennigstücke steckten in Maries Schürzentasche.

Während er auf die Straßenbahn wartete, ging er noch einmal den Plan durch, den er sich gemacht hatte. Er wollte in den Salon Woytasch eindringen und Anna Venzlaff dazu zwingen, die Wahrheit zu sagen. Im Polizeigefängnis hatte er nächtelang darüber gegrübelt, wer wohl die zweite Frau war, von dem laut Falkenrehde und Markwitz der Dienstmann gesprochen hatte. Er – in Gestalt der Louise Schulz – konnte es nicht gewesen sein, und nur zu einer einzigen Frau hatte Anna Venzlaff näheren Kontakt gehabt: zu Klara Kambz. Ein paar Mal hatte er gelauscht und mitbekommen, dass sie auch Zärtlichkeiten ausgetauscht hatten. Und in Geldnöten waren beide gewesen. Da konnte es doch sein, dass sie die Theuerkauf, die immer sehr protzig aufgetreten war, umgebracht hatten, um an ihr Geld zu kommen …? Die Kriminalbeamten wussten offensichtlich nicht, wie eng Anna Venzlaff und Klara Kambz zusammenhingen, und sie hatten sich zu sehr von der Venzlaff und ihrer Version beeindrucken lassen. Ihm war aber auch klar, dass er sich durch seine überstürzte Flucht geradezu als Täter aufgedrängt hatte.

Die 65 kam. Endlich! Denn irgendwann würde man die gefesselte Krankenschwester gefunden haben und nach ihm fahnden. Gott sei Dank, sein Vater stand nicht an der Kurbel. Er stieg in den Beiwagen und versteckte sich in einer Ecke der hinteren Plattform. Die Schaffnerin merkte nichts von seiner Verkleidung, und da er das Fahrgeld passend hatte, brauchten sie nicht miteinander zu reden. Alexanderplatz stieg er in die U-Bahn um und war in wenigen Minuten am Rosenthaler Platz und in der Brunnenstraße.

Im Frisiersalon Woytasch hatten sie schon Feierabend gemacht, das konnte ihm nur recht sein. Er trat in den Hausflur und lauschte an der Tür, die zum Damensalon und zur Wohnstube führte. Es waren Stimmen zu hören, zwei Frau unterhielten sich. Er brauchte nicht lange zu rätseln, wer die beiden waren: Anna Venzlaff und Klara Kambz. Ludwig Woytasch schien nicht zu Hause zu sein. Maleike dankte dem Himmel dafür und klingelte, ohne sich weiter zu besinnen. Das Gespräch verstummte, Schritte näherten sich der Wohnungstür.

»Wer ist da? Ludwig?«

»Ja«, antwortete Maleike. »Mach schon auf!« Die schneidige Stimme Woytaschs nachzuahmen, fiel ihm nicht schwer.

Maleike hatte keinen festen Plan, sondern verließ sich auf seine Intuition und die Gunst des Augenblicks. So stieß er, kaum war die Kette zurückgezogen und die Tür genügend weit geöffnet, Anna Venzlaff in den Korridor und nutzte den Überraschungsmoment, sie in ihre gute Stube zu drängen. Dort hatte Klara Kambz auf dem Sofa gesessen und war, als Anna Venzlaff vor Schmerz aufgeschrien hatte, aufgesprungen. Maleike wollte Anna Venzlaff von hinten packen, seinen rechten Arm um ihren

Hals schlingen und sie so lange würgen, bis sie sich zu einem Geständnis bequemt hatte, ließ aber davon ab, als er das Rasiermesser mit Initialen I. B. auf dem Couchtisch liegen sah. Das war so unfassbar, dass er die Venzlaff entwischen ließ. Dann aber schaltete er am schnellsten, sprang in die Wohnstube, riss das Rasiermesser hoch, das aufgeklappt war, griff sich Klara Kambz mit der linken Hand, presste sie mit dem Rücken gegen seinen Körper und hielt ihr mit der rechten das Rasiermesser an die Kehle.

»Das ist ja die Louise!«, schrie Anna Venzlaff. »Der Maleike!«

»Ja, und wenn du Aas dich rührst, schneide ich deiner Freundin die Kehle durch.«

»Was willst du hier?«, lamentierte Anna Venzlaff, obwohl die Frage höchst überflüssig war. Offensichtlich wollte sie ein Gespräch in Gang bringen und so in die Länge ziehen, bis Woytasch zurück war.

Maleike wandte sich an Klara Kambz. »Du kannst als schwachsinnig durchkommen, du hast das Kind, du bist verführt worden, du kommst mit Zuchthaus davon, wenn du die Wahrheit sagst. Streitest du aber alles ab, hängen sie euch beide auf. Ihr beide habt die Theuerkauf abgeschlachtet.«

»Unsinn!«, schrie die Venzlaff. »Du gehörst nach Dalldorf!«

Klara Kambz begann zu zittern, denn die Klinge war ihr schon leicht in die Haut gefahren und sie wollte nicht sterben. »Ja, wir beide haben die Theuerkauf … Wir waren es, wir wollten ihr Geld. Die Anna hat mich angestiftet.«

»Du Miststück, du!«

Anna Venzlaff stürzte sich auf Maleike, der von Klara Kambz abließ und sich mit dem Schulze Stosser in die hinterste Ecke des Zimmers zurückzog. Aus dem Fenster konnte er nicht fliehen, das war vergittert, und wenn die beiden Frauen gemeinsame Sache machten, blühte ihm dasselbe Schicksal wie der Theuerkauf. Aber noch ohrfeigte Anna Venzlaff die Freundin wegen ihres Verrats, und außerdem hatte er noch das Rasiermesser als Waffe.

In diesem Augenblick wurde von draußen kräftig gegen die Wohnungstür getreten und jemand schrie: »Aufmachen, Kriminalpolizei!«

Fokko v. Falkenrehde und Hermann Markwitz hätten den Montagnachmittag weiterhin im gewohnten Trott verbracht, wenn nicht ein Anruf von Dr. Hoppe gekommen wäre, dass Louis Maleike, als Krankenschwester verkleidet, aus dem Städtischen Krankenhaus Friedrichshain geflohen sei.

»Los, meine Herren, suchen Sie sie beziehungsweise ihn!«

Dass sich Maleike noch einmal zu seinen Eltern in die Sophienstraße flüchten würde, glaubten sie nicht.

»Eher nehme ich an, dass er in die Brunnenstraße eilen wird, um mit Anna Venzlaff abzurechnen und sie zu einem Geständnis zu zwingen.«

So hatten sie sich ins Dienstauto gesetzt und waren losgefahren. Am Rosenthaler Platz hatten sie sich noch zwei Schutzpolizisten gegriffen. Als sie im Hausflur die Stimme Maleikes erkannt hatten, waren sie auf den Hof geschlichen und hatten das meiste mitbekommen, was drinnen in der guten Stube gesprochen worden war. Dann war es Zeit geworden einzugreifen.

Die beiden Schutzpolizisten warfen sich nun mit ihren breiten Schultern gegen die Wohnungstür und sprengten sie aus den Angeln.

»Wir haben alles gehört!«, rief Fokko v. Falkenrehde, als sie im Korridor standen. »Kommen Sie alle drei mit erhobenen Händen heraus.«

Am 9. Mai 1917 beginnt vor dem Schwurgericht I in Moabit der Prozess gegen Anna Venzlaff und Klara Kambz. Das öffentliche Interesse ist riesig, und die Zuschauerplätze sind alle besetzt, auch von prominenten Persönlichkeiten. Beide Frauen sind längst nicht so kaltblütig wie bei ihrer Tat, sie brechen immer wieder in Tränen aus und erleiden Schwächeanfälle. Der Prozess dauert nur diesen einen Tag. Die beiden Angeklagten werden des Mordes, des schweren Raubes und des Diebstahls schuldig gesprochen und zum Tode verurteilt. Ihre Anwälte legen gegen das Urteil Revision ein, die jedoch verworfen wird. So wird Anna Venzlaff am 17. September 1917 im Gefängnishof Plötzensee hingerichtet. Da an der Zurechnungsfähigkeit der Klara Kambz bei der Begehung der Tat Zweifel entstehen, wird in ihrem Fall die Vollstreckung des Urteils noch hinausgeschoben, und schließlich wird sie zu einer lebenslangen Freiheitsstrafe begnadigt. Der kleine Helmut kommt in ein Waisenhaus.

Louis Maleike wird auf Druck der Öffentlichkeit hin nicht sogleich wegen seiner Fahnenflucht vor Gericht gestellt, und als es dann so weit ist, bricht das Kaiserreich zusammen. Er übersteht das Jahr 1918, nimmt Schauspielunterricht und startet seine Karriere in Breslau.

Nachwort

Dieser Roman kann nicht mit dem Prädikat ›true crime‹ versehen werden, aber den Frauenmord in einem Frisiersalon in der Nähe des Rosenthaler Platzes, begangen von einer Friseuse und ihrer Freundin, hat es wirklich gegeben. Dies ist nachzulesen bei Regina Stürickow, ›Der Kommissar vom Alexanderplatz‹, Aufbau Taschenbuch Verlag, Berlin 2000. Die Figur des Louis Maleike ist frei erfunden, es hat aber, wie Notizen in den Tageszeitungen des Jahres 1917 belegen, Dutzende von jungen Männern gegeben, die als Fahnenflüchtige in Berlin unterzutauchen suchten.

Weitere Krimis finden Sie auf den folgenden Seiten und im Internet: www.gmeiner-verlag.de

Harald Jacobsen
Mordsregatta
978-3-8392-1388-9

»Ein sympathischer Workaholic ermittelt im Rahmen des größten Segelsportereignisses der Welt.«

Während der Kieler Woche wird ein Toter aus der Förde gezogen, er wurde Opfer eines Gewaltverbrechens. Ausgerechnet jetzt, wo Kommissar Frank Reuter gerade begann, sich seiner Exfrau langsam anzunähern! Wieder einmal hat der Beruf Vorrang, und so begibt sich Reuter auf die Suche nach dem Mörder des jungen Bootsbauer-Azubi. Seine Ermittlungen führen schnurstracks zum Kollegen des Toten, dem Freund seiner Tochter. Ist etwa seine eigene Familie in den Fall verwickelt?

GMEINER

Wir machen's spannend

Reinhard Pelte
Mordsee
978-3-8392-1393-3

»Faszinierende Einblicke in die Welt der Marine!«

Die Untersuchungen zum Fall einer ertrunkenen Kadettin sind abgeschlossen. Lediglich eine Panne zwingt die Soko der Staatsanwaltschaft Kiel noch einmal zu Befragungen auf der »Gorch Fock«, dem Segelschulschiff der Marine. Kriminaloberrat Tomas Jung ist dabei, unterstützt von der Praktikantin Charlotte Bakkens. Je länger sich die beiden mit dem Fall beschäftigen, auf umso mehr Ungereimtheiten stoßen sie. War es wirklich ein Unfall?

GMEINER

Wir machen's spannend

Alida Leimbach
Villenzauber
978-3-8392-1376-6

»Die Autorin versteht es glänzend, Spuren zu legen, die nicht zum Ziel führen.«
Magazin Streifzug

Neid, Missgunst und Intrigen sprengen einen seit Kindertagen bestehenden Freundeskreis. Muttersöhnchen Eberhard hat genau das, was die anderen begehren: eine repräsentative Villa in einem angesagten Osnabrücker Stadtteil, dem Westerberg. Frühere Konflikte und alte Wunden brechen auf, als eine von ihnen einem Verbrechen zum Opfer fällt. Die Kommissare Birthe Schöndorf und Daniel Brunner nehmen die Ermittlungen auf und finden sich bald in einem Netz aus zerstörten Träumen und Eitelkeiten wieder …

Hans-Jürgen Rusch
Gekapert
978-3-8392-1373-5

»Der Autor versteht es, die jeweiligen Situationen so bildlich zu beschreiben, als ob er persönlich dabei gewesen wäre.«
Vizeadmiral a.D. Hendrik Born; Chef der Volksmarine bis Oktober 1990

Nachdem die Raketenkorvette Hans Beimler 20 Jahre in Peenemünde lag, wird sie im August 2011 nach Dänemark überführt. Planmäßig verlässt der Schleppzug den Hafen und läuft an der Küste Rügens nach Norden aus. Kap Arkona ist passiert, da kapert eine Crew das Schiff, versenkt den vorausfahrenden Schlepper und die Korvette verschwindet in den Weiten der Ostsee. Bundespolizei und Marine starten eine groß angelegte Suchaktion – nicht wissend, dass ein verheerender Terroranschlag droht …

GMEINER

Wir machen's spannend